Ling Xi

Die dritte Hälfte

Roman

Aus dem Französischen
von Claudia Steinitz

liebeskind

Für die, die keine Chance hatten,
Und für W., meine Chance.

Zum Gedenken an meinen Großvater.

Ich frage diese weite Welt:
Wer herrscht über unser Leben?
Wer herrscht über unseren Tod?
Höchste Weisungen

PERSONENREGISTER

Am Anfang des neuen Jahrtausends …

AI GEFAN Journalist bei der *Tageszeitung* von W.

DAI JIANDE Propagandist in der Schalterfabrik von W.

DING KE Sohn von Ding Nare. Buchhalter der Kautschukfabrik Nr. 825.

DING NARE Pensionierter Buchhalter der Kautschukfabrik Nr. 825.

FENG DU Jüngerer Sohn von Feng Sike. Dreher in der Schalterfabrik.

FENG SIKE Pensionierter Werkzeugmacher in der Kautschukfabrik Nr. 825.

FENG TA Älterer Sohn von Feng Sike. Arbeiter in der Kautschukfabrik Nr. 825.

GROSSMUTTER VON FENG SIKE Hausfrau.

MUTTER VON FENG SIKE Näherin.

FU HALIE Cousin von Fu Taici. Direktor der Stanzerei in der Schalterfabrik.

FU TAICI Parteigeneralsekretär in der Schalterfabrik. Neun Finger.

ALTER FU Großvater von Fu Taici und Fu Halie. Lumpensammler.

GUO LEDA Stanzer in der Schalterfabrik.

HAN SAITE Pensionierte Putzfrau in der Kautschukfabrik Nr. 825. Hüterin der fabrikeigenen Videothek.

HUA SIWU Direktorin des Komitees für demografische Kontrolle und Präsidentin des Frauenverbandes der Schalterfabrik.

JIANG DAMEN Schweißerin in der Schalterfabrik. Erste Lehrmeisterin von Guo Leda.

EHEMANN VON JIANG DAMEN Pensionierter Koch der Kantine der Schalterfabrik.

LI SI Stanzer in der Schalterfabrik. Sechs Finger.

MA BU Pensionierter Schmied der Kautschukfabrik Nr. 825.

MA LE Sohn von Ma Bu, Ehemann von Han Saite. Früherer Soldat der nationalistischen Armee, nach deren Niederlage 1949 in Taiwan gestrandet.

DIE TANTE Bäuerin. Hat das Waisenmädchen Han Saite aufgenommen und mit Ma Le, dem Sohn ihrer Schwester, verheiratet.

DER ONKEL Ehemann der Tante. Als »heldenhafter Märtyrer« im Koreakrieg gefallen.

PU LAIHE Sohn des Reishändlers. Inhaber des Billardsaals.

DIE ZWILLINGE QU Frühere Leiter der Verkaufsgenossenschaft der Straße des Sieges.

QU LUO Sohn des jüngeren Zwillingsbruders. Direktor der Schalterfabrik.

SHE KUI Brigadier in der Stanzerei der Schalterfabrik. Zweiter Lehrmeister von Guo Leda. Zwei Jahre Umerziehung durch Arbeit wegen Kupferdiebstahl. Sieben Finger.

SIHANOUK (DER FALSCHE) Direktor der Schweißerei in der Schalterfabrik.

WANG MAZI. Stanzer in der Schalterfabrik. Siebeneinhalb Finger.

ZHANG SAN Stanzer in der Schalterfabrik. Acht Finger.

ZHEN ER Pförtner der Schalterfabrik.

ZHEN ZHEN Tochter von Zhen Er. Ohne Arbeit.

PROLOG

Wir waren niemals so stolz auf unsere halb bankrotte Fabrik wie in jenem Herbst 2001. Am 11. November, dem von vielen Staatsunternehmen mit unklarer Produktion gefürchteten Schicksalsdatum, trat China der WTO bei. Am selben Tag berichtete die berühmte *Voice of America* über die Öffnung des chinesischen Marktes für die Flut westlicher Produkte, den Selbstmord von zwei Kühen auf einer texanischen Farm und die Hochzeit eines Angestellten der Schalterfabrik in W., unserer also. Die Neuigkeit verbreitete sich rasch in der Stadt und bald im ganzen Land. Nie zuvor hatte unsere staubige, zwischen den Bergen ausgebreitete Großstadt so viel Interesse geweckt. Sogar 1999, als sie Mexiko-Stadt bei der Einwohnerzahl überholte, hatten nur die Sprecher unseres Lokalradios ihr Programm unterbrochen, um bewegt zu verkünden, dass wir nunmehr die-größte-Stadt-der-Welt seien. Zum letzten Mal hatten die Landeszeitungen den Namen von W. drei Jahre zuvor bei der nationalen Kontrolle der städtischen Sauberkeit, bei der wir als gute Letzte abgeschnitten hatten, auf ihren Titelseiten erwähnt.

Am 12. rief uns Fu Taici, der Parteigeneralsekretär unserer Fabrik, mitten am Vormittag eiligst auf dem Platz vor dem Direktionsgebäude zusammen. Die als Endlosschleife im amerikanischen Radio wiederholte und am Vorabend von Dai Jiande aus der Propagandaabteilung aufgenommene und übersetzte Information wurde per Lautsprecher übertragen. Dai Jiandes durch den Akzent von W. entstelltes Mandarin sorgte für Gelächter. Fu Taici hob den Stummel seines fehlenden Zeigefingers und mahnte uns zum Ernst. Erst hatte der Bürgermeister angerufen, dann unser Fabrikdirektor, der seit drei Jahren sein MBA-Studium in Peking absolvierte. Dank der Satelliten von *Voice of America* ging der Name unserer Fabrik in diesem Moment um die Welt. Warum sollten wir unsere plötzliche Berühmtheit nicht nutzen, um unsere Schalter überall dorthin zu exportieren, wo ihr Name ihnen voranging?

Bald drängten sich Schwärme von Journalisten aus allen Ecken des Landes vor unserem Tor – wenn sie es denn gefunden hatten. Unser Eingang, von beiden Seiten durch die großartigen Portale unserer reichen Nachbarn – der auf die Herstellung von Sojasoße umgestellten Kautschukfabrik Nr. 825 und des Revolutionsmuseums –, phagozytiert, war zu einem dunklen Darmfortsatz verkümmert. Der aber sah sich bald schon mit Girlanden geschmückt, um die Presse von der Straße in die Innereien unserer großräumigen Fabrik mit ihren Bürogebäuden und den wie an Festtagen beflaggten Werkhallen zu führen.

Fu Taici gab Interviews, während er durch die Gänge unserer Hallen stolzierte, und erörterte mit ebenso wortgewandter wie unnützer Dialektik die verschiedenen Modelle unserer Schalter, während manche Kameramänner nicht einmal so taten, als würden sie sie filmen. Dai Jiande kam nicht mehr zum Schlafen. Tag und Nacht feilte er in Erwartung großer internationaler, leider ausbleibender Reporter an seinem Englisch. Bald sahen wir unsere eigenen, von einem unerklärlichen optischen Effekt leicht aufgedunsenen Gesichter im Fernsehen. Und wir gewannen auf einmal Geschmack an den faden, endlosen Abendnachrichten, die früher nur den Beginn unserer Lieblingsserien hinausgezögert hatten, verfolgten jede einzelne Sendung in den nationalen, regionalen und lokalen Sendern, ohne die privaten Kanäle der florierenden Fabriken unseres Viertels zu vergessen. Wir träumten davon, zwischen historischen Begegnungen und weltbewegenden Handschlägen noch einmal unsere Geschichte zu hören und unseren verblüfften Familien unsere von der Menge umdrängte Gestalt zu zeigen. Die Glücklichsten unter uns hatten sogar Gelegenheit gehabt, ein oder zwei Worte ins Mikrofon zu sagen, was sie sich auch heute noch immer wieder anschauen. Der anonyme Ruhm berauschte uns so sehr, dass wir die Jacke mit dem Firmenlogo selbst am Wochenende trugen. Einige gingen so weit, einen Stift in die Tasche zu stecken, weil sie darauf hofften, nach einem Autogramm gefragt zu werden. Nur Guo Leda hatte Gelegenheit, seinen zu benutzen, schließlich waren die Journalisten ja wegen ihm gekommen.

DIE ERSTE HÄLFTE

I

Guo Leda hatte im Juli 1999 in unserer Fabrik angefangen. Als Absolvent einer unbedeutenden Ingenieurschule hatte dem Bauernsohn so sehr vor der Vorstellung gegraut, in sein Heimatdorf zurückzukehren, dass er nach Abschluss seines Studiums lieber seinen Kaderstatus gegen einen beliebigen Arbeitsplatz in der Stadt eintauschte. So war er Schweißer geworden. Sein Äußeres bot keinerlei Anhaltspunkte für eine Beschreibung. Sein Charakteristikum: keins zu haben. Eins dieser am Fließband produzierten Gesichter, standardisiert wie Serienschalter, wenn nicht noch mehr, denn bei unseren Schaltern tanzte jeder Zweite mit den unerwartetsten Fabrikationsfehlern aus der Reihe. Der von Guo Leda war sein Akzent. Um ihn zu verbergen, war er schweigsam geworden. Sobald er den Mund aufmachte, verriet ihn der ländliche Singsang wie schlechter Atem und verwandelte ihn auf der Stelle in einen Knoblauchfresser. Er konnte noch so viel studiert haben, die Verkäufer in den Geschäften, die Schaffner in den Bussen, die Kellner in den Restaurants … kurzum, das stolze Volk von W. (vergessen wir nicht, dass wir gerade zur größten-Stadt-der-Welt befördert worden waren), gaben sofort ihre brüderliche Gleichgültigkeit auf und schnauzten ihn an wie einen schweißtriefenden Wanderarbeiter, einen ehemaligen Bauern, der nach Jauche stank.

Dabei hatte er nie mit Jauche zu tun gehabt. Als unverhofftes Kind sohnloser Eltern von drei Töchtern musste er sich, ganz anders als seine Klassenkameraden, nie mit der Landarbeit abgeben. Der Überschuss an Zeit, über den er dadurch verfügte, hatte ihm einen gewissen Vorteil bei den Schulnoten verschafft. Das machte ihn zum Genie der Familie, zum Wunderkind des Clans, zur Legende des Dorfes. Er war in der Überzeugung eines außergewöhnlichen Schicksals aufgewachsen. Mehrmals im Jahr lüftete seine Mutter auf dem Dorfplatz die zehn für ihn gekauften Federbetten und beklagte sich genüsslich bei jedem, der es hören wollte, über den strengen Winter im fernen Peking, wo ihr Sohn sein Universitätsstudium fortsetzen würde. Die Deckensammlung verschimmelte schließlich in den Tiefen eines Schranks. Seine mäßigen Noten beim nationalen Wettbewerb hatten ihm nicht mal erlaubt, die Provinzgrenze zu überschreiten. Später hatten vier arbeitsreiche Jahre in einer Schule zweiten Rangs, wo er sich unter den Klassenletzten abstrampelte, die letzten Reste seiner Selbstsicherheit beseitigt.

Am letzten Abend des Jahrtausends kletterte Guo Leda unter den entsetzten Augen von zwei Obdachlosen über die Brüstung einer Brücke hinter dem Schlafsaal der Junggesellen und sprang in das trübe Wasser des Flusses von W. Im Krankenhaus, das er am nächsten Tag wieder verließ, fanden die Ärzte in seiner Manteltasche sein in Plastikfolie gehülltes Tagebuch, in dem er seine hoffnungslose Liebe für Jiang Damen, seine Lehrmeisterin in der Werkhalle, festhielt. In der Fabrik wurde die Liebeserklärung von allen Frauen, die jünger und begehrenswerter waren als

Jiang Damen – also von fast allen –, als Beleidigung aufgenommen. Die fünfundfünfzigjährige Jiang Damen war niemals hübsch gewesen. Und nie darauf bedacht, es zu sein. Die Matrone, korpulent wie die Gattin eines Kochs, die sie auch war, stämmig wie nach einem Leben körperlicher Arbeit, war allen Bettgeschichten schon immer mit persönlichem Hass begegnet. Unter Ausnutzung der seiner Position eigenen Privilegien hatte ihr Gemahl sie während der Jahre der Hungersnot häufig betrogen.

Hua Siwu, die Direktorin des Komitees für demografische Kontrolle und Präsidentin des Frauenverbandes unserer Fabrik, riss den Vorgang sogleich an sich. Aber Jiang Damen blieb taub für ihre Vorladungen und berief sich darauf, einer ehemaligen Schweißerin, die früher keine zwei Rohre zusammensetzen konnte, ohne sie um Hilfe zu bitten, keine Rechenschaft zu schulden. Drei Wochen später kamen die Eltern von Guo Leda nach W., mit einem Schreiben von Hua Siwu und Fotos einer jungen Frau mit rosigem Teint in der Tasche. Sie war eine einstige Klassenkameradin und unter der Bedingung, dass er nicht ins Dorf zurückkehren werde, bereit, ihn zu heiraten.

Guo Leda arbeitete inzwischen in der Stanzerei. She Kui, sein neuer Meister und Brigadier, lehrte ihn den Beruf und zugleich das Leben. Er sprach nicht mit ihm, er brüllte ihn an. Seine Art, ihm zu erklären, was zu tun sei, bestand darin, ihn für das anzuschnauzen, was nicht hätte geschehen dürfen. Wir hörten ihn von einem Ende der Werkhalle bis zum anderen. Seine Beschimpfungen übertönten sogar das Getöse der Maschinen. Aber niemand wagte einzugreifen. Wenn es gar zu wild wurde, kam Fu Halie, Hallenmeister und Cousin von Parteigeneralsekretär Fu Taici, aus seinem Büro, um das Spiel pro forma zu beruhigen: Die aus der gemeinsamen Behinderung geborene Solidarität zwischen She Kui und Fu Taici war für niemanden ein Geheimnis.

Langsam, aber sicher trieben wir Guo Leda in den Wahnsinn. Wir sahen ihn durch die Gänge trappeln und sich mit fahrigen und unnützen Handgriffen an seiner Stanze zu schaffen machen. Er beschäftigte sich damit, so zu tun als ob, zumindest in den ersten Monaten, weil er nichts von seiner Arbeit begriff. Dabei war es ein Kinderspiel. In drei Sätzen hätte man sie ihm erklären können. Aber eben diese drei Sätze enthielt man ihm tunlichst vor. Jedes Mal, wenn er uns beinah auf Knien um Erklärungen bat, antworteten wir mit gespieltem Entsetzen: »Diese Fragen musst du deinem Lehrmeister stellen! Wir werden schließlich nicht dafür bezahlt, ihm die Arbeit zu stehlen. Er hat keine Zeit? Dann musst du halt warten. Was können wir dir schon sagen?« Diese Gemeinheit von unserer Seite lässt sich zum Teil mit unserer Furcht vor She Kui erklären, aber es tat auch verdammt gut, zu sehen, wie sich ein Hochschulabsolvent so abrackerte.

Trotzdem schmerzte der Anblick seines verstörten Gesichts. Wir sagten uns, dass er Mühe haben würde, seine sechs Monate regulärer Lehrzeit zu überstehen, ohne ein paar Finger zu lassen. Es passierte an einem klebrigen Nachmittag, der von eisigem, mit erstem Schnee vermischtem Sprühregen verdunkelt wurde. Plötzlich durchbrach sein Schmerzensschrei die Monotonie des Maschinenlärms. Das Blut tropfte auf den Rost seiner Stanze. Der kleine Finger seiner linken Hand war soeben zu Brei gequetscht worden.

Er hatte Glück im Unglück, meinten einige. Andere vermuteten eine vorsätzliche Tat, um strategisch wichtigere Finger zu bewahren. Aber alle ließen ihn in Ruhe. So oder so war er fortan durch einen authentischen Fabrikationsfehler unserer Werkhalle gezeichnet. Ist das nicht oft die beste Abkürzung auf dem langen Weg der Integration?

Wir hatten eine ganze Reihe von seinesgleichen: Fu Taici fehlte ein Finger, She Kui drei, Zhang San zwei, Li Si vier, Wang Mazi zweieinhalb … Fu Halie fehlte keiner, dafür war sein Gesicht voller Pockennarben, wofür wir aber nichts konnten.

Zu der Zeit, da Fu Taici noch alle Finger besaß, arbeitete er, genauer gesagt, langweilte er sich als Montierer, denn es gab nichts mehr zu montieren. Die Fabrik hatte die Produktion von Schaltern eingestellt und widmete sich ausschließlich der von Medaillen mit dem aufgeprägten Bildnis des Großen Vorsitzenden Mao, einer höchst begehrten Neuheit. An einem heißen Tag schlurfte Fu Taici nach dem Mittagessen zur Stanzerei, die wegen der Mittagsruhe menschenleer war. Ein paar junge Stanzer, außerstande, nach dem allzu mageren Mahl Schlaf zu finden, diskutierten die Einzelheiten eines Gulaschrezepts mit der gleichen glühenden Fachkenntnis, mit der Männer, die noch nie ein Mädchen berührt haben, über Frauen reden. »Fu Taici!«, sprach ihn einer von ihnen an, »stimmst du mir zu, dass Schweineschmalz für ein Gulasch mit Kartoffeln nach sowjetischer Art hundert Mal besser ist als Rapsöl? Rapsöl ist ein verfluchter Frevel! Das sage ich dir!« Und er schlug mit seinem Löffel heftig gegen die glänzende Schale, die so sauber ausgeleckt war, als hätte man sie gewaschen. Das löste bei den Schläfern hier und da ein Grunzen aus.

Fu Taici hatte ebenso wenig Lust, die Frage zu beantworten, wie der andere, ihm zuzuhören. Nach eigener Aussage hatte er eine lange proletarische Ahnenreihe, in der es zahlreiche Lumpensammler gab. Das wollte man gern glauben, denn er war ständig dabei, herumzuschnüffeln. In der letzten Woche hatte er einen Topf rote Farbe mitgehen lassen. Auf den Stanzmaschinen lagen Häufchen von jungfräulichen Medaillen und warteten darauf, das Profil des Großen Steuermanns aufgedrückt zu bekommen. Er musste nur auf das Pedal treten, um die Abzeichen – jüngster revolutionärer Stolz der Männer und einzige modische Marotte der Frauen – zu prägen, die er, waren sie erst angemalt, klammheimlich im Durcheinander der nächsten Anti-UdSSR-Kundgebung verhökern würde.

Das Viertel versammelte sich jedoch schon am nächsten Tag unter dem erhabenen Blick der riesigen Statue des Vorsitzenden Mao auf der Esplanade des Revolutionsmuseums, um Fu Taici nachzusprechen, der zwischen zwei Schluchzern seinen eigenen Namen von einem Podest herabbrüllte: »Nieder mit Fu Taici! Nieder mit Fu Taici!« Mit einer Eselskappe auf dem gesenkten Kopf und gebeugtem Nacken reckte er einen blutigen Fingerstumpf in die Luft. An seinem Hals hing eine Eisentafel und die Missgeburt einer Medaille: Am Vortag hatte die Stanze nicht nur den ungeübten Finger des Montierers zerquetscht, sondern in ihrem blinden Elan auch die über alles geliebten Züge unseres Obersten Führers entstellt.

Nach der Tafel hatte Fu Taici zehn Jahre lang die Bengel des Viertels am Hals, die ihm hinterherrannten, sobald sie ihn sahen, und im Chor »Nieder mit Fu Taici!« brüllten. Diese Bekanntheit ruinierte seine Aussichten als Lumpensammler, erfordert diese Tätigkeit doch wie jeder Forscherberuf Diskretion und Einsamkeit.

Wenn She Kui nicht seine Fingerfertigkeit eingebüßt hätte, hätte er nicht seine Finger eingebüßt. Ist ja logisch. Er hatte zwei Jahre Zwangsarbeit damit verbracht, Süßkartoffeln zu pflanzen, weil er in der Fabrik zwei Kilo Kupfer gestohlen hatte. Am Vorabend des Nationalfeiertags war er nach dreitägiger Zugfahrt zu uns zurückgekehrt und hatte sich sogleich wieder an die Arbeit gemacht. Es war ein Tag der »Stimulierung der Produktion durch die Elektrisierung der Revolution«: Wir hatten uns vorgenommen, die Norm unserer Produktion zu Ehren von Mutter Vaterland zu verdreifachen.

Um elf Uhr abends gesellten sich zu den Bergen von Abfall, den wir an jenem Tag produzierten, drei Finger von She Kui, unter deren Nägeln noch die schwarze Erde der Berge im Norden haftete.

Als Zhang San noch fünf Finger an jeder Hand hatte, war er … Aber was schert uns Zhang San!

II

Wir hatten nach Feierabend ein ausgefülltes Leben: Basketball, Billard, Poker … Nur ließ Guo Leda seine Mitspieler regelmäßig verlieren, und niemand gab sich mehr mit ihm ab. Also verbrachte er seine Zeit damit, wie ein Weibsbild vor sich hin zu träumen, zu rauchen oder in einem alten Exemplar des *Guinnessbuch der Rekorde* zu lesen, das ihm Feng Du, ein Dreher aus seinem Schlafsaal, im Tausch gegen hausgemachte, von seinen Eltern geschickte Würste überlassen hatte. Feng Du kaufte jedes Jahr eine neue Ausgabe des *Guinnessbuch*, um zu sehen, ob zufällig sein Name darin auftauchte. Verdreht wie seine Haare, absoluter Meister im Billard und bei Videospielen, hatte er 1996 den Gipfel seiner Virtuosität erreicht, als es ihm gelang, mit einem Stück Eisendraht jedes beliebige Vorhängeschloss in weniger als vier Sekunden zu knacken. Über diese Leistung informierte er die Guinness-Herausgeber, mit Kopie an die Botschaft Großbritanniens, in einem gemeinsam mit seinem Freund Ding Ke ausgetüftelten, von Dai Jiande übersetzten und seither unbeantwortet gebliebenen Brief.

Böse Zungen erklärten das Schweigen der Briten mit dem schlechten Englisch von Dai Jiande. Was den Propagandisten gewaltig aufregte. Dai Jiande hing an seinem Englisch wie Li Si am einzigen Finger seiner linken Hand. Man sah ihn oft am Wochenende mit einem Wörterbuch in der

Tasche auf der Suche nach einem verirrten ausländischen Touristen, dem er unentgeltlich seine Dienste anbieten könnte, um das Revolutionsmuseum herumschleichen. Und er verpasste keine Vorstellung, wenn die Videothek der Kautschukfabrik Hollywoodfilme in Originalfassung mit Untertiteln zeigte. An einem Samstagnachmittag nahm er Guo Leda mit. Seither kehrte dieser wie ein fauler, vom Trägheitsgesetz gelenkter Himmelskörper jeden Tag dorthin zurück.

Der junge Stanzer bekam schließlich seine eigene Loge, das heißt, einen Hocker neben der Wand, einen jener Hocker, die sich durch den Luxus eines abgenutzten, aber bequemen Kissens auszeichneten, das die alte Ladenhüterin Han Saite ihren Stammgästen vorbehielt. Han Saite, die nicht lesen konnte, hatte Respekt vor allen, die imstande waren, die meist aus Amerika oder Hongkong stammenden Filme mit Untertiteln in Mandarin zu verstehen. Die Filme wurden von Dai Jiandes glücklichen Kollegen in der florierenden Kautschukfabrik ausgewählt und unterschieden sich nur wenig von denen, die die anderen, privaten Videotheken des Viertels anboten. Nur war bei Letzteren das im Foyer angekündigte Programm zuweilen ebenso utopisch wie die Fünfjahrespläne: Wenn wir uns hingesetzt hatten und uns darauf einstellten, die neuesten Heldentaten von Jacky Chan oder Tom Cruise zu genießen, präsentierte man uns einen Typen, der zwar ebenso muskulös und virtuos war, sich jedoch, anstatt für die Menschheit zu kämpfen, lieber schäbigen Ringkämpfen mit einem weiblichen Element derselben hingab; und im entscheidenden Moment, zwei Zoll vor der Verwirklichung seiner obszönen

Bestrebungen, die wir uns zu eigen gemacht hatten, wurde der Videoprojektor auf Pause geschaltet, und man verlangte von den atemlosen Anwesenden einen Zuschlag, mit dem sie das Recht erwarben, die in einer unmöglichen Position erstarrten Protagonisten auferstehen zu sehen. Schreckliches Dilemma: Wenn wir das Geld ausgaben, um uns die Fortsetzung des Spektakels zu leisten, konnten wir am Ende nicht immer ein Mädchen bezahlen, um das Feuer zu löschen.

Im Hinblick auf die Mädchen hatte das Schicksal Guo Leda verwöhnt. An dem Sonntag, als seine Verlobte, frisch und samthäutig wie eine Aprikose, im Düngerlastwagen der Gemeinde nach W. kam und ihn besuchte, waren alle rücksichtsvoll genug, sich aus dem Schlafsaal zurückzuziehen, um sie allein zu lassen. Aber während wir uns einen ganzen Nachmittag lang die Augen am Schlüsselloch verdarben, war der Dussel, anstatt die zarte Frucht zu verspeisen, verrückt genug, neben ihr zu hocken und den unerschöpflichen Vorrat an gerösteten Erdnüssen wegzufuttern, den ihm die Aprikose mitgebracht hatte. Wobei er zugab, er hätte immer schon eine Schwäche für getrocknete Früchte aus einer anderen Jahreszeit gehabt – man würde es bald feststellen –, aber was für eine Verschwendung!

Wir anderen mussten bis zum Monatsende warten, das jedes zweite Mal ausfiel (»Was ist daran falsch?« fragte der unfehlbare Fu Taici: »Sogar der Kalender garantiert nicht jeden Monat einen Einunddreißigsten!«), dann kauften wir uns Ersatzgefühle in den Hinterräumen eines Frisier- oder Fußpflegesalons. Nie zuvor in der Geschichte des Landes war man von der Hygiene dieser beiden Pole unseres Körpers so besessen gewesen. Hinter dem Markt, in den Falten der Nacht, dort, wo ihr alter Mantel von kitschigen rosa Neonlichtern durchlöchert wurde, wimmelten die jungen Mädchen herum wie Filzläuse. Schlecht frisierte Friseusen, von Muskelkater gequälte Masseusen, total verstimmte Karaokeanimateusen, an ihre Pager gebundene Freelanceusen … es waren die billigsten Mädchen der Stadt, die in unserem nach Fisch und vergammeltem Gemüse stinkenden Paradies strandeten. An den mit Kleinanzeigen bepflasterten Leitungsmasten boten *erfahrene Militärärzte im Ruhestand* liebenswürdig ihre *bewährten Heilmittel gegen alle Pilze, akuten Ekzeme, übel riechenden Ausflüsse, schuppigen Eruptionen und anderen Geschlechtsinfektionen* an. Das zeugt vom Dienstleistungsbewusstsein, das unsere Gesellschaft mittlerweile entwickelt hatte.

Ding Ke, der aus der Mandschurei stammte, hatte einen entfernten nordkoreanischen Cousin, der illegal die Grenze überquert hatte und in W. gelandet war. In seinem Land kam es offenbar noch vor, dass man, wie bei uns vierzig Jahre zuvor, den Hunger mit großen Mengen kaltem Wasser überlistete, bis einem die Blase platzte. Am Abend seiner Ankunft hatte Ding Ke den Cousin zu den ambulanten Köchen auf dem Markt mitgenommen. Während er im Licht eines Scheinwerfers aus dem benachbarten, halb abgerissenen Krankenhaus auf seine Schale mit Nudeln wartete, starrte der arme Schlucker mit dem wächsernen Gesicht auf die unzähligen dampfenden Töpfe ringsum, die das Terrain erobert hatten, und brach plötzlich in Tränen aus: »Wie habt ihr es nur geschafft, so wohlhabend zu sein und so viel Essen zu haben?« fragte er. Wer niemals einen Rundgang durch das nächtliche Treiben gemacht hat, das sich auf dem Markt abspielte, kann seine Erschütterung nicht verstehen: Es hatte geradezu den Anschein, als sei die eine Hälfte des Viertels herausgekommen, um für die andere Hälfte zu kochen.

Mit unseren ungewissen Monatsenden gehörten wir regelmäßig zur dritten Hälfte, kaum besser als die Bettler, die von einem Stand zum anderen gejagt wurden; die blinden Musiker, die die gebratenen Nudeln mit den düsteren Tönen ihrer Erhu würzten; die Lastenträger, die von einem Umzug um zehn Uhr abends träumten; die von Feng Du verachteten Schlossöffner, die sich auch als Laufburschen für Kunden hergaben, die ihre Zigaretten vergessen hatten; die Studenten bäuerlicher Herkunft, die hinter ihrem Pappschild, das Privatunterricht anbot, schmökerten; die Visitenkartenverteiler, die zuweilen anfingen, jeden Beliebigen, auch die Obdachlosen, damit zu bombardieren, um ihre verdammten Kärtchen loszuwerden, oder die unverbesserlichen Bengel, die einem wie Kaugummi an den Fersen klebten, um einem ihre Rosen anzudrehen, die genauso vergammelt aussahen wie sie selbst …

Aber bringen wir lieber unsere eigenen Schäfchen ins Trockene. Wir hatten eigentlich nur eins: Guo Leda. Die Videothek der Kautschukfabrik, sein neuer Stall, lag am Anfang der Straße des Sieges (die steile Straße, die am Markt anfängt) auf der linken Seite. Wir wollen weiß Gott nicht auf diesem letzten Punkt herumreiten, eigentlich wollen das nur die Leute von der linken Seite. Der Südkoreaner, der auf der rechten ein Geschäft mit Massagesesseln hatte, überschritt die Grenze auf seine Art, indem er seine Ehre daransetzte, uns einzureden, er stamme nicht aus Südkorea, sondern aus den USA. Eine zweifelhafte Aussage selbst für uns, die wir nie weiter als bis in die Vororte von W. gereist waren. Der Stolz der Menschen hängt oft nur an geografischen oder gar topografischen Erwägungen: das Prestige eines Kontinents, eines Landes, einer Stadt, einer Seite eines Flusses, eines Viertels, einer Seite eines Viertels, einer Straße, einer Seite einer Straße, und schließlich eines Abschnitts dieser Straßenseite. Das sagt Feng Sike, der Vater von Feng Du.

Jedenfalls befanden sich auf der linken Seite, der Oberstraße sozusagen, neben der Videothek von Han Saite noch eine staubige Verkaufsgenossenschaft, die Shampoo zu Kilopreisen verkaufte, der Getreideverteilungsstützpunkt, der um fünf Uhr schloss, die Wiederverwertungsstation, bei der die Anwohner ihre gestohlenen Gegenstände suchten, eine Buchhandlung, die Landkarten vertrieb, auf denen das Vaterland immer noch an die UdSSR grenzte … Anständige Geschäfte, geführt von seriösen Menschen, die sich vor mindestens vierunddreißig Jahren in der Straße des Sieges niedergelassen hatten. Echte Bürger von W., langjährige Bewohner des Viertels, und in letzterer Eigenschaft alle anspruchsberechtigt für eine Monatskarte zum Vorzugstarif zur Nutzung der Gemeinschaftslatrinen, die sich ebenfalls auf der linken Seite befanden.

Auf der anderen Seite der holprigen Straße erstreckte sich eine Kette von Ständen, meistens von Bauern aus den Vororten, die dank der Entschädigung für die Enteignung ihres Grund und Bodens beinah reich geworden waren.

Nur der Südkoreaner fand Gnade vor den Augen der Alteingesessenen: Wer von ihnen konnte sich brüsten, nie vor seinem Laden Schlange gestanden zu haben, um sich gratis von seinem allerneuesten Ausstellungsmodell massieren zu lassen?

Wir schweifen schon wieder ab. Entschuldigen Sie bitte. Wir Schalterbauer können keine Geschichten erzählen. Ding Ke würde es besser machen. Erstens arbeitete er nicht bei den Schaltern, zweitens war er schlau. Das eine erklärt das andere und umgekehrt. Der Glückspilz war in der Kautschukfabrik beschäftigt, unserem lokalen Eldorado. Buchhalter wie sein Vater. Als der in Rente gegangen war, hatte man den Sohn im Fernunterricht Buchhaltungskurse absolvieren lassen, damit er den Posten übernehmen konnte. Bei uns werden Berufe vererbt. Eine Frage der familiären »Synergie«, um das Lieblingswort unseres Fabrikdirektors Qu Luo zu verwenden, nachdem er von seinem MBA-Studium zurückgekommen war. Oder des gesunden Menschenverstands. Der Beweis: Wir Schalterkinder waren begabter als Guo Leda, der besser daran getan hätte, heimzukehren und wie sein Vater die Erde zu bestellen. Kürzer! Wir werden rückfällig. Aber womit soll man anfangen, wenn man nie erfahren hat, wie die Geschichte angefangen hat? Woher stammt der Scherz, der jedes Mal, wenn uns Guo Leda über den Weg lief, zu den Begrüßungsfloskeln gehörte: »Na, wie geht es der Verlobten?« Dabei handelte es sich nicht um die Aprikose, die ihr Gewicht in Erdnüssen, geröstet oder ungeröstet, wert war, sondern um die Schwägerin von Han Saite. Als der Frühling kam – den wir auch nicht hatten kommen sehen –, hatten sich die Besucher der letzten Vorstellung daran gewöhnt, Guo Leda während des Abspanns den Boden fegen zu sehen. Dann begleitete er die alte, leicht hinkende Frau nach Hause und trug ihr den Korb mit dem Gemüse, das sie am Ende des Marktes von der Schwelle ihrer Videothek aus verbissen erhandelt hatte.

Han Saite wohnte mit ihrem Schwiegervater und der Schwägerin am oberen Ende der Straße des Sieges in einem Haus, dessen direkter Zugang durch eine Sackgasse auf der Rückseite seit dem Erdbeben von 1976 zugemauert war. Wenn man hineinwollte, musste man durch das Foyer der Nachbarn auf den Hof gehen, in der Ecke die Treppe hinaufsteigen, vorbei an einem Billardsaal, vor dem versonnene Hühner voller Barmherzigkeit zuschauten, wie die Menschen höchst umständlich runde Eier in Löcher schoben, dem Gang folgen und erneut eine Treppe erklimmen, die in das fensterlose Gebäude führte. Mehrere Wohnhäuser, die unterschiedlichen Unternehmen gehörten, waren ineinander verschachtelt. Die feuchte Dunkelheit ihrer Mäander hatten die Kinder immer schon erschaudern lassen.

Die Familie des Buchhalters Ding Ke war im Herbst 1980 dort eingezogen. Damals war er neun Jahre gewesen. Vom ersten Tag an hörte er durch die hauchdünnen Wände, wie die Nachbarn ihre Kinder anbrüllten und ihnen drohten, sie »zu Han Saite zu stecken«. Das reichte aus, auch die Bockigsten an den Tisch zurückzubringen, damit sie ihre Schale mit fadem Reis, ihre todlangweiligen Hausaufgaben und andere unangenehme Verpflichtungen beendeten, die ihnen die Tyrannei der Erwachsenen auferlegte. In diesen Häusern, wo man jeden Morgen verschlafene Nachbarinnen mit zerwühltem Haar und finsterem Blick traf, die im Hof ihre Nachttöpfe mit den gleichen knappen und schroffen Bewegungen leerten, mit denen sie ihre Kinder kämmten, kam einem Han Saite allerdings gar nicht wie eine böse Hexe vor. Sie war eine kleine Frau um die fünfzig. Alles an ihr lud dazu ein, sie sofort wieder zu vergessen, wäre da nicht das kaum wahrnehmbare Hinken gewesen, das ihre winzige Gestalt im Gehen tänzeln ließ. Das jedoch verlieh ihr eine gewisse Familienähnlichkeit mit Ma Bu, der ganz entsetzlich hinkte und für jeden Schritt Himmel und Hölle in Bewegung setzte. Dabei war er gar nicht ihr Vater, sondern der ihres Mannes, den es 1949 als Soldat durch die Niederlage der Nationalisten nach Taiwan verschlagen hatte.

Im November 1980 begann der Prozess gegen die Viererbande, der im Fernsehen übertragen wurde. Am ersten Abend thronte der einzige Fernseher in der Nachbarschaft, ein Zwölf-Zoll-Schwarz-Weiß-Bildschirm, im Hof und zog alle Bewohner an. Auch die Gänge der oberen Etagen waren vollgestopft mit vorgebeugten Menschen, die ein Gegengewicht zur besorgniserregenden Neigung der Fassaden bildeten. Sogar der Raum hinter dem Fernseher war voll, ein Radioapparat war zwar nicht derselbe Luxus, aber keineswegs allen zugänglich. Ding Ke, der nichts von dem Wendepunkt der Geschichte ahnte, der sich vor seinen Augen anbahnte, wunderte sich vor allem über die Bedeutung, die der verstorbene Vorsitzende Mao offenbar den Haaren beigemessen hatte, denn sie waren das Einzige, was bei seiner Witwe mit dem mürrischen Gesicht den Durchschnitt etwas hob. Während er diesen fehlenden Sinn für Prioritäten bedauerte, drängte sich ein Junge mit gelockter Mähne neben ihn und flüsterte ihm zu, er solle mitkommen. Ding Ke erkannte ihn sogleich wieder. Zwei Tage zuvor war er in den Hof gestürmt und dann weiter auf die Straße geflüchtet, vor sich einen Stuhl, an den er gebunden war, hinter sich seine wütende, einen Besenstiel schwenkende Mutter.

»Feng Du«, stellte sich der Lockenkopf vor, als sie an einer Treppe standen, wo sie vier, fünf Rotznasen erwarteten, und drückte ihm die Hand. »Das sind meine Kameraden. Es gibt noch mehr, aber die anderen sind im Augenblick zu Hause eingesperrt. Wir sind die Rebellen der Straße des Sieges. Die Großen im Hof haben uns verraten. Angefangen bei meinem Bruder, der sich mit den Leuten von den Schaltern verbündet hat. Ich habe nichts gegen die Schalter – meine Mutter arbeitet da und ich werde irgendwann auch dort landen, ebenso, wie mein verräterischer Bruder die Nachfolge meines Vaters bei den Kautschuks antreten wird –, aber sie verlangen von uns die Hälfte der gekochten Mehlbeeren, die wir bei der Alten an der Straßenecke kaufen. Wir brauchen frisches Blut, einen Großen wie dich. Jemand, der keinen Schiss hat. Wenn du bereit bist, dich auf die Seite der guten Sache zu stellen und die Unterdrückten zu verteidigen, überlasse ich dir meine Stellung als Bataillonschef und werde dein Politkommissar, und unsere Basis schenkt uns fünf Mehlbeeren pro Zeitungstütchen.«

»Vier oder sechs«, merkte Ding Ke an, »weil wir zu zweit sind.«

»Sechs«, entschied Feng Du. »Ich sehe, dass du einen Kopf für Zahlen hast. Das trifft sich gut. Wir ergänzen uns. Aber das reicht nicht, Kamerad. Man braucht außerdem und vor allem Mut. Den habe ich, das steht fest, und da sollst du mich nicht ergänzen. Davon musst du ebenso viel haben wie ich. Denn unsere Feinde sind äußerst gefährlich!«

Und die Basis nickte dazu mit dem Kopf.

»Jetzt werden wir sehen, ob es richtig ist, auf dich zu setzen.«

Der Trupp stieg die Treppe hoch, bog um eine Ecke, betrat den Gang eines Hauses, das zum Giebel eines anderen führte, welches von diesem durch einen stillgelegten, mit Moos und Müll übersäten Durchgang getrennt war, und nahm vor der dritten Tür Aufstellung, die wie alle anderen in der Ofennische lag und direkt in die Küche führte. Ein Junge holte aus dem Schulranzen Pauspapier, das er seinem Ingenieursvater stibitzt hatte, ein anderer eine riesige Taschenlampe, die fast so groß war wie er selbst. Aber die Keule blieb eine Keule und weigerte sich, wie eine Lampe zu leuchten. Feng Du schraubte das Ende ab und entdeckte drei Batterien von beeindruckender Größe, aber weich wie Teig und obendrein ausgelaufen. Er sah darin eine mögliche Metapher für seinen neuen Partner – wie alle Atheisten war er abergläubisch – und warf einen kurzen Blick zu Ding Ke, dann erinnerte er seinen zerknirschten kleinen Soldaten an die Pflicht, vor jeder Schlacht die Waffen zu kontrollieren. Inzwischen war es völlig dunkel. Im Innenhof ertönte plötzlich eine hysterische Frauenstimme in entstelltem Mandarin: »Ich war nur ein Hund des Vorsitzenden Mao!«

Ihr antwortete das hohle Klirren einer von den Lumpensammlern übersehenen Flasche, die eine Bande flüchtender Ratten unten in der Sackgasse angestoßen hatte.

Tastend fand Feng Du den Schürhaken, mit dem er die Glut im Ofen anfachte. In deren Licht führte er das Pauspapier in den Spalt zwischen Tür und Rahmen und schob es von unten nach oben. Im nächsten Augenblick gab der Riegel nach.

»Ihr bleibt hier und gebt uns Deckung«, befahl er den anderen Gören.

Ding Ke folgte ihm in die fast vollständige Dunkelheit einer Wohnung, in der ein scharfer Geruch nach gebratenem Kohl mit Paprika hing, der in seiner nordchinesischen Nase entsetzlich juckte. Weil er alle Kraft darauf konzentrierte, ein Niesen zu unterdrücken, stieß er sich gleich darauf am Tisch, auf dem unter einer Glasglocke der Rest des Kohls stand. Glücklicherweise war es schmerzhafter als laut. Während sie weiterschlichen, dröhnte plötzlich oben auf einer Kommode ein wütender Wecker, ohne Komplexe und ohne Rücksicht auf die Koordinierung der Weltzeit.

Am Ende des Zimmers stieß Feng Du eine zweite Tür auf. Kaum hatten sie die Schwelle überschritten, vernahmen sie ein Klicken und waren plötzlich vom Licht geblendet. Im selben Moment hallte ein Lachen durch den mit einem riesigen Porträt des Vorsitzenden Mao verzierten Raum. Von der fahlen Deckenlampe hing die Schalterschnur herab, direkt darunter, in der Mitte des Zimmers, stand ein Bett, in dem sich eine Gestalt mit vor Freude funkelnden Augen rekelte. Sie hatte den Kopf einer Frau um die zwanzig, einen viel zu großen Kopf, sogar für eine Erwachsene, und einen Kinderkörper, kaum größer als die Wachposten, die an der Wohnungstür zurückgeblieben waren.

Vom nächsten Tag an war Ding Ke eine Legende. Die Veteranen des Hofes traten resigniert vor ihm zur Seite. Vor ihm und seinem Politkommissar, der, die Mähne im Wind, neben ihm hermarschierte, gefolgt von einer glücklich und stolz ihre Beeren essenden Basis, die niemand mehr bedrohte. Die Annalen der Kinder der Straße des Sieges waren eindeutig: Als Ding Ke die Schwägerin von Han Saite, jenen bartlosen Blaubart, erblickte, hatte er lediglich eine Salve von Niesern losgelassen. Seit Qu Luos Generation hatte niemand eine solche Dreistigkeit an den Tag gelegt.

So begann die lange Freundschaft zwischen unseren beiden Kameraden. Ding Ke glänzte in der Schule, was bei Bandenführern etwas Seltenes war. Die alte Mathelehrerin, ebenso hart und ausgezehrt wie ihre Bambusrute, die bis auf den Kern davon zerschlissen war, auf ein unschuldiges, zu diesem Zweck neben der Tafel stehendes Pult einzudreschen, um die unbändige Kinderschar zum Schweigen zu bringen, hegte verrückte Hoffnungen für seine Zukunft. Er wäre mit seinem Studium sicher weiter gekommen als Guo Leda, hätte nicht just vor Beginn des Wettbewerbs für die Sekundarschule, bei dem er einen Platz in einem der besten Gymnasien von W. hätte ergattern können, seine Mutter ihn verlassen, da sie sich von seinem Vater scheiden ließ. Aber das ist eine andere Geschichte.

III

Bei Anbruch des neuen Jahrtausends sprach niemand mehr von den Verheißungen der »Vier Modernisierungen«, mit denen man uns einst in den Ohren gelegen hatte und deren Fälligkeitsdatum gerade abgelaufen war. In jenem trüben Frühling standen wir nicht wie vorgesehen im Vorzimmer des kommunistischen Paradieses, sondern vor der Tür der prosaischen WTO. Nur das Federvieh von Ma Bu trug noch mit unauslöschlicher Farbe, um jeden Diebstahl zu verhindern, unsere einstigen Bestrebungen auf dem Rücken. Deren Abkürzung gehörte zu den wenigen Schriftzeichen, die der fast neunzigjährige Greis kannte. Pu Laihe dagegen, der Inhaber des Billardsaals, taufte seine Hühnerschar mit deutlich geringerem Anspruch: Er nannte sie einfach »Billard« Nummer soundso. Die »3. Modernisierung«, ein kampflustiger Hahn, verbrachte seine Zeit damit, seinen großen Rivalen »Billard 007« herauszufordern. Ab und zu beendete Ma Bu unter den blasierten Augen der Katze von Ding Nare die stumpfsinnige Show des Federviehs, indem er den Gegner seines Schützlings kurzerhand mit einem Stockschlag niederstreckte.

Niemand erregte sich über diese ungerechten Duelle, weil »Billard 007« der Haushahn von Pu Laihe war und Pu Laihe der Haushahn von niemandem – außer vielleicht seiner Frau. Er saß im Hof und schaute nicht mal von seiner Schachpartie auf. Wenn er sich nicht selbst einen Ruck gab, seinen Vogel zu verteidigen, würde niemand es für ihn tun. Sein Billardsaal, an vertraulichem Ort und ebenso uneben wie das Gesicht von Fu Halie, gehörte zu den billigsten des Viertels. Selbst die an der Wand hängende Uhr war lediglich dekorativ.

Seit Feng Sike es sich in den Kopf gesetzt hatte, seine Rente abzurunden, indem er sich auf der Straße als Reparateur von Wannen und Hersteller von Ersatzschlüsseln anbot, hatte Pu Laihe seinen neben dem alten Buchhalter Ding Nare einzigen würdigen Gegner verloren. Aber der Vater von Ding Ke spielte nicht. Wenn ich gewinnen würde, sagte er, wäre der andere nicht zufrieden, und wenn ich verlieren würde, würde ich mich ärgern. Lieber sehe ich den anderen zu, da bin ich vor schlechter Laune sicher. Der groß gewachsene Mandschu mit Pekinger Akzent war früher Offizier gewesen. Während der Kulturrevolution war er wegen einer Affäre mit einer verheirateten Frau aus der Armee ausgestoßen worden. Die Ehebrecherin, mit ihrem Gatten, einem hohen gestürzten Würdenträger, im Exil in W., hatte schließlich die Scheidung erhalten. Der neue Hausstand, den sie mit Ding Nare gründete, dauerte nur so lange wie nötig. Das Ende des kollektiven Deliriums diktierte jedem Entscheidungen der Vernunft. Kurz nach dem Prozess gegen die Viererbande, als die Geschichte des Landes das verrückte Intermezzo beendete, beendete die Mutter von Ding Ke das ihre. Nachdem sie die zweite Ehe hatte annullieren lassen, kehrte sie nach Peking zu ihrem inzwischen rehabilitierten Exmann und zum Halbbruder von Ding Ke zurück.

Der Hof, der in unserer Kindheit einem unergründlichen Labyrinth glich, entpuppte sich vor unseren Erwachsenenaugen als ein Loch aus verwittertem Beton. Er verlieh uns gleichwohl eine beruhigende Kraft, die nur in der Angst ihresgleichen fand, die er uns früher eingejagt hatte. Rentner, Arbeitslose, von der Nachtschicht heimgekehrte Arbeiter – zu jeder Tageszeit ließ der vom Klicken des Mah-Jongg erfüllte Nabel unserer Häuser die einen ihren Niedergang, die anderen ihre Not und alle die sterile Unwandelbarkeit ihres Schicksals vergessen. Wir wissen nicht, wann sich Guo Leda mit seinem *Guinnessbuch* in dieser Kulisse eingenistet hatte. Wenn wir am Wochenende Billard spielen kamen, amüsierten wir uns, ihm ans Geländer gelehnt ein »Wie viel wiegt der schwerste Kürbis der Welt?« zuzuwerfen. Eines Tages vernahmen wir erstaunt die Antwort: »So viel wie ihr selbst, ihr Arschlöcher!« Sie kam von Ma Bu, der uns, sonst taub wie eine Nuss, freudig beschimpfte. Es stellte sich heraus, dass ihm Guo Leda ein Hörgerät gekauft hatte. »Dürfen wir jetzt nichts Böses mehr über dich sagen?« fragten die Mah-Jongg-Spieler. »Nein, aber ihr dürft mir Böses über die anderen erzählen!« antwortete der Alte.

In jenem Frühling hatten wir die Schwägerin wiedergesehen. Bei schönem Wetter sonnte sie sich auf der Terrasse des Hauses in einem Liegestuhl zwischen den von Nachbarn in alten Wannen gepflanzten Blumen.

Weil sie im Halbdunkel ihres Zimmers lebte wie ein Champignon in der Stille eines Kellers, hatte die Schwägerin schließlich den gleichen bleichen, runden, übergroßen Kopf bekommen, auf einen Körper gepfropft, der zu winzig war, um ihn zu tragen. Ihrer war dieser Pflicht tatsächlich ledig: Von Geburt an gelähmt, hatte sie die Welt nie anders als aus der Horizontale betrachtet.

Im Leben gibt es solche, die ihr Studium nicht bekommen, und solche, denen ihr Studium nicht bekommt. Das erste Unglück trifft die Mehrheit, aber es ist ein kleineres Unglück verglichen mit dem zweiten. Daran mussten wir denken, als sich Guo Leda in die Schwägerin verknallte. Manche vermuteten jedoch andere Hintergründe. So war eines Freitagabends, während Ma Bu seinen Verdauungsspaziergang auf der Esplanade des Revolutionsmuseums machte und Guo Leda auf seinem weichen Kissen bei der vierten Vorstellung von *Ocean's Eleven* saß, der eine Woche lang lief, in die Wohnung der Familie eingebrochen worden. Die Schwägerin war nicht da: Man hatte sie auf dem Dach vergessen. In der Matratze ihres Bettes glaubten die von ihrer mageren Beute enttäuschten Einbrecher den hypothetischen Zaster zu finden: ein besticktes Taschentuch voller Getreidemarken sowie Wechselbons im Werte von sechshundert Yuan für die früher den Ausländern vorbehaltenen Läden. Die einen wie die anderen waren längst nicht mehr gültig.

Am folgenden Montag sahen wir mitten am Vormittag Guo Leda aufs Höchste erregt durch die Werkhalle laufen. She Kui glaubte, er komme gerade von der Latrine, und wetterte: »Eine Dreiviertelstunde! Hast du das Klopapier vergessen oder bist du verstopft?« Wohl bekomm's: Unsere von Mücken verseuchten Toiletten waren der einzige Ort, wo man wirklich effizient sein sollte.

Kurz darauf erschien der Hallenmeister Fu Halie und

drehte drei Runden um die Stanzmaschinen. Ihm folgten Parteigeneralsekretär Fu Taici, der leitende Betriebsarzt, der Personaldirektor, der Gewerkschaftssekretär, erneut Fu Taici, und dann Hua Siwu … alle bester Laune und mit dieser demonstrativ diskreten, triumphierend mitleidigen Miene, die nur das große Unglück eines anderen hervorrufen kann.

Mittags hatte sich das Gerücht in der ganzen Fabrik verbreitet: Das Komitee für demografische Kontrolle hatte Guo Ledas Antrag auf eine Heiratsgenehmigung abgelehnt.

IV

Dabei war es bereits das dritte Mal, dass Guo Leda in Hua Siwus Büro vorgesprochen hatte. Das erste Mal war am vorangegangenen Donnerstag gewesen, einem ungeraden Tag. Er wurde von Amts wegen abgewiesen: »Sie müssen lernen, mit Ihren Kollegen zu kommunizieren, Genosse Guo. Vergessen Sie Ihr Diplom, legen Sie Ihren Hochmut ab und geben Sie sich Mühe, sich zu integrieren. Mir ist aufgefallen, dass Sie in der Kantine immer allein essen. Weil ihr studiert habt, neigt ihr alle dazu, die Kommunikation zu verachten … Sagen Sie nicht, das hätte nichts damit zu tun. Sehen Sie, wie Sie die Worte des anderen zurückweisen? Einfach so? … Sie können nicht behaupten, Sie wären ein Musterbeispiel der Kommunikation: Sie arbeiten schon seit fast zwei Jahren bei uns und wissen immer noch nichts über die Grundlagen unserer Arbeitsweise. Wenn Sie daran gedacht hätten, wenigstens ein bisschen zu kommunizieren, bevor Sie herkommen, hätten Sie beispielsweise erfahren, dass ich mich an den ungeraden Tagen um den Frauenverband und an den geraden um das Komitee für demografische Kontrolle kümmere. Ich vermute, Sie sind nicht gekommen, um mit der Präsidentin des Frauenverbands zu sprechen, oder irre ich mich? Wir sind hier nicht in der Kautschukfabrik Nr. 825, Genosse Guo. Wir schwimmen nicht im Gold. Ich kümmere mich allein um zwei Bereiche. Und warum? Damit die Fabrik spart. Versuchen Sie, sich ebenso zu verhalten, Genosse Guo. Sie sind schon eine ganze Viertelstunde hier! Wie viele Teile hätte der Genosse She Kui inzwischen gestanzt? Da sehen Sie, wie viel Zeitverlust Ihnen die Kommunikation erspart hätte …«

Am nächsten Tag ging Guo Leda wieder hin. Auch dieser Schritt erwies sich als Fauxpas: Es war der 1. Juni.

Am Montag hatte Guo Leda das Datum genau überprüft. Bei seiner Ankunft war die Direktorin des Komitees für demografische Kontrolle gerade dabei, die Eheanzeigen in der *Tageszeitung* von W. unter die Lupe zu nehmen. Sie war nicht unzufrieden mit ihrem Mann, aber wie viele Kader hatte sie die Angewohnheit, eine Zeitung von vorne bis hinten zu lesen.

»Sie müssen mit Passfotos von Ihrer Verlobten wiederkommen«, sagte sie zu Guo Leda, während er das Formular ausfüllte. »Aber passen Sie auf … unterbrechen Sie mich nicht, das ist von höchster Bedeutung, ich habe es in der Zeitung von gestern gelesen.« Sie griff nach dem Käseblatt: »Die Bestimmungen bezüglich der Passbilder wurden geändert: Die Person muss sich künftig vor rotem Hintergrund, mit bloßem Haupt, ohne Lächeln und ohne Bart fotografieren lassen. Außerdem, das versteht sich von selbst, im Sitzen.«

»Aber …«

»Ich weiß schon, was Sie sagen wollen«, unterbrach ihn Hua Siwu, die eine Schere suchte, um den Artikel auszuschneiden. »Leider sind wir vor dem Gesetz alle gleich, trotz unserer Unterschiede. Günstlingswirtschaft ist eine Form der Diskriminierung. Man kann ihr nicht unter dem Vorwand nachgeben, manche Personen hätten Schwierigkeiten, sich im Sitzen fotografieren zu lassen.«

»Aber meine Fotos *sind* doch im Sitzen!«

»Schreien Sie nicht. Ich spreche nicht von Ihren, sondern von denen Ihrer Verlobten. Denn ich brauche auch Fotos von Ihrer Verlobten. Sie können doch nicht sich selbst heiraten, oder?«

»Aber *da* sind doch ihre Fotos!«

»He! Schlagen Sie nicht auf meinen Schreibtisch! Was sind das für Manieren? Überzeugen Sie sich selbst! Habe ich mir das vielleicht ausgedacht? Es ist nicht meine Schuld, wenn Sie alles durcheinanderwerfen und Fotos von Ihrer Schwiegermutter mitbringen!«

»Das ist nicht meine Schwiegermutter!«

»Wenn Sie wirklich glauben, dass es Ihre Schwägerin ist!«

»Ganz bestimmt nicht! Das ist die Frau, die ich heiraten will!«

Hua Siwu hielt beim Wühlen im Durcheinander ihrer Schublade inne, griff nach dem halb ausgefüllten Formular von Guo Leda, prüfte es, dann fixierte sie den jungen Mann über den Rand ihrer Brille hinweg und fuhr ihn an: »Genosse Guo, Sie werden mir nicht noch mal so einen Streich wie mit Jiang Damen spielen …«

»Ich verbiete Ihnen, von ihr zu sprechen!«

»Was ist denn hier los?« Fu Taici kam herein. »Wir sind hier doch nicht auf dem Basar! Das ist das Direktionsgebäude!«

Hua Siwu hielt ihm das Formular hin.

»Genosse Guo Leda«, sagte er ernst, nachdem er es überflogen hatte, »wissen Sie, wie alt diese Han Saite ist?«

»Natürlich weiß ich es, schließlich habe ich das Formular ausgefüllt!«

»Das ist eine Unverschämtheit! Wie alt ist Ihre Mutter?«

»Meine Mutter hat damit nichts zu tun.«

»Hören Sie sofort auf, in diesem Ton mit mir zu sprechen! Kein Wunder, dass She Kui Sie so behandelt. Seitdem wir Sie vor zwei Jahren eingestellt haben, machen Sie uns fortwährend Probleme. Aber jetzt reicht es! Glauben Sie, dass wir nach Ihnen den Arbeitern mit ländlicher Herkunft noch vertrauen werden?«

»Ich pfeif auf die Arbeiter mit ländlicher Herkunft!«

»Genosse Guo«, sagte Hua Siwu in mütterlichem Ton, »ich habe große Mühe, Ihre Persönlichkeit zu erfassen. Um Sie zu verstehen, bin ich sogar ins Kino gegangen und habe mir Filme über Bauern angesehen …«

»Hören Sie auf, alles auf meine Herkunft zu schieben! Ich will einfach nur heiraten!«

»Das sagen Sie immer. Aber kann es nicht an Ihrem Minderwertigkeitskomplex liegen, dass Sie sich eher älteren Bürgerinnen zuwenden, als mit Mädchen Ihres Alters zu verkehren?«

»Han Saite …?« Fu Taici wurde munter. »War sie nicht verheiratet?«

»Sie ist seit mehr als fünfzig Jahren von ihrem Mann getrennt! Die Ehe ist null und nichtig!«

»Nichtig oder nicht, das entscheiden nicht Sie. Überprüfen Sie das, Genossin Hua.«

»Und ihre Tochter?« fragte die Genossin, »haben Sie jemals an sie gedacht, Genosse Guo?«

»Welche Tochter?«

»Sehen Sie! Sie wollen sie heiraten, aber was wissen Sie von ihrer Vergangenheit?«

»Ich heirate nicht ihre Vergangenheit!«

»Heiraten Sie etwa ihre Zukunft?«

»Auf jeden Fall«, unterbrach sie Fu Taici, »können wir Sie nicht eine neunundsechzigjährige Frau heiraten lassen!«

»Mit welcher Begründung?« empörte sich Guo Leda. »Dafür gibt es keine Altersgrenze!«

»Eine Obergrenze nicht, eine Untergrenze schon«, erinnerte die Direktorin, nun wieder ganz in ihrem Element.

»Machen Sie sich über mich lustig? Das gesetzliche Alter für einen Mann ist zweiundzwanzig, ich bin vierundzwanzig!«

»Gewiss. Nur zählt bei uns nicht das gesetzliche Alter, sondern das von der Regierung empfohlene, um die späte Ehe und Elternschaft zu fördern. Unsere Arbeitseinheit gehörte in diesem Bereich immer zur Vorhut.« Stolz wies sie auf die an der Wand hängenden Ehrendiplome. »Seit beinahe fünfzehn Jahren haben die oberen Instanzen jedes Jahr ihre Glückwünsche an Sekretär Fu und Direktor Qu gesandt, weil sie unsere Arbeitskräfte zu einem beispielhaften Bewusstsein erzogen und zu herausragenden Leistungen mobilisiert haben!«

»Es gehört sich wirklich nicht, dass Sie diese kollektiven Anstrengungen durch Ihre persönlichen Probleme gefährden wollen!« bestätigte der Sekretär.

»Aber ich will niemanden gefährden!«

»Ich behaupte nicht das Gegenteil. Nur gilt eine Ehe erst ab dreiundzwanzig für eine Frau und fünfundzwanzig für einen Mann als späte Ehe«, fuhr die Präsidentin belehrend fort.

»Aber Han Saite ist schon neunundsechzig!«

»In der Tat erfüllt die Genossin Han das Kriterium der späten Ehe, Sie aber nicht, noch nicht.«

»Aber sie erfüllt allein die Quote für zwei!«

»Das ist absurd!« rief Fu Taici. »Das Alter wird nicht aufgerechnet! Sonst könnte ja ein Vierzigjähriger ganz legal ein zehnjähriges Mädchen heiraten!«

»Warum haben Sie es so eilig, Genosse Guo?« fragte Hua Siwu. »Die Genossin Han wird ja wohl nicht schwanger werden, oder? Im nächsten Jahr haben Sie das vorgeschriebene Alter erreicht. Wenn Ihre Liebe ehrlich ist, werden Sie wohl ein paar Monate warten können.«

»Nehmen Sie Ihr Formular wieder mit«, befahl Fu Taici, »und machen Sie nicht so ein Gesicht. Kommen Sie am 1. Januar wieder, dann können Sie froh und munter heiraten.«

Das war ein ziemlich dummer Vorschlag, denn der 1. Januar bliebe, selbst wenn er bis dahin zum Arbeitstag erklärt werden sollte, auf jeden Fall ein ungerader Tag.

Der Skandal hatte nicht bis zum Ende des Tages gewartet, um im Viertel die Runde zu machen. Nur Ma Bu hatte es nicht gehört: Weil er Kopfschmerzen hatte, war sein Hörgerät nicht angestellt. Seit drei Tagen litt er wegen eines gestohlenen Reifens. Ein alter Reifen, so abgenutzt und platt wie er selbst, weshalb der Kommissar des Viertels sich nicht einmal herabließ, seine Aussage aufzunehmen. »Damit ist die Gerechtigkeit wiederhergestellt«, sagte der Faulpelz. Was konnte man darauf schon erwidern? Ein Reifen bei den Kautschuks, das war wie die Literflaschen Sojasauce in ihren Küchenschränken, neun von zehn waren nicht bezahlt. Ein Polizeikommissar, bei dem es außer Papier mit Briefkopf für die Hausaufgaben der Kinder – aber seine waren schon aus dem Alter heraus – nichts zu entwenden gab, hatte keinen Grund, nachsichtig zu sein.

Ma Bu hatte nicht weiter gedrängt, um kein Misstrauen zu wecken. Seit drei Tagen schickte er Guo Leda in die Wiederverwertungszentren der Umgebung, um einen Reifen zu suchen, der zwei Zähne aus echtem Gold in sich barg, die bei der Agrarreform einem früheren Grundbesitzer gezogen worden waren. Allerdings war der junge Mann an diesem Abend, wie schon am vorigen, nicht zum Essen gekommen. Das war verdächtig. Warum sollte er ihm auch vertrauen? Sein dümmliches Gesicht hatte nichts zu sagen. »Und heute Mittag, als du zu ihm in die Fabrik gegangen bist, hat er dir wirklich gesagt, dass er nichts gefunden hat? Du bist sicher, dass er nicht gelogen hat? Erzähl mir nicht, dass das Hörgerät genauso teuer war! Es ist aus Plastik! Seit wann ist Plastik so viel wert wie Gold?!« Trotzdem brauchte er es, um das Gespräch fortzusetzen. Er stand vom Tisch auf, um es zu holen, und wiederholte seine Fragen, bis er feststellte, dass er die Antworten seiner Schwiegertochter einfach deshalb nicht hörte, weil sie nicht mehr da war.

Ma Bu ging ebenfalls hinaus. Auf dem Hof sahen ihn die Nachbarn merkwürdig an. »Hat Guo Leda das Geheimnis verraten? Oder spreche ich zu laut, wie die anderen Schwerhörigen?« murmelte er. Auf der Straße des Sieges musterten ihn Bekannte in der Schlange vor dem Laden des Südkoreaners mit dem gleichen verstohlenen Lächeln. Er blieb stehen. Sein Hosenstall war ordentlich geschlossen.

»Pass auf, Hinkefuß! Bleib nicht mitten auf dem Gehsteig stehen, um dich wie ein Backfisch zu bewundern!« ertönte hinter ihm eine raue, fast männliche Stimme. Eine entsetzlich magere Unterwäscheverkäuferin, die ein selbst gebautes Lieferdreirad vor sich herschob, wäre beinah mit ihm zusammengestoßen.

»Und die Straße? Ist die vielleicht für Hunde?«

Aber sie war schon weitergefahren, denn sie durfte keine Zeit verlieren, wenn sie auf dem Markt einen guten Platz finden wollte. Jetzt, zur Stoßzeit, war die Straße so verstopft wie eine verschnupfte Nase. Eine tropfende Nase obendrein. Denn zwischen den unbeweglichen Autos stand ein Straßensprenger, der alles nass spritzte und dabei in einer Endlosschleife mit jener entwaffnenden Gelassenheit des öffentlichen Dienstes zwischen Flüchen und Hupen die sanfte Melodie von »Zum Geburtstag viel Glück« abspielte. Einige Bauern stellten sich dennoch daneben, um ihre Gemüsekörbe zu benetzen. Das verlieh dem Unverkauften ein frischeres Aussehen und vor allem mehr Gewicht. An der Ecke mühte sich ein Alter mit knallrotem Kopf und Trillerpfeife damit ab, den Verkehr zu regeln, wozu er sein kleines Fähnchen schwenkte. Es war ein sogenannter Hilfspolizist. Er durfte keine Strafzettel austeilen. Also hörte auch niemand auf ihn.

Han Saites Hocker vor der Videothek war leer.

»Immer noch nichts?« rief Ma Bu durch den Vorhang aus Plastikbändern.

»Nichts«, antwortete ihm die Stimme der Ladenhüterin.

Etwas weiter traf er Ding Nare, der bei den Fischhändlern abgeschnittene Aalköpfe für seine Katze ergattert hatte.

»Guten Abend, alter Ma! Gehst du auf den Platz? Dann gehen wir ein Stück zusammen. Ich werde meine Lottozahlen vergleichen.«

Seine Zahlen. Das sagte er nur so. Denn er hatte sie nicht bezahlt. Früher, vor seiner Rente, hatte Ding Nare wie wir alle Lose für zwei Yuan gekauft. Seither sah er sogar diese bescheidene Summe als Verschwendung an. Statt Zahlen zu kaufen, notierte er sie. Am Tag der Ziehung kam er wieder zum Kiosk auf dem Markt, um sein Glück auf die Probe zu stellen. Wenn die Zahlen, die er ausgewählt hatte, zufällig zu den Gezogenen gehörten, war er glücklich, denn es macht immer Spaß zu gewinnen, auch wenn es nur virtuell ist. Wenn er hingegen falsch gesetzt hatte – was meistens der Fall war –, freute er sich erst recht, denn er hatte einmal mehr eine unnötige Ausgabe vermieden.

»Sieh an, Vater Ma!« sagte der Kioskinhaber, als er sie erblickte. Er stand auf der Schwelle und rauchte. »Seit zwei Monaten hat niemand den Hauptgewinn gezogen. Im Jackpot sind jetzt neunhunderttausend Yuan!«

»Warum erzählst du mir das? Du verkaufst doch nur heiße Luft! Ob Zeitungen oder Lottoscheine, nichts als Lügen! Bei dir gibt es überhaupt nichts Nützliches. Wart's ab, bei der nächsten Hungersnot wird deine Bude als letzte geplündert!«

»Umso besser! Aber du hast heute die besten Chancen, ein Vermögen zu gewinnen. Es ist dein Tag, das große Los zu ziehen! Glaub mir, es lohnt sich nicht, dem Schicksal zu grollen!«

»Warum sollte ich? Ich bin aus dem Alter raus, wo man

mir Hörner aufsetzt. Willst du dich etwa über mich lustig machen?«

Ein verschmitztes Lächeln erstrahlte auf dem eingefallenen Gesicht des Zeitungshändlers, der gerade etwas erwidern wollte, als ihn Ding Nare plötzlich am Arm packte. »He, he! Ganz ruhig! Jetzt ist mir die Zigarette runtergefallen«, schimpfte er und hob die letzten beiden Zentimeter des Stummels auf.

»Schnell, lesen Sie mir die Zahlen vor! Und zwar laut, bitte schön!« sagte Ding Nare und reichte ihm das Heft, in das er seine virtuellen Operationen notierte. »Und jetzt sehen Sie sich das Resultat an, das Sie da angeklebt haben!«

Ein paar Wanderarbeiter, die sich in der Nähe herumtrieben, hörten neugierig zu. Alle richteten die Augen auf das Blatt Papier, das zwischen den Zeitschriften hing.

»Teufel noch mal!« rief der Händler und spuckte hastig die Kippe aus, die ihm beinah die Lippen verbrannt hätte. »Sie wären beinah Millionär geworden!«

»Fast, es fehlen hunderttausend Yuan«, antwortete dieser bescheiden.

»Eins kann ich euch sagen!« versicherte ein Lastenträger und schielte wehmütig auf die verlöschende Glut der Kippe, »wenn ich neunhunderttausend Yuan gewinnen würde, würde ich jeden Tag zehn Schachteln *Große W* rauchen.«

»Millionäre rauchen nie *Große W*«, sagte einer seiner Gefährten verächtlich, »sondern nur Marlboro!«

»Alles Bauernlümmel, sage ich euch!« rief ein kleiner Schuhputzer großspurig von seiner Werkzeugkiste herab in die ständig wachsende Menge. »Die Geldsäcke rauchen doch nur Zigarren!«

»Zigarre oder Zigarette, alles geht in Rauch auf!« verkündete Ma Bu voller Inbrunst. »Wenn ich es wäre, würde ich mir fünfunddreißig Goldzähne einsetzen lassen! So viele hatten früher nicht mal die Großgrundbesitzer.«

»Das hätte mich auch gewundert. In einen Mund passen nur zweiunddreißig!«

»Was weißt du schon, du Lügenverkäufer? Vielleicht ist mein Mund größer als deiner?«

»Von mir aus Lügen. Aber wenn er mir neulich welche abgekauft hätte, könnte dein Nachbar auf der Stelle sein ganzes Geschirr verschenken und ab morgen jeden Tag im Restaurant essen! Küche ade! Willkommen Fleisch! Für ihn hätte der Kommunismus bereits angefangen. Sogar seine Katze könnte sich drei Mal am Tag Aal servieren lassen. Gut gekocht, gut gewürzt, mit einer Prise Koriander und einem Berg Paprika.«

Diese Aussicht ließ mehr als einem das Wasser im Mund zusammenlaufen.

»Wir wollen nicht übertreiben. Aber mit dieser Summe könnte ich mir eine Wohnung in Peking kaufen«, sagte Ding Nare verträumt, »im Viertel, wo ich aufgewachsen bin.«

»O ja! Hätten Sie gekonnt! Wenn Sie nur auf mich gehört hätten. Aber Sie bestanden ja auf Ihrer Knausrigkeit! Jetzt haben wir den Salat. Anstatt nach Peking gehen Sie zurück in die Straße des Sieges. So eine gute Gelegenheit, das Leben Ihres Sohns, Ihrer Katze und Ihr eigenes zu revolutionieren. Vertan! Wollen Sie heute Abend immer noch keine Zahlen kaufen? Man kann ja nie wissen … Und ihr anderen? Ein Los für zwei Yuan, das kostet nicht mehr als zwei Rückfahrkarten ins Stadtzentrum! Und es kann euch sehr viel weiter bringen! Ohne Rückfahrverpflichtung! Schon in der nächsten Woche könntet ihr euren bescheuerten Chefs, euren schwachsinnigen Kollegen, euren Kunden, die keine sein wollen, eurem schlitzohrigen Hausbesitzer, euren beschissenen Nachbarn, eurer giftigen Ehefrau und eurer Schwiegermutter nach Belieben die Meinung geigen! Allen, denen es Spaß macht, euch tagtäglich zu schikanieren. Und ihr müsstet nie mehr buckeln!«

Ein geradezu revolutionärer Wind voller Hoffnung, Zorn und Küchengestank wehte über den Platz. Noch nie hatte der Zeitungshändler so viele Lotterielose verkauft. Während Ma Bu noch zauderte, waren die kleinen Anteile bereits ausverkauft. Deshalb setzte er mürrisch seinen Spaziergang auf der Esplanade fort. Sein Optimismus hatte Grenzen. Ding Nare seinerseits ging langsam über den Markt zurück. An seinen im Rücken verschränkten Händen hing schlaff die kleine Plastiktüte mit Aalköpfen. Die Henkel waren warm und feucht geworden wie die Luft in dieser subtropischen Stadt. Er hatte sich nie an ihre Feuchtigkeit gewöhnen können. In Peking war es um diese Zeit sicher auch warm. Aber es war eine trockene, reine Wärme, vielleicht ebenso erbarmungslos, aber weniger klebrig. Und außerdem verschonte sie die grünen Schatten der Platanen, die klare Tiefe der Seen im Shichahai-Park und die Frische der Galerien des Himmelstempels.

Ding Nare sah auf. Der von Wohnhäusern und Bergen durchbrochene Horizont triefte vom Blut der sterbenden Sonne. Die Dämmerung erreichte W., die Geburtsstadt seines Sohnes. Die letzten Bauern waren verschwunden, sie hatten den Markt den ambulanten Köchen und Ramschhändlern überlassen. Als er am Krankenhaus vorbeikam, löste er im Licht des Scheinwerfers plötzlich einen riesigen Wirbel aus. Eine wilde Menge stürzte sich auf ihn, ohne ein Wort zu sagen, nervöse Hände zerrten von allen Seiten an ihm herum. Eine Sekunde später war alles vorbei, und er war mit Visitenkarten gespickt. In seinen Händen, seinen Taschen, seinen Ärmeln, seinen Strümpfen, unter seinen Achseln, auf seinen Schultern und sogar in seinem Gürtel und seinem T-Shirt. Mit einer trägen Bewegung zog er an seinem Ärmel, um die an seinem Rücken klebenden Karten abzuschütteln.

Ding Nare ging um den Platz herum und die lärmende Straße des Friedens hinauf. Aus den Ständen auf der Rechten trieften Licht und Musik. Auf dem linken Gehsteig zogen einzig die Gemeinschaftslatrinen die bierliebende Menge an. Vor dem Eisenladen mit heruntergelassenem Gitter wartete, an eine Laterne gelehnt, ein junger Bursche auf einen Gegner für die unvollendete Schachpartie, die er vor sich auf dem Boden aufgebaut hatte. Er war etwa so groß wie Ding Nares Sohn, aber zweimal so breit. »Alter Meister!« rief er ihm zu. »Sehen Sie sich das aus der Nähe an. Sie müssen nicht spielen. Nur zum Vergnügen. Das ist doch eine schöne Partie, oder? Eine schwierige Konstellation, das gebe ich zu, sonst wäre es zu einfach. Nur Betrüger locken dich mit einem leicht zu gewinnenden Spiel.«

Tatsächlich war die Konstellation ungewöhnlich schwierig. Aber wer ungewöhnlich sagt, sagt unvergesslich. Ding Nare überlegte, wo er sie schon einmal gesehen hatte. Schließlich fiel ihm ein altes Schachbuch ein.

»Lassen Sie sich Zeit, alter Meister. Es ist faszinierend, nicht wahr? Schwierig, aber nicht hoffnungslos. Jedenfalls nicht für einen Experten. Bis heute hat noch niemand gegen mich gewonnen – ich will ehrlich zu Ihnen sein –, aber wer weiß? Vielleicht ist das Ihr Tag. Es wäre mir ein Vergnügen, Ihnen den ersten Zug zu überlassen. Geld zu gewinnen ist angenehm, aber einen würdigen Gegner finden noch besser. Wenn Sie sich imstande fühlen, gegen mich zu gewinnen, zögern Sie nicht. Setzen Sie ein, was Sie haben, und lassen Sie sich die Gelegenheit nicht entgehen, Ihr Geld zu mehren. Das tut immer gut. Ich sehe, dass Sie auch nicht reich sind.« Der Dicke betrachtete die Plastiktüte und eine im Hosensaum stecken gebliebene Karte. »Machen Sie sich um mich keine Sorgen. Was ich bei Ihnen verliere, hole ich mir woanders zurück. Das gehört zum Berufsrisiko. In neunundneunzig Prozent der Fälle habe ich in dieser Hinsicht nichts zu fürchten. Sonst hätte ich den Beruf verfehlt.«

Ding Nare war sicher, dass er gewinnen würde. Sein Buchhaltergedächtnis hatte ihn noch nie getrogen und er hatte den Schlüssel dieser Partie mit der Präzision eines großen, bis auf den letzten Fen ordentlich geführten Rechnungsbuches vor Augen. Noch aber zögerte er.

»Machen Sie schon, Chef! Bei dem Glück, das Sie haben, wär' es Verschwendung, nicht zu spielen«, redete ihm der plötzlich aus dem Nichts aufgetauchte kleine Schuhputzer zu. »Guten Tag, Bruder! Neu in diesem Sektor?«

Aber der dicke Schachspieler weigerte sich, die Hand zu schütteln, die ihm der Schuhputzer hinstreckte: »Ich geb dir nicht die Hand. Du hast gerade in die Ecke gepinkelt.

Glaubst du, das hab ich nicht gesehen? Früher oder später fängst du dir einen Strafzettel.«

»Es ist nett, dass du dir meinen Kopf zerbrichst. Aber mir wäre es lieber, wenn du mich höflich behandeln würdest.« Er wandte sich an Ding Nare: »Chef, mein Leben lang träume ich davon, einen Millionär kennenzulernen, und jetzt haben Sie mir das Vergnügen verdorben. Ich glaube, ich bin noch frustrierter als Sie. Überlegen Sie es sich: Wer nicht wagt, der nicht gewinnt. Neunhunderttausend! Danach gibt es nichts mehr, was sich noch lohnt, das sehe ich ein. Aber gewinnen Sie, was Sie können, retten Sie, was zu retten ist.« Und schon war er dabei, dem Schachspieler die unglaubliche Lottogeschichte zu erzählen.

Der konnte es kaum fassen: »Ist das wahr, alter Meister?«

Ding Nare nickte.

Die Begeisterung des Dicken wuchs: »Sie sind aus Peking, Meister?« Und er fuhr in reinstem Mandarin fort: »Dann sind wir Landsleute! Meine Eltern wurden vor siebenunddreißig Jahren hierher geschickt. Was für eine verfluchte Stadt, dieses W.! Alles Diebe hier. Wir aus dem Norden werden sie nie verstehen.«

Diese letzten Sätze verhalfen Ding Nare endgültig zu einer Entscheidung.

»Hören Sie, Meister. Ich komme Ihnen entgegen, als Landsmann. Ich schenke Ihnen einen Bauern.«

Ding Nare lehnte das Angebot ab. Er öffnete seine Brieftasche. Darin steckten ein Zehn-Yuan-Schein und ein Hunderter, den er am Nachmittag von seinem Konto abgehoben hatte. »Man muss was wagen im Leben«, flüsterte der kleine Schuhputzer.

Der Schachspieler holte seinen eigenen Einsatz heraus und legte die beiden Hunderterscheine unter einen Stein neben dem Schachbrett. Die Partie begann. Der Schuhputzer setzte sich auf seine Werkzeugkiste. »Der Sieger lässt mich als Kommission seine Schuhe putzen.«

Am Himmel war keine Spur mehr von der Sonne, die einen Augenblick früher noch geblutet hatte. Hier und da klebten Wolken, dunkel und scheußlich wie Schorf. Ein paar kühne Spatzen, die gerade über den Platz geflogen waren, auf dem sich ihre Gefährten in heiß begehrte Fleischspieße verwandelt hatten, schwatzten lautstark auf der Stromleitung über den Spielern. Aber schon machten sie sich überstürzt und grundlos davon, wie es bei solchen Wirrköpfen üblich ist, die sich keine Sekunde lang konzentrieren können. Unter der Laterne hatte sich jetzt ein kleiner, über das Duell gebeugter Kreis gebildet. Sie seufzten, stöhnten, gaben unterdrückte Ausrufe von sich, aber alle respektierten die Regel des Schweigens. Ab und zu klatschte eine Hand auf einen Schenkel. Vor Aufregung oder um eine Mücke zu zerquetschen. Der von einer sanften Abendbrise gewiegte Moment wäre sehr angenehm gewesen, hätte diese in eine andere Richtung geweht und uns die Gerüche der Latrine erspart.

Manche hatten glücklicherweise einen weniger ausgeprägten Geruchssinn. »Rutsch mal ein Stück beiseite und lass mich atmen! Du stehst mir im Wind!« beschimpfte der junge Mann einen Neugierigen, der sich an seine linke Seite presste.

»Hast du den Verstand verloren? Der Wind kommt von der anderen Seite!« entgegnete dieser, gehorchte aber.

»Er hat nicht nur den Verstand verloren!« kicherte ein anderer.

Er war nicht der Einzige, der das dachte. Mit jedem Zug wurde deutlicher, dass sich das Kräfteverhältnis umgekehrt hatte. Viele kannten Ding Nare, aber nur sehr wenige hatten ihn bisher am Werk gesehen. Der Schacheremit war seinem Ruf mehr als gerecht geworden. Kein falscher Zug, keine überflüssigen Tricks. Sein Spiel war überraschend ob seiner Kühnheit und beispielhaft ob der Nüchternheit, es begeisterte uns und zog uns in seinen Bann. Sein Talent offenbarte sich mit einer Sicherheit, einer Kraft und einer Eleganz, die uns den Atem nahmen. Auch seinem Gegner schien die Luft auszugehen. Schweiß perlte auf seiner Stirn. Er hielt es nicht mehr aus, zappelte herum, erhob sich vom Boden, auf dem er gesessen hatte, und hockte sich auf die Absätze, als wollte er neuen Schwung gewinnen. Aber alle wussten, dass diese Hoffnung vergebens war.

»Schach und matt!«

Der alte Meister hatte es kaum ausgesprochen, da raffte sein junger Landsmann die Geldscheine zusammen, sprang auf, stieß die Umstehenden beiseite und nahm mit großen Sätzen Reißaus. »O Scheiße!« rief der Schuhputzer und verschwand.

Ding Nare stand sogleich auf. Die Menge trat auseinander. Ihm tanzten tausend Sterne vor den Augen und ebenso viele Ameisen in den Beinen. Er stolperte über seine Aaltüte, richtete sich wieder auf und rannte los. »Haltet den Dieb! Zu Hilfe!« Die Vögel waren nicht die Einzigen, die vor seinem Geschrei flüchteten. Passanten verdrückten sich vor der wilden Jagd, während in sicherer Entfernung aus allen Türen Köpfe gestreckt wurden. Es war wie ein Naturschauspiel. Niemand wagte sich dem Flüchtenden in den Weg zu stellen, der in vollem Tempo den Hang hinabstürzte. Plötzlich tauchte an der Straßenecke eine humpelnde Gestalt auf.

»Haltet den Dieb! Haltet ihn!«

Schon war es geschehen. Der Aufprall schleuderte den schmächtigen Körper von Ma Bu vor die Fassade der Videothek. Der Flüchtende bremste nicht mal, bog rechts ab und verschwand in der Finsternis der angrenzenden Gassen.

Ma Bu starb fünf Tage später in seinem Bett. Das Krankenhaus, zu dem ihn die Menge und die eifrigen Milizionäre getragen hatten, wollte ihn nicht aufnehmen: Han Saite war außerstande, die Anzahlung für die Arztkosten zu leisten. Die geforderte Summe war astronomisch hoch. »Wir müssen auch sehen, wo wir bleiben«, verteidigte sich der diensthabende Arzt, während er Ma Bu auf der Bank im Wartesaal einen Verband anlegte. »Heutzutage zerren uns die Leute wegen jeder Kleinigkeit vor Gericht, wir haben endlos Prozesse am Hals! Ganz zu schweigen von unheilbaren Fällen wie seinem. Er wird ganz sicher nicht mehr aufwachen und bald schon dem Genossen Marx Gesellschaft leisten. Ich will seine Freude nicht unnötig hinauszögern. Sein Leiden wird ein Ende haben! Und ich will nicht, dass meins anfängt … So, erledigt. Die Blutung ist gestillt. Wenigstens das Laken ist gerettet. Sie müssen mich nicht bezahlen. Vergessen Sie einfach, dass ich den Verband angelegt habe: Ich habe nichts verkauft und muss somit keine Garantieleistungen übernehmen. Ich will keine Scherereien.«

Ma Bu hauchte am Samstag früh am Morgen seine Seele aus. Ein lautloses Röcheln, wie ein unhörbares Adieu, dann war es vorbei. Han Saite hatte nichts mitbekommen, denn sie wurde allmählich auch ein bisschen schwerhörig. Als sie ihn waschen wollte, stellte sie fest, dass er schon gegangen war. Das passte zu seiner groben Art. Sie nahm ihm den Verband ab. Ma Bu hatte sich nie entscheiden können, wer in der anderen Welt sein Führer sein sollte. Aber egal ob Buddha, der taoistische Herrscher oder der proletarische Prophet, wie der Arzt sagte, ein Verband machte nie einen guten Eindruck. Sie wischte das Blut ab und zog dem Toten sein lange vorbereitetes Leichengewand an.

Um elf Uhr war Ma Bu schon auf einer in der Kantine ausgeliehenen, von Guo Leda gezogenen und von Han Saite begleiteten Karre unterwegs zum Krematorium. Ding Nare vervollständigte den kurzen Leichenzug, weil er sich an dem Tod mitschuldig fühlte. Jeder trug einen aus einem Laken gerissenen Stoffstreifen am Ärmel und eine weiße, linierte Blume auf der Brust. Han Saite hatte sie im letzten Moment mit Papier aus Ding Kes Schulheften gebastelt, die Ding Nare unter seinem Bett hervorgeholt hatte. Die Blume von Ma Bu war größer als die anderen. Sie ließ ihn wie einen stolzen, preisgekrönten Vorzeigearbeiter aussehen. »Morgens gestorben, mittags verbrannt«, klagten die alten Weiber, die den Leichenzug vorbeikommen sahen. »Das gab es noch nie. Nicht mal eine Nacht Totenwache, nicht mal schwarzer Krepp …«

Am Nachmittag drehte Guo Leda den Vier Modernisierungen zum Gedenken an ihren Beschützer den Hals um. Han Saite kochte eine Suppe daraus, von der jede Familie im Hof eine Schale erhielt. Die Nachbarn waren empört. Seit dem Ende der Kulturrevolution hatte man keine so dünne Suppe gesehen.

Die Urne blieb im Lagerraum des Friedhofs stehen. In einem Brief nach Taipeh, den Guo Leda für sie aufgesetzt hatte, bat Han Saite Ma Le, den Sohn von Ma Bu, Geld zu schicken, um dem Verstorbenen eine endgültige Ruhestätte zu kaufen.

V

Es war ein heißer Mittag Ende August, einer jener Tage, an denen wir keinen Wetterbericht hören mussten, um die genaue Temperatur zu wissen. In W. blieb das offizielle, sehr disziplinierte Quecksilber zum großen Bedauern des Gesetzes, das uns ab vierzig Grad von der Arbeit freistellte, konsequent bei neununddreißig Grad stehen. Glücklicherweise konnten wir uns auf unsere schlechten Beziehungen zur Elektrizitätsgesellschaft verlassen. Da wir kein Geld hatten, um sie zu schmieren, stürzten uns ihre unerwarteten Stromausfälle regelmäßig in technische Arbeitslosigkeit. So war es auch an jenem Tag.

Wir waren gerade dabei, bei einem Pokerturnier zu ermitteln, wer für die anderen abwaschen würde, als Han Saite auftauchte. Sie hatte sich angewöhnt, jeden Tag zu kommen, um ihrem Schatz das Mittagessen zu bringen. Sie war spät dran. Guo Leda erwartete sie in einer Ecke der Werkhalle, wo er drei umgedrehte Kisten zusammengeschoben hatte. Auf der mittleren breitete Han Saite eine alte Zeitung als Tischtuch aus. Wir hörten sie sagen: »Ich habe den Brief von der Post geholt. Sie haben gesagt, er kommt aus Taiwan. Aber iss erst mal. Danach liest du ihn mir vor.«

She Kui, den der untätige Vormittag in gute Laune versetzt hatte, ging zu ihnen hinüber. »Gibst du mir die Briefmarken?« fragte er, während er in seinen Zähnen stocherte. »Mein Sohn sammelt sie für die Schule.«

Han Saite war gerade damit beschäftigt, den Tisch zu decken, und hatte seine Stimme nicht erkannt. »Lass ihn zuerst essen!« antwortete sie und holte zahlreiche kleine Tellerchen aus ihrem Korb. »Dein Sohn kann warten!«

»Mein Sohn hat nie gelernt zu warten!« Ein kraftvoll ausgespuckter Zahnstocher landete genau auf einer süßsauren Aubergine. »Iss! Iss doch endlich. Worauf wartest du? Und du, alte Frau, sorg dich nicht, ich halte deinen Gigolo schon nicht vom Essen ab! Deinen Brief lese ich dir statt seiner vor!«

Alle hielten den Atem an. Kein Windhauch. »Entschuldigen Sie, Chef …!« jammerte die Alte.

Aber schon wurde ihr der Brief entrissen. »*Guten Tag, Han Saite, ich nenne Dich bei diesem* … diesem was?! Was ist das für ein Schwachsinn? Kann dein Hahnrei von Ehemann nicht einfach schreiben wie alle?« brüllte der Vater des Philatelisten. »Scheiße noch mal! Ich bin Stanzer und kein Archäologe! Dai Jiande! Wo bist du? Hast du deine Zunge verschluckt? Komm her. Du wirst uns den Brief vorlesen.«

»Ich habe keine Lust«, stammelte der, wagte aber nicht, von seinen Karten aufzusehen.

Im selben Moment stieß uns der ehemalige Sträfling beiseite, packte ihn am Kragen und zerrte ihn weg.

»Lass uns doch die Runde fertig spielen«, murrte Wang Mazi, »wenn ich schon einmal gewinne …«

»Halt's Maul! Sonst breche ich dir deinen halben Finger!« Dann schubste er Dai Jiande, der gerade noch seine heruntergefallene Brille aus einer schmutzigen Schale angeln konnte. »Und du lies vor! Erzähl nicht, dass du es nicht kannst. Du bist doch nicht umsonst kurzsichtig, oder?«

Der Linguist setzte die von allzu hastig abgewischtem Fett verschmierte Brille auf und gehorchte mit zerknirschter Miene: »*Guten Tag, Han Saite …*«

»Lauter! Stell dich nicht so an!«

»Guten Tag, Han Saite, ich nenne Dich bei diesem Namen, weil ich nicht weiß, wie ich Dich sonst nennen soll: Meine Frau? Meine Schwiegermutter? Und dieses widerliche Ding, das sich auf seinem Bett herumwälzt, meine Tochter? Meine Halbschwester? Es hätte mich zum Gespött der Leute gemacht, wenn mich nicht der Krieg auf diese Insel gespült hätte, wo niemand Notiz von mir nimmt.

Als ich vor zehn Jahren in W. war, habe ich euch sechshundert Yuan gegeben. Ich hatte mich klar ausgedrückt: Mit dieser Summe waren alle Rechnungen mit euch beglichen. Jetzt belästigst Du mich erneut, verlangst Geld und überbringst mir die Nachricht von seinem Tod. Was habe ich damit am Hut? Es ist zu spät! Vor sechzig Jahren hätte ich mich darüber gefreut! An dem Tag, wo ich zwangsrekrutiert wurde, habe ich mich nicht lange gewehrt. Dem Krieg sei Dank, ja, es ist traurig, dem Krieg sei Dank, dass ich endlich dem Terror entkommen war, der unter seinem Dach herrschte.

Vor zehn Jahren bin ich zurückgekommen, um das Grab meiner Mutter zu besuchen. Weil ich nicht wusste, dass es schon lange platt gewalzt war, um Rüben darauf zu pflanzen. Mir wäre Paprika lieber gewesen, Mutter hat immer sehr würzig gekocht.

Ihr habt erzählt, dass ihr wegen mir gelitten habt. Von mir aus. Dann sind wir quitt. Was verbindet uns überhaupt? Dich habe ich vier Jahre lang gekannt und ihn neunzehn, jetzt bin ich einundsiebzig, Du kannst es dir selbst ausrechnen. Den größten Teil meines Daseins habe ich in einer Welt verbracht, in der es euch nicht gibt.

Außerdem bin ich nur ein alter Soldat, der von seiner erbärmlichen Rente lebt. Die Reise aufs Festland hat meine Ersparnisse erschöpft. Ich kann Dir nichts schicken. Du schreibst, dass seine Urne nach einem Jahr auf den Müll geworfen wird. Na und? Was ist denn mit den Knochen meiner Mutter passiert? Wozu ist ein Grab gut, das in zwanzig Jahren sowieso niemand mehr besuchen wird? Auch Du bist inzwischen alt.

Das ist meine Antwort auf Deinen Brief.

Ma Le

Am zweiundzwanzigsten Juli des republikanischen Jahres neunzig.

P.S. Ich hatte große Mühe, eure vereinfachten Schriftzeichen zu lesen. Erspare mir die Qual, in diesen verstümmelten Strichen nach einem Sinn zu suchen, und schreib mir nicht mehr.«

Das durch die Hallentür auf den Boden gezeichnete glühende Rechteck drohte zu schmelzen. Bleierne Stille, die plötzlich von She Kuis gemeinem Lachen unterbrochen wurde: »Nichts kapiert! Der Idiot denkt, er ist im Jahr neunzig, während wir …«

Er hatte seinen Satz noch nicht beendet, als Guo Leda mit einem unterdrückten Schluchzen auf ihn losging: »Du Dreckskerl!« She Kui wich ihm aus, schlug ihn auf den Rücken und schleuderte ihn mit einem Fußtritt auf den Berg von Essschalen, die immer noch auf ihren Abwasch warteten. Auf das Klirren folgte plötzlich das Brummen der Maschinen. »Der Strom ist wieder da!« brüllte Fu Halie von der Schwelle seines Büros aus. »Macht euch wieder an die Arbeit! Wer nicht in meine Werkhalle gehört, geht in seine zurück. Es wurde auch Zeit!«

DIE ZWEITE HÄLFTE

I

Die Geschichte von Han Saite kannten wir alle. Es war eine jener abscheulichen Legenden, die uns in unserem Viertel ohne jeden architektonischen Charme als kulturelles Erbe dienten. Nur Guo Leda stand unter Schock. Der Märchenprinz war anderswo aufgewachsen und von anderen Märchen gewiegt worden.

Han Saite hatte ihre Tochter immer »Schwägerin« genannt, weil sie letzten Endes auch eine Schwester ihres Mannes war. Nur dass der Vater der inzwischen Vierzigjährigen seit mehr als fünfzig Jahren Witwer war.

Ma Bu hatte seine Frau 1943 bei den japanischen Bombardements verloren, die W. verwüsteten. Er arbeitete damals im Erdgeschoss ihrer zweigeschossigen Bruchbude als Schmied. Sie zog durch die Straßen, um Strohsandalen zu verkaufen, die sie selbst flocht. Eines Tages hatten ihr hundert Meter gefehlt, um den Luftschutzkeller zu erreichen.

Am Abend luden Vater und Sohn den verstümmelten Leichnam auf eine Karre und brachen nachts auf, um den Bombardements zu entgehen. Im Morgengrauen erreichten sie ihr Heimatdorf auf der anderen Seite der Berge. In der Dämmerung wurde am Fuß eines Hügels das Grab ausgehoben. Das Totengeld war in jenen Zeiten, als die Inflation hochschnellte und die Toten nicht mehr zu zählen waren, fast ebenso unerschwinglich wie richtiges. Also verbrannten sie zwei Paar Sandalen und ein Armvoll Stroh, damit die Verstorbene in der anderen Welt wenigstens etwas zum Handeln hatte. Aus dem Dorf kamen nur Frauen. Die Männer waren dienstverpflichtet, um eine von der japanischen Luftwaffe zerstörte Straße zu reparieren, und noch nicht zurückgekehrt.

Am Vormittag einigte sich Ma Les Tante mütterlicherseits mit Ma Bu über die Verlobung des Jungen mit einem Waisenmädchen, das sie bei sich aufgenommen hatte. Als sie sich im Mondlicht auf den Rückweg machten, waren sie wieder zu dritt. Am Holm der leeren Karre hing ein Bündel mit einem halben Dutzend Süßkartoffeln. Das war die Brautgabe des Mädchens.

In der Stadt kümmerte sich Han Saite um die Küche, die Wäsche und den Haushalt. In der bleibenden Zeit flocht sie Sandalen, wie einst die Mutter, wusch für andere die Wäsche, nähte für Schneider Knöpfe an, sammelte Heilkräuter für Apotheken, zerkleinerte Steine in einem Steinbruch, schälte Mandarinen für eine Konservenfabrik …

Ma Le verließ die Schule, um mit seinem Vater in der Schmiede zu arbeiten. Das Geld, das der Junge bisher als Kohlenausträger verdient hatte, wurde nicht länger in seine Ausbildung gesteckt, die seiner Mutter das Wichtigste gewesen war. Sie hatte Großes mit ihm vorgehabt und sich gewünscht, dass ein Verkäufer, wenn nicht gar ein Buchhalter aus ihm werde. Er hatte sich des mütterlichen Opfers in der Schulklasse, wo er der einzige Sohn von armen Leuten war, stets würdig gezeigt.

In der Schmiede behandelte Ma Bu ihn wie das Eisen, das er bearbeitete. Weil er ständig auf dem Amboss herumhämmerte, um es in die gewünschte Form zu bringen, hatte er eine seltsame Vorstellung von Kindererziehung entwickelt. Aber schließlich hatte auch er selbst den Beruf auf diese Weise gelernt.

Vier Jahre später heirateten die jungen Leute an einem frostigen Frühlingstag. Die Tante, die sich vor den Banditen auf der Bergstraße fürchtete, war nicht gekommen. Es war ein Abendessen wie jedes andere. Das Paar verneigte sich drei Mal vor Ma Bu und vor einem Foto der Mutter, damit war die Ehe besiegelt. Draußen verkündeten die Zeitungsjungen schreiend den Sieg der Armee über die kommunistischen Terroristen in Yan'an. Die Kapitulation der Japaner war zwei Jahre her, aber gleich darauf war der Bürgerkrieg ausgebrochen. Das Geld, das die Verlobten für ihre Hochzeit beiseitegelegt hatten, war nun nichts mehr wert. Die Preise waren in den vier Jahren noch einmal um mehr als neuntausend Prozent gestiegen. Alles war teuer, bis auf die Banknoten, die niemand mehr wollte. Die Toten waren nicht mehr die Einzigen, die in dieser irdischen Hölle zum Tauschhandel gezwungen waren. Sogar die Verwaltung nahm Bezahlungen in Naturalien an. Han Saites Sandalen, nunmehr als gültiges Zahlungsmittel für »einen Beitrag zu den Sandalen der neuen Rekruten« akzeptiert, dienten auch für viele andere Steuern und Abgaben. Ma Bu und sein Sohn standen immer vor dem Morgengrauen auf. Aber sie gingen nicht mehr jeden Morgen in die Mine, um Kohle zu sammeln. Die Kunden blieben aus, und auch der mit einem Dutzend Töpfe und Stäbchen aller Art beladene Reishändler wollte nicht mehr mit den Schmieden handeln.

Die Einberufungen nahmen zu. Der Ehemann der Tante, der versucht hatte, der Armee zu entkommen, wurde erwischt. Es gab Gerüchte, man würde die Rekruten zur Verstärkung nach Henan schicken. Die Provinz war 1938 vom Gelben Fluss verwüstet worden, als die Armee die Deiche sprengte, um den japanischen Vormarsch aufzuhalten. Unter den alten Soldaten, die in W. stationiert waren, erzählten die Überlebenden einer blutigen japanischen Offensive, die sechs Jahre später auf demselben Territorium stattgefunden hatte, dass Tausende Kameraden im Kielwasser des Eroberers von den Bauern, die ihre ertrunkenen Familien rächten, verfolgt und lebendig begraben wurden. Von den Ereignissen schockiert, zur Untätigkeit gezwungen und auf Alkoholentzug, rannte Ma Bu in der Wohnung herum und reagierte sich an seinem Sohn ab.

Für Ma Le wurde das Leben zur Qual. Bei jeder Kleinigkeit flogen ihm Flüche, Stühle oder Töpfe um die Ohren. Sogar der Krieg erschien ihm weniger grausam. Er wusste nicht mehr ein noch aus. In einem Alter, in dem sein Vater bereits einen Sohn gezeugt hatte, ließ er sich noch in aller Öffentlichkeit demütigen und prügeln. Die Hochzeit hatte für ihn nichts geändert, nur dass er nicht mehr mit seinem Vater in der Schmiede schlief. Aber selbst nachts, im Schlafzimmer über der Werkstatt, konnte er ihn hören. Wenn sich der Vater im Schlaf umdrehte, sich räusperte oder schnarchte, erstarrte der Sohn in seinem Bett. Jedes Aufbegehren entfachte die Hysterie seines Vaters ebenso wie seine Resignation, er beschimpfte ihn als impotent, weibisch oder als Eunuchen. Hundert Mal weinte Ma Le vor Wut über seine Feigheit, die ihn davon abhielt, dem Vater mit seinem Hammer den Schädel zu spalten. Ein Vatermord ist oft gerechtfertigt. Sohnesliebe ist eine komische Idee! Von verwöhnten Kindern erfunden und im Namen des eigenen Glücks propagiert.

Sommer achtundvierzig. In der Schmiede wurde das Feuer nicht mehr entfacht. Der Preis für Kohle, wie für alles andere, war in einem Jahr um dreitausend Prozent gestiegen. Das durchgegangene Pferd der Inflation war taub für Regierungsdekrete und schleifte die ausgeblutete, verschreckte, in seinem Steigbügel hängende Bevölkerung im Galopp durch den Staub. Niemals war die Devise »Zeit ist Geld« anschaulicher. Man konnte zusehen, wie die Ersparnisse jedes Einzelnen dahinschmolzen. Jeden Morgen erwachte man ärmer als am Tag zuvor. Viele schliefen gar nicht mehr. Die Zeit wurde nicht mehr durch das Vorrücken der Uhrzeiger, sondern am Tempo der Gelddruckmaschinen gemessen. Tag und Nacht druckten sie »Gold-Yuan«, die neue Währung, die der Sohn des Präsidenten in der Hoffnung herausgab, die Situation in den Griff zu bekommen. Aber sie entglitt ihm. Unter dem Druck von Mangelwirtschaft, Spekulation, Schwarzmarkt, organisiertem Schmuggel und einer beispiellosen Geldschwemme explodierten die durch ministerielle Anordnung eingefrorenen Preise. Die Inflation überstieg in sechs Monaten acht Millionen Prozent und war ebenso wenig zu bremsen wie die kommunistischen Truppen.

Nur die Reichen hatten noch etwas zum Handeln. Die Armen hingegen erkannte man an ihren dicken Portemonnaies, besser gesagt, Geldsäcken. Unmöglich, sein Vermögen zu verstecken, wenn man arm war. Diskretion war das Privileg der Reichen, die Dollar, Goldbarren, Silbermünzen oder zumindest Goldzähne ihr Eigen nannten. Der Gold-Yuan hatte mit Gold nur den Namen gemein. Das Bündel, das man ausgeben musste, wog schwerer als die Streichholzschachtel oder die Tube mit Zahnpasta, die man damit bezahlte. Einige hörten sogar auf, Letztere zu benutzen, um sich Erstere leisten zu können, zum großen Leidwesen der Präsidentengattin, die großen Wert auf Mundhygiene legte und diese ins Zentrum ihrer »Kampagne für ein neues Leben« stellte.

In Erwartung des Bankrotts wurden die Hinterzimmer der Händler zu Tresorräumen. Geldscheine füllten die leeren Warenlager. Die Reichen lachten nicht mehr, aus Angst, ihre Kronen zu entblößen. Die Regierung verbot jeglichen Besitz von Edelmetallen und verlangte den Umtausch in Papiergeld. Taschendiebe ließen sich erwischen, um im Gefängnis eine Mahlzeit zu bekommen. Gefangene, die vor der Entlassung standen, beantragten eine Strafverlängerung. Die Geldfälscher, von der illoyalen Überproduktion des Münzamtes ihrer Arbeit beraubt, hatten große Mühe umzuschulen. Alle Unternehmen entließen ihre Arbeiter, schlossen die Fabriktore und zogen nach Hongkong. Die Schlange vor dem Laden des Reishändlers wurde jeden Tag länger, während die Zahl der Kunden abnahm: Inzwischen tauschte man eine Karre mit Gold-Yuan gegen einen Sack Reis, und das Zählen dauerte natürlich seine Zeit.

Anfang September wurde Ma Le einberufen. Er hatte seit zwei Tagen Arbeit am Hafen, wo er Munition auf die Militärschiffe lud. Als die jungen Männer den für die Einberufung zuständigen Ortsvorsteher mit seinen Handlangern ankommen sahen, versuchten sie zu fliehen. Aber sie wurden durch das prekäre Gleichgewicht ihrer Karren und deren gefährliche Ladung behindert. Unter den Schaulustigen sah Ma Le seinen Vater und seine Frau. Ma Bu war gekommen, um seine Karre, den wichtigsten Besitz der Familie, zu holen; Han Saite brachte ihm ein Bündel, das sie in aller Eile gepackt hatte. Darin waren zwei Paar Sandalen, eins aus Stroh, das andere aus Stoff, und eine Wattejacke. Sie hatte gehört, im Winter sei es in Henan sehr kalt. Kurz zuvor hatte der Ortsvorsteher Ma Bu in seiner Schmiede mitgeteilt, er brauche einen Rekruten pro Haushalt. Er würde keinen Übereifer an den Tag legen, wenn er nur seine Quote erfüllte.

Das Regiment von Ma Le fuhr nicht nach Henan, sondern in die Mandschurei. Aber es hatte keine Zeit, dort anzukommen. Im Verlauf des Septembers fiel Shenyang, und die Soldaten erhielten den Befehl, in die Provinz Jiangsu umzuschwenken, ihr Ziel lag nördlich von Nanking. In W. traf man jetzt an jeder Straßenecke Soldaten. Nie zuvor hatte man so viele unterschiedliche Akzente gehört. Verletzte, Deserteure, besiegte Soldaten – aus dem ganzen Land strömten sie in die Bergstadt, wo sie keineswegs willkommen waren. Sie bildeten Banden, die durch die Straßen zogen und von Erpressung lebten. Daraufhin bildeten Bewohner eine Bürgerwehr, um das Viertel zu verteidigen. Ma Bu wurde als Lieferant von Messern und Eisenstangen zum Vizekommandeur gewählt.

Endlich holten die Garnisonen ihre schöne Sammlung nagelneuer, aus Amerika stammender Panzer und Flugzeuge aus den Lagerhallen. Der Präsident, ein großer Schatzhorter, hatte sie bisher nicht in den Kämpfen ramponieren wollen. Das waren die Reserven seiner Armee, wie das Gold in der Zentralbank. Leider schwanden die einen wie das andere dahin. Im Januar neunundvierzig trat er nach der dramatischen Niederlage seiner Truppen im Norden von Jiangsu zurück. Aber es war zu spät. Ende Januar ergab sich Peking, im April wurde der Jangtse überschritten, im Mai fiel Shanghai, im Oktober wurde Kanton besiegt. Inzwischen gab es Gerüchte, Peking habe wieder seinen alten Namen angenommen, den aus dem Kaiserreich, und ein gewisser Mao Tse-tung habe dort eine andere Republik ausgerufen.

Der Reishändler hatte wie alle kleinen Händler sein Geschäft schließen müssen. Nur die mit der Schwiegerfamilie des ehemaligen Präsidenten verbandelten Magnaten blieben im Rennen. Wir sahen gelangweilt und zugleich erheitert zu, wie ihre Angestellten mehrmals am Tag im Schaufenster einen Tanz des Etikettenwechsels aufführten. Hatten ihre Gattinnen nicht schon immer ihre Kleidung in diesem Tempo gewechselt? Der Silber-Yuan, der seit Juli den Gold-Yuan ersetzt hatte, schlug ebenfalls Kapriolen, aber man musste schon ein Mathe-Ass sein, um die Größenordnungen zu erfassen, damit man sich noch darüber aufregen konnte. Viele hatten Garnspulen als Tauschwährung eingeführt. Aber auch damit konnte man sich verheddern.

In der Stadt kursierten hinter vorgehaltener Hand Geschichten über die roten Zonen und ihre neue Republik. Dort, so erzählte man sich während des Wachdienstes, würde jeder Land bekommen, alle seien inzwischen Grundbesitzer. »Und wer macht die Arbeit der Pächter und des Personals, wenn alle Gutsherren geworden sind?« fragte der ungehobelte Ma Bu.

»Psst! Nicht so laut! Bist du taub?«

»Deine Frage ist dumm«, sagte ein anderer Milizionär. »Hast du nichts davon gehört, dass sich bei ihnen die Beamten *Diener des Volkes* nennen lassen? Und was macht ein Diener? Während wir uns hier wie Idioten gegen unsere eigenen Söhne verteidigen müssen, sind ihre Soldaten dabei, für sie die Felder zu bestellen! Die Welt steht kopf.« Diese Welt brachte alle zum Träumen, nicht nur die Wachen, denen Schlaf fehlte.

Nach sechs Jahren Pause zogen wieder Flugzeuge durch den nebligen Himmel von W. und weckten bei allen düstere Erinnerungen. Nur dass sie diesmal gar nicht daran dachten, ihre Last über den Köpfen der Leute abzuwerfen: Es waren nämlich keine Granaten, sondern Goldbarren und andere Reichtümer. Die Republik zog um. Eskortiert von ihren Reichen, ihren Stars, ihren Politikern. Man tuschelte, der neue Präsident und sein Vorgänger hätten das Festland bereits verlassen. Auch die Garnisonen wurden aufgelöst, und das verwaiste Fußvolk flüchtete in tibetische Regionen im Westen der Provinz. Ende November gingen Waffenfabriken in Flammen auf, Brücken flogen in die Luft, Lager explodierten, Radioprogramme wurden unterbrochen, der Strom abgeschaltet, die politischen Gefangenen erschossen … Inmitten von Bränden, Trümmern, Sirenen, Leichen und Bergen von Silber-Yuan wartete das Volk von W. auf seine neuen Herren … oder seine Diener.

Sie betraten die Stadt am letzten Novembertag, angeführt von zwei Einheimischen. Wir erfuhren, dass unter den Großen dieser anderen Republik mindestens die Hälfte aus unserer Provinz stammte. *Wacht auf, Verdammte dieser Erde! Die stets man noch zum Hungern zwingt* … Während die bis dahin fassungslose Menge die mächtigen Truppen vorbeiziehen sah, die im mitreißenden Rhythmus ihrer Fanfaren sangen, wurde sie von einem unsagbaren Gefühl der Größe erfasst. Wann hatten wir zum letzten Mal wahren Ruhm genossen? Hatte es das überhaupt je gegeben? Unsere entlegene Gegend, die ihren Namen nie mit etwas anderem als seiner würzigen Küche, der besten und billigsten des Landes, in Verbindung hatte bringen können, hatte soeben stellvertretend die ganze Nation erzittern lassen. *Ein Nichts zu sein, tragt es nicht länger, alles zu werden, strömt zuhauf!* … Was hatten wir überhaupt mit denen gemein, die gerade verschwunden waren? Mit diesen Leuten, die vom Unterlauf des Jangtse stammten und mehr als ein Jahrzehnt die Stadt beherrscht hatten, ohne je dazuzugehören?

II

Es war das Jahr achtunddreißig des republikanischen Kalenders. Schon wieder mussten wir den Zähler auf null stellen. Unser Zögern erwies sich bald als berechtigt: Wir erfuhren, dass dies feudale Sitten gewesen seien und wir nun direkt den Kalender des Westens übernehmen würden. Das sollte für lange Zeit eins der letzten Dinge bleiben, die wir von ihm übernahmen.

Die Tante wurde krank. Nachdem sie ihr Leben lang beim Grundbesitzer des Dorfes als Mädchen für alles gearbeitet hatte, stand sie plötzlich ohne einen Heller da. Ihre Ersparnisse, ohnehin zusammengeschmolzen wie ein Schneemann in der Sonne, waren in der Kreditgenossenschaft, wo sie sie eingezahlt hatte, endgültig verdampft. Das Sparbuch, das sie sorgfältig versteckt hatte, war von einem Tag auf den anderen zu Altpapier geworden.

Der Gebrauch von Silber-Yuan wurde verboten. Freiwillige durchstreiften jedes Viertel und forderten die Bevölkerung auf, Geldscheine, Münzen und Edelmetall bei der Bank in die neue »Volkswährung« umzutauschen. Die Unentschlossenen hatten Pech. Zehn Tage später ertönten allerorten Gongs und Trommeln und beglückwünschten das Volk für die erfüllte Mission: Die Schalter für den Umtausch des Papiergeldes wurden geschlossen. Was in den Händen der Zögernden geblieben war, begann bald zu jucken wie eine schändliche Krankheit. Ma Bu verscherbelte sein Geld schließlich zu Kilopreisen an die Lumpensammler, die es zur Wiederverwertung in die Papierfabrik oder die Fabrik für Totengeld brachten. Aber sogar die Lumpensammler verzogen das Gesicht. »Damit verdiene ich kein Geld!« schimpfte der Großvater von Fu Taici. »Ich helfe dir nur, für deine rückständigen Ideen zu büßen.« Und der Doyen der Schnüffler entriss es ihm zum Preis von alten Zeitungen, ohne einen Blick für die schöne Arbeit der Farben, Schriften und Wasserzeichen. Überall auf der Straße stritten sich Kinder, die früher mit Münzen des von der ersten Republik gestürzten Kaiserreichs geklimpert hatten, um diese Noten. Der achtjährige Feng Sike hatte einen ganzen Koffer voll ergattert. Er fühlte sich als Multimilliardär und faltete sie kunstvoll, um sich Gürtel daraus zu basteln. Mehr als vierzig Jahre später quälte ihn die Reue, als er aus dem Mund von Ma Le, der von seiner prosperierenden Insel kam, vernahm, dass die Währung seines so verschwendeten Vermögens dort noch im Umlauf war.

Vorläufig hörten wir nichts von Ma Le. Drei seiner Kameraden, die die allgemeine Auflösung ausgenutzt hatten, um aus der Armee – die fortan »die reaktionäre Armee« hieß – zu fliehen, kehrten nach W. zurück. Das Regiment seines Onkels, das vor der letzten Schlacht gemeutert hatte, war zur »Volksbefreiungsarmee« übergelaufen. Ein Jahr später wurde es an die Koreafront geschickt, wo der Onkel den Tod fand.

Die Schmiede arbeitete wieder. Ma Bu verdiente genug, um zum Alkohol zurückzufinden. Überall wurden Straßen repariert und Baustellen eingerichtet, man brauchte Schaufeln, Hacken und andere Werkzeuge. Auf dem Land zwang man die Grundbesitzer, die Pacht zu reduzieren, und die Feldarbeit wurde mit neuem Schwung aufgenommen. Weil die Schmiede in den Dörfern von Aufträgen überhäuft waren, kamen die Bauern bis in die Stadt, um Landwirtschaftsgeräte zu kaufen.

Die Geschäfte wurden wieder geöffnet, die Fabriken wieder in Gang gebracht, und in den Häfen herrschte reger Verkehr. Die Wasser- und Brennholzverkäufer zogen wieder durch die Straßen. Aber ihre Rufe wurden oft von Megafonen, Gongs und Trommeln übertönt. Die Straßen wechselten die Namen. Die Sackgasse von Ma Bu, die keinen hatte, wurde zur »Straße des Fortschritts« ernannt. Alle Fassaden waren mit Spruchbändern bedeckt, die Wände mit Kalligrafien. Die Rinnsteine wurden von ihrem Unrat, die Gehsteige von Bettlern, Vagabunden, Prostituierten, Opiumsüchtigen und Dieben befreit. Die Rikschafahrer, Schuhputzer und Lastenträger wurden gebeten, umzuschulen. Ebenso wie das Hauspersonal. Fortan sollte niemand mehr die erniedrigenden Berufe ausüben, die einen Menschen dem anderen unterordnen. Nur das Volk verdiente es, dass man ihm diente. Die alte Welt war überwunden. Fortan gab es keine Hierarchien mehr. Nur noch Klassenunterschiede. Ein Kellner war nun »kellnerndes Element«, ein Chauffeur »chauffierendes Element«, ein Briefträger »Briefe austragendes Element«, ein Offizier »befehlendes Element«, ein Koch »Essen zubereitendes Element« … Leider war ein Schmied immer noch ein Schmied. Ma Bu hatte Mühe, mit dieser Flut von neuen Worten, Slogans, Metaphern, Kürzeln und Abkürzungen

Schritt zu halten. Alle waren reich an Anspielungen auf eine revolutionäre Vergangenheit, die wir in W., in unserem grotesken und erbärmlichen Ozean aus Geldscheinen watend, einmal mehr verpasst hatten.

Ein frischer Wind wehte in der Stadt. Er kam nicht mehr vom Unterlauf des Jangtse, sondern von der anderen Seite des Gelben Flusses. Überall ertönten Lieder, die mit Überschwang die ruhmreichen Ebenen an seinen Ufern besangen und damit neue Lücken in der Allgemeinbildung von uns Bergbewohnern offenbarten. Manche banden sich ein Handtuch um den Kopf, um wie die Bauern der »roten Basen« auszusehen. Andere lernten, den »Pikierreigen« zu tanzen, der aus der »doppelten Wiege der Zivilisation und der Revolution« hervorgegangen war. Feng Sike und seine Freunde inspizierten mit Guerillablick und einem Graskranz auf dem Kopf die Luftschutzräume. Der schrille, schneidende, scharfe Akzent des Nordens hatte den farblosen und schwachen des Westens vertrieben. Die neuen Nachrichtensprecherinnen schnurrten nicht: Sie deklamierten! Skandierten jeden Satz mit einem Ausrufezeichen! Oder auch mehreren!!! Um uns alles richtig einzuhämmern!!!!!! Im Stil der Losungen an den Häuserwänden!!!!!!!! Sie waren die Schmiede unserer Seele.

An Markttagen nahm sich Ma Bu manchmal den Nachmittag frei. Auf dem Brachland vor dem früheren politischen Gefängnis, das man in ein Revolutionsmuseum umgewandelt hatte, wurden Konterrevolutionäre hingerichtet. Unter den Schuldigen des Kapitalverbrechens waren Offiziere der reaktionären Armee, der früher für

Einberufungen zuständige Ortsvorsteher, Geheimagenten, Gangsterbosse, Banditen, Saboteure, Opiumhändler, Spekulanten, Bordellbesitzer …

Eines Tages war der Reishändler dabei: Lumpensammler hatten in seiner Mülltonne kompromittierende Dokumente entdeckt. Am Abend hob sich der Nebel. Der Nachtwächter, der hinter dem Fenster des Museums schlotterte, hielt die Gestalt von Pu Laihe, dem Waisenknaben des Kriminellen, für ein Gespenst. Das Kind starrte wie blöd auf die streunenden Hunde vor seinen Füßen. Nachdem sie sich zwei Monate zuvor die Bäuche mit den Leichen der kommunistischen Märtyrer vollgeschlagen hatten, kamen sie nun zurück, um Blut und Spritzer von frischem Hirn aufzulecken.

Nach den Kampagnen zur »Eliminierung der Konterrevolutionäre«, der »Drei Anti« und der »Fünf Anti«, beschloss Ma Bu, in sein Dorf zurückzukehren, um »die Früchte des Sieges zu teilen«, wie man damals sagte. Die Agrarreform hatte begonnen. »Wir können die Schmiede auf dem Land weiterbetreiben«, sagte er zu seiner Schwiegertochter. »Das Land, das wir bekommen, verpachten wir, dann sind wir auch Grundbesitzer!«

Nach einer Reihe von »Kampfsitzungen« wurde der Grundbesitzer des Dorfes als »Volksfeind« verurteilt, in die Kantonshauptstadt gebracht und hingerichtet. Sein Land und sein Vieh sollten je nach Klasse unter den früheren Unterdrückten verteilt werden. Die Familie Ma kam in die höchst angesehene Kategorie der »armen landlosen Bauern« und blieb darin: Ein Dorfvertreter, früherer Feng-Shui-

Meister, riss sich ihren Anteil unter den Nagel, indem er seinen Namen an die Stelle von ihrem in die Verteilungsliste eintrug.

Im Jahr darauf kehrten Ma Bu und seine Schwiegertochter unverrichteter Dinge in die Straße des Fortschritts zurück. Der Sommer versank im Rausch von Fahnen, Transparenten und Bändern, die im Rhythmus der Schritte der Pikiertänzerinnen und der Tamburine wehten. Die Stadt feierte den in Korea unterzeichneten Waffenstillstand mit den amerikanischen Imperialisten.

Die Grenzen schlossen sich. Fortan brauchte man nicht mehr auf die Rückkehr von Ma Le zu hoffen. Wenn er nicht schon seiner Mutter und seinem Onkel gefolgt war …

Die Bauern, die ein Jahr zuvor Land erhalten hatten, mussten es jetzt zurückgeben, um den »Sozialismus« aufzubauen und den »Kommunismus« vorzubereiten. Die auf »-ismus« endenden Wörter waren beeindruckend. Sie klangen fast wie »Gold-Yuan« und »Silber-Yuan«. Wir begriffen gar nichts mehr. Wohl aber die Kader. »Wir geben das Land nicht zurück, Landsleute«, wiederholten sie gebetsmühlenartig überall, »wir kollektivieren es! Das sind zwei unterschiedliche Dinge! Der Vorsitzende Mao hat gesagt: ›Die Geschichte entwickelt sich in einer Aufwärtsspirale!‹ Deshalb hat man den Eindruck, man würde rückwärtsgehen, während man tatsächlich an Höhe gewinnt!« Drei Ausrufezeichen. An solchen Metaphern erkennt man die Größe eines Kaders.

Diese Neuigkeit wäre für Ma Bu, den Besitzlosen, höchst erfreulich gewesen, hätte nicht sein eigenes Geschäft darunter gelitten. Die Bauern kamen nicht mehr, um ihr Werkzeug zu erneuern: Das hatten sie nämlich auch kollektiviert. Ebenso die Pferde. Niemand kümmerte sich mehr um sie, niemand dachte noch daran, ihre Hufeisen zu erneuern. Die armen Tiere! In der Stadt waren die Schneider im Begriff, sich ebenfalls in Genossenschaften zusammenzutun. Man munkelte, dass bald die Schmiede an der Reihe sein würden. Und dass am Ende sogar die Schuhmacher und öffentlichen Schreiber würden dran glauben müssen. »Aufwärtsspirale!« maulte Ma Bu eines Abends, als er in der Kaschemme gleich neben der Brücke herumhing. »Was soll das sein? Nichts, das kann ich dir sagen, gar nichts. Höchstens, das ist meine Meinung, höchstens so was wie die Serpentinen am Ende der Straße des duftenden Nebels …«

»Du meinst die Straße des Sieges«, korrigierte ihn der Schuhmacher, der gerade zwei Dutzend Gläser Schnaps mit ihm geleert hatte.

»Wenn du willst, Gevatter, die einzige Spi…«

»Genosse, Genosse«, stieß der Schuhmacher zusammen mit einem Rülpser hervor.

»Bist du endlich fertig, mich ständig zu unterbrechen?« lallte Ma Bu wütend und schüttete ihm sein dreizehntes Glas ins Gesicht.

»He, beruhigt euch!« griff der Wirt ein, der auch der Kellner war.

»Was denn, kellnerndes Element?« fuhr ihn der Schuhmacher tropfend an, während er Ma Bu erneut das Glas füllte.

»Die einzige Spirale …«

»Raus mit euch, geht nach Hause. Ihr seid völlig betrunken.«

»Doch nur, weil du uns betrunken machst«, seufzte der Schuhmacher.

»Willst du vielleicht auch einen, um dir das Gesicht zu waschen?«

»Hör mal, konntest du es dir in der alten Gesellschaft vielleicht leisten, den Schnaps so zu verschwenden? Findest du nicht, dass unser Leben seit der Befreiung besser ist?«

»Ich habe nie das Gegenteil behauptet. Ich sage nur, dass die einzige Spirale ...«

»Du lässt nicht locker mit deiner Spirale, was?« meinte der andere, während er tief in sein Glas schaute.

»Nicht ich, sondern der Vorsitzende Mao. Ich meine nur, die einzige Aufwärtsspirale, die ich im Leben hochgestiegen bin, war die Bergstraße hinter der Straße des duft... des Sieges! Jeden Morgen gehe ich sie hoch, um in der Mine Kohle zu holen. Mit meinem alten Tragjoch. Jeden Morgen.«

»Nicht ganz! In den letzten Jahren des Befreiungskriegs hast du so auf dem Trockenen gesessen, dass du dir nicht mal mehr Schnaps holen konntest. Und Kohle ...«

»Schnauze, Element! Ich weiß, was ich sag. Die Bergspirale geh ich jeden Morgen hoch. Seit ich dreizehn bin ... Ihr könnt ja selber ausrechnen, wie viele Jahre das sind. Denn jetzt erinnere ich mich nicht mehr an mein Alter. Du, Genosse Wirt, du kannst die letzten Jahre Bürgerkrieg abziehen, wenn's dir ... wenn's dir passt. Ich kann euch sagen, das ist 'ne ganze Menge ...« Er richtete sich auf, um einen weiteren Rülpser von sich zu geben. »Kann man wohl sagen, dass ich Spiralen kenne. Aufwärts oder nicht. Auf jeden Fall muss man irgendwann auch wieder runter. Das ist kein Ort, um sich niederzulassen, da oben, vor allem, weil du den anderen den Weg versperrst.«

»Das ist das Prinzip der Spirale: Entweder du rackerst dich ab oder du machst Platz. Sonst ist da nichts dran.«

»Was erzählst du da? Bist du blau, oder was? Da hängt allerdings was dran, wenn du fünfzig Kilo in den Eimern hast! Vor allem um diese Zeit. Die Nacht ist schwarz wie die Kohle. So dunkel, dass du nicht mal Zeit hast zu fluchen, wenn du dir die Fresse aufschlägst! Du fällst direkt ins Leere, und deine Spirale absolvierst du am Ende in einer geraden Linie nach unten.«

»Ich bin nicht blau, aber du hörst schwer.«

»Meins ist auch leer.«

»Trink, Vizekommandeur, trink, sag ich dir.« Der Schuster schüttelte die umgedrehte Flasche, um das Zögern des letzten Tropfens zu überwinden, dann stellte er sie mit dem Hals nach unten auf den Tischrand.

Der Wirt hatte gerade noch Zeit, sie aufzufangen: »Ihr seid wirklich verrückt.«

»Verrückt, aber gute Kunden! Noch so eine, aber nimm eine, die du nicht gepanscht hast. Das Wasser stinkt! Und das ist kein Slogan, das mein ich ernst, das Wasser stinkt und entlarvt die Betrüger.«

»Zu den *Drei Anti* gehört *Anti-Betrug*. Vergiss die Lehre nicht!«

»*Fünf Anti*, Ma, das gehört zu den *Fünf Anti*.«

»Ihr seid wirklich hinüber, was?«

Ein Luftstrom drang ins Lokal und ließ die auf kleinen Zetteln ungeschickt kalligrafierten Spezialitäten des Küchenchefs erzittern. Die nackte Glühbirne an der Decke besann sich nach langem Knistern. Über den Schwingungen ihres staubigen Lichts verließ eine magere, langbeinige Spinne hastig ihre riskante, an das Kabel gewebte Hängematte und verkroch sich zwischen den Balken. Ein kleines pockennarbiges Gesicht tauchte für einen Moment im Türrahmen auf und verschwand wieder in der Nacht. Der Wirt kassierte am vorletzten Tisch und fegte den Boden.

»He, Genosse Element, wir warten immer noch auf unsere Bestellung«, erinnerte ihn der Schuhmacher und starrte verliebt in sein Glas. »Dein Fußboden läuft dir nicht weg. Bei uns ist das nicht so sicher.«

»Nichts wär mir lieber.«

»Mach kein Theater! Wir wollen schließlich nicht um die Hand deiner Mutter anhalten! Nur eine Pulle. Wenn's sein muss, auch gepanscht. Los! Beeil dich! Ich will hier nicht ewig sitzen! Morgen früh muss ich wieder die verdammte Spirale hoch.«

»Psst! Ich habe gerade einen Enkel vom alten Fu, dem Lumpensammler, vorbeigehen sehen.«

»Und?«

»Und wenn du über Spiralen und andere geometrische Formen predigen willst, musst du dir einen anderen Ort suchen! Hau ab! Ich will hier keinen Ärger.«

»Hast du was am Kopf?«

»Denk lieber an deinen! Hast den vom Reishändler wohl schon vergessen?«

»He, bist du verrückt?« In der Essensausgabe tauchte der zerzauste Kopf mit dem schweißglänzenden Gesicht der Chefin auf. »Kümmer dich um deinen Kram! Jeder soll vor seiner eigenen Tür kehren. Was kümmert dich der Dreck auf dem Nachbardach?«

»Was redest du da? Mein Dach ist nicht dreckiger als du und ich. Ich warte noch auf meine Flasche für die … die strahlende Zukunft.«

»Große Schwester, schimpfen Sie nicht auf den Schmutz unter unseren Nägeln. Wir sind zwei Elemente der arbeitenden Massen. Kein Vergleich mit dem Reishändler …«

»Bist du bald fertig?«

»Große Schwester!«

»Ich bin nicht deine Schwester. Bei der Barmherzigkeit Buddhas!«

»In meiner Werkstatt haben Sie anders gesprochen. Als Sie den Einbeinigentarif wollten, um ein ganzes Paar Schuhe flicken zu lassen. Ich habe nie im Leben spekuliert. Auch nicht spioniert. Die Schuhgröße der Leute, das ist alles, was ich weiß. Nie hat jemand vor meiner Tür Schlange gestanden. Im Krieg habe ich mehr Staub als Reis gegessen. Ich habe nichts zu befürchten. Meine Abstammung ist rein, meine Wurzeln sind rot. Mein Urgroßvater war Landstreicher. Erst mein Großvater ist sesshaft geworden. Der größte Ruhm der Familie war mein Vater, der Schuhmacher wurde und im Sitzen arbeitete, wie alle gebildeten Leute. Eigentlich sind wir nicht mal Schuhmacher. Nur Flickschuster. Ein mit Fußpilz parfümiertes Geschäft. Im Dienste des Volkes. Kein Reicher ist unter unseren Kunden. Alles nur Arme, schäbig und erbärmlich, die uns hundert Mal dieselben Schuhe bringen, weil sie sich keine neuen leisten können.«

»Wenn die Leute, die sich … die sich keine neuen leisten können, schon arm sind, was sind wir dann, wo wir noch nicht mal welche haben? Ich hatte an den Füßen nie andres Leder als meine Haut. Wenn meine Sandalen aus Stoff sind, ist das schon ein großer Luxus. Höchstens Mittelarme, deine Kunden, höchstens! Oder sogar einfach nur Mittel. Hängt von den Delegierten ab. Ich war bei der Agrarreform dabei. Die Klassifizierung hab ich drauf. Ich bin ein echter Armer. Der Beweis ist, dass ich beinahe Grundbesitzer geworden wär. Ich schwör's euch. Zu Hause habe ich sogar ein Zertifikat. *Armer landloser Bauer*! So steht's da. Mit dem roten Siegel vom Komitee. Kein Witz. Außerdem ist mein angeheirateter Schwager ein *heldenhafter Märtyrer* …«

»Und dein Sohn ein reaktionärer, nach Taiwan geflohener Soldat …«

»Hat er euch etwa geschrieben, um euch das zu verraten? Ich weiß jedenfalls nicht, wo er ist. Womöglich liegt er irgendwo im Norden von Jiangsu unterm Feld, mit einer Kugel in der Brust, wie sein Großvater. Der echte, meine ich. Der Schmied war mein Stiefvater. Meine Mutter hat wieder geheiratet, als mein Vater zwei Jahre tot war. Vier war ich, als sie seine Leiche nach Hause gebracht haben. An dem Tag war das Dorf von Banditen aus den Bergen überfallen worden. Mein Vater hat den Milizionären das Mittagessen gebracht. Eine verirrte Kugel hat ihn erwischt. Früh hatte mich meine Mutter losgeschickt, dass ich am Sumpf Klee für die Schweine pflücke. Als ich mit meinen Körben nach Hause komme, hör ich sie schluchzen. Und dann seh ich meinen Vater auf dem Boden liegen, die Matte voller Blut. Mit dem Gesicht zur Tür und gerunzelten Brauen. Seine toten Augen glänzten im Licht. Als würde er mich wütend anstarren. Dabei konnte ich nichts dafür.

Obwohl, stimmt schon, es war viel zu viel Unkraut in meinem Klee. Weil ich so viel Zeit mit dem Hirtenjungen verschwatzt hatte. Der wollte mir unbedingt zeigen, wie man Steine übers Wasser springen lässt. Ich hab mich auf der Schwelle zusammengerollt. Neben dem Schwein, das sich an meinen Körben den Bauch vollgeschlagen und dabei überall Klee verstreut hat. Mein Herz war so schwer, wie wenn ich Angst vor einer Tracht Prügel hatte. Dabei war es überhaupt nicht meine Schuld, dass mein Vater tot war. Eine alte Nachbarin hat meiner Mutter geholfen, ihn zu waschen und anzuziehen. Er hatte nicht mal einen neuen Anzug für die letzte Reise: Wenn man zweiundzwanzig ist, denkt man nicht daran, sein letztes Gewand bereitzulegen. Zwei Jahre später habe ich mich ...«

Plötzlich knallten die zur Straße offenen Türflügel nach einem kurzen Quietschduett zu. Eine Windböe verteilte wie das Schwein den Haufen, den der Wirt zusammengefegt hatte. »Du musst endlich mal die Angeln ölen«, sagte seine Frau und stieß die Tür wieder auf.

»Also, mit gerade mal sechs Jahren habe ich mich ...«

»Ich gehe«, sagte der halbwegs ausgenüchterte Schuster und stand auf. »Setz die Hälfte von allem auf meine Rechnung. Ich zahle morgen.«

Nach einem letzten Versuch fand sich Ma Bu damit ab, es ihm gleichzutun. Die beiden Freunde trennten sich vor der Tür. Die Wirtin löschte hinter ihnen die Laterne, die unter ihrem Vordach hing. Die schwankenden Lichtkegel der Taschenlampen entfernten sich in verschiedene Richtungen und weckten hier und da ein paar schlafende Hunde. Dann war es still. Abgesehen vom dumpfen Grollen des Jangtse auf dem Weg zum Ozean. Der Mond erstickte an einem Himmel voller Schäfchenwolken. Im Rinnstein peitschte der Nordwind zerbrochene Zweige und Laub, Überreste einer anderen Jahreszeit. Der Winter hatte den Herbst aus dem Weg geräumt.

Am Morgen nach der Nacht, in der Ma Bu sie zum ersten Mal missbraucht hatte, flüchtete Han Saite ins Dorf und hoffte, bei der Tante Zuflucht zu finden. Der ging es noch schlechter als zuvor. »Ich kann dich nicht behalten«, sagte sie. »Ich dachte, ich könnte einen neuen Mann für dich finden. Aber da es jetzt passiert ist, wird das nicht mehr gehen. Es ist besser, wir waschen unsere schmutzige Wäsche nicht in der Öffentlichkeit. Eine Vergewaltigung würde Ma Bu den Kopf kosten, aber er gehört schließlich zur Familie.«

Eine Woche später brachte eine Polizistin Han Saite, die wegen Landstreicherei festgenommen worden war, zurück in die Schmiede. Unter den Bettlern, die sich an einem Busbahnhof herumtrieben, war sie die Einzige, die keine Referenzen vorweisen konnte. Die anderen waren alte Hasen aus Henan, jeder trug ein ordnungsgemäßes Empfehlungsschreiben bei sich: *Wir, das Dorf des strahlenden Ruhms, empfehlen Ihnen mit diesem Schreiben den Genossen Soundso, der sich erboten hat, die Wintersaison zu nutzen, um sich in Ihre viel gerühmte Region zu begeben und Getreide zu borgen. Wir danken Ihnen von ganzem Herzen für die uneigennützige und großzügige Unterstützung, die Sie seinen Bemühungen gewähren werden, usw. Mit revolutionärem Gruß.* Stempel des Dorfkomitees. Ebenso rot und ebenso rund wie der auf dem Zertifikat von Ma Bu.

An diesem Tag hörte die ganze Straße, wie der Schmied seiner Schwiegertochter die Flöhe aus dem Pelz schüttelte. An denen es nach einer Woche Zusammenleben mit den Landstreichern nicht fehlte. Auf der anderen Straßenseite setzte sich der alte Fu, der Lumpensammler, voller Hoffnung mit seinem Kram direkt auf den Boden, um sich eine Zigarette zu drehen. Es war ein angenehmer Nachmittag, gewärmt von einer milden Wintersonne. Der Himmel war glatt, glänzend und wolkenlos. »Ich habe schon lange nicht mehr erlebt, dass die Schalen, Töpfe und Wannen so durch die Gegend fliegen!« sagte er und entfaltete auf seinen Knien genüsslich ein altes Taschentuch, in dem er seine kostbare Kippensammlung aufbewahrte. »Neulich gab es Streit zwischen den Zwillingen Qu, die ihren Stand neben dem Getreideverteilungsstützpunkt Nr. 3 haben. Angeblich wegen einem Problem mit der Buchhaltung. Jahresinventur, hat jemand erzählt. Mitten im Januar. Das verstehe ich nicht …«

»Was gibt es denn da zu verstehen!« antwortete die Großmutter von Feng Sike, die auf der Schwelle ihres Hauses in einer großen Holzschüssel Senfblätter knetete, um daraus Salzgemüse zu machen. »Vielleicht war es die Inventur des Mondjahresendes. Bist du damit zufrieden?«

»Ah ja, stimmt! Daran habe ich gar nicht gedacht. Aber nein, das Ende des Mondjahres ist noch weit weg … Keine Ahnung. Ich erzähle euch nur, was man mir gesagt hat. Ich erfinde nie etwas, wisst ihr.«

»Du hast ganz sicher nie was erfunden! Jedenfalls nicht das Pulver.«

»Bei den Zwillingen war ordentlich Pulver drin. Da muss ich nichts erfinden. Sie hatten gerade Knaller für das Frühlingsfest eingekauft. Das ist bald, das Ende des Mondjahres, wie Sie sagen«, meinte er und zog ein altes Schulheft von Fu Taici aus seiner Tasche mit den tausend Schätzen. »Aber Knaller sind keine Ware, die mich interessiert. Erst gehen sie nicht kaputt, und dann explodieren sie. Es gibt Sachen, die sich nach einem Handgemenge leichter aufsammeln lassen, aber die Zwillinge sind nicht lange im Laden geblieben.« Er hielt den Atem an und kratzte mit seinem gelben Fingernagel den Knick nach, den er zuvor in eine Schulheftseite gemacht hatte und an dem entlang er mit einer Genauigkeit, die man ihm nicht zugetraut hätte, einen Streifen abriss. Dann setzte er seinen Bericht fort: »Ich hatte kaum Zeit hinzukommen, da waren sie schon draußen. Auf der Straße. Da gings hoch her. Es hagelte Schläge. Ein richtiger Sturzregen. Das kann man wohl sagen. Noch mehr als hier. Weil sie zu zweit ausgeteilt haben. Und eingesteckt. Ich sag euch, jetzt kann man die Zwillinge leicht auseinanderhalten. Jedem seine Narben. Der mit der schiefen Nase ist der ältere. Die Prügelei hat eine ganze Weile gedauert. Aber immer nur draußen. Nie im Laden. Die beiden sind ja nicht verrückt, oder?«

»Der da auch nicht. Mach dir keine Hoffnungen! Die ganze Zeit lässt er seine Wut an Sachen aus, denen nichts passieren kann. Nicht eine Porzellanschale.«

»Das wär auch nicht besser«, antwortete der Alte, während er sorgfältig seine Kippen auseinanderpulte, um die Tabakreste auf dem Stück Papier zu verteilen, das beidseitig mit Rechenfehlern übersät war. »Wenn man mit Porzellan herumschmeißt wie er, ist es sowieso hin. Da lässt sich nichts wiederverwerten.«

»Hören Sie sich das an«, nuschelte eine alte Nachbarin, die ihren Hocker herangezogen hatte. »Eine Emaille-Wanne. Ganz bestimmt. Doppelt so teuer wie aus Blech!«

»Das ist mir recht, die kann kaputtgehen.«

»Sie geht kaputt, lässt sich aber reparieren ... Noch ein Paket Salz!«

»Sie nehmen einem wirklich jede Freude!«

Die Mutter von Feng Sike erschien mit dem verlangten Würzmittel auf der Schwelle. »Na, so was«, sagte sie beim Anblick der kleinen Alten, die gerade eine schwarze Jacke nähte, »noch eine! Sie sind ja gar nicht zu bremsen.«

»Du hast gut reden. Ich habe nicht das Glück deiner Schwiegermutter, eine Schneiderin im Haus zu haben. Ich muss mir mein Totengewand selbst nähen.«

»Aber das ist schon das dritte! Wie oft wollen Sie denn sterben?«

»Ein einziges Mal. Aber das Schwierige daran ist, dass es vier Jahreszeiten gibt. Ich weiß doch nicht vorher, in welcher es mich trifft. Höchstens, wenn ich mich umbringe. Aber daran denke ich nicht. Da hat meine Schwiegertochter Pech.«

»Eins fehlt Ihnen also noch.«

»O nein, das ist das Letzte, bei der Barmherzigkeit Buddhas. Frühling und Herbst ist die gleiche Jahreszeit, nur andersherum.«

»Sie haben vielleicht feudale Vorstellungen«, kommentierte der Lumpensammler, während er mit der Zungenspitze den Rand seines Papiers anfeuchtete, ehe er es sorgfältig andrückte. »Sie sollten dem Vorsitzenden Mao danken! In der alten Gesellschaftsordnung hatte ich nicht mal drei Gewänder zum Leben! Und zum Sterben …« Seine Predigt wurde von erneutem Lärm in der Schmiede unterbrochen.

»Der arme Stuhl, er hat doch nichts Böses getan«, seufzte die Alte und schob den Fingerhut zurecht, den sie anstelle eines Rings trug.

»Schalen, Töpfe, Eimer, Wannen …«, zählte der alte Fu auf und kaute zufrieden auf seiner hausgemachten Zigarette herum, »und jetzt auch noch Stühle. Anscheinend macht er auch Inventur.«

»Zum Glück ist er Schmied und nicht Glasbläser!« sagte Großmutter Feng und wischte sich die Hände an ihrer Schürze ab, »sonst würde nach so einer Inventur nichts mehr übrig bleiben.«

»Mir wäre es lieber, er wäre Glasbläser«, bemerkte ihre Schwiegertochter. »Eine Glasröhre tut nicht so weh.«

»Ich weiß nicht, was ich an seiner Stelle getan hätte«, entgegnete ihre Schwiegermutter. »Ich kann doch meine Schwiegertochter nicht einfach so ziehen lassen, wenn mein Sohn womöglich noch am Leben ist! Dann würde sie ihm bestimmt Hörner aufsetzen …«

Ein Schrei, noch herzzerreißender als die bisherigen, drang durch die verschlossenen Türbretter. Der Krach hörte abrupt auf und ließ die von den blassen Strahlen der untergehenden Sonne liebkoste Straße des Fortschritts in dumpfer Stille versinken. Die Wintertage waren zu kurz. Da waren sich alle Nachbarn einig.

Eine Woche später trat Han Saite zum ersten Mal vor die Tür, um am Fuße der Brücke Wäsche zu waschen. Sie passte gut zu der zerbeulten Wanne, die sie schleppte. Und sie humpelte auf dem linken Bein.

III

Zwei Jahre vergingen. Ma Bu praktizierte nicht mehr den spiralförmigen Aufstieg zur Mine. Mit einem Dutzend anderer Schmiede führte er nun ein Angestelltenleben in einer ehemaligen Lagerhalle. Die Kohlelieferanten wurden von der Genossenschaft bezahlt. Die Straße des Fortschritts hatte auf einmal ihre Geräuschkulisse verloren. Sogar die lautstarken Streitereien zwischen der Großmutter und der Mutter von Feng Sike waren verstummt. Die Schwiegertochter arbeitete nicht mehr zu Hause. Die Schneider waren die Ersten gewesen, die sich in einer Genossenschaft zusammenschlossen. Gefolgt von den Töpfern, Glasbläsern, Tischlern, Sattlern, Hutmachern, Schustern ... Die öffentlichen Schreiber wurden am Ende verschont. Der alte Fu, der so sehr von einer Genossenschaft der Lumpensammler geträumt hatte, musste sich mit seinem Schicksal als Freiberufler abfinden. Während die Wirtsleute, die nichts hatten kommen sehen, kollektiviert wurden. Das Lokal trug fortan den feierlichen Namen »Restaurant des Volkes«, beschäftigte zusätzlich sechs Elemente und schenkte keinen mit Wasser verlängerten Alkohol mehr aus. Verlängert wurde dafür die Wartezeit: Die Spezialitäten des Küchenchefs waren oft ebenso kalt wie das Personal, und es war nicht mehr möglich, abends nach acht Uhr dort herumzusitzen.

Die Apotheken und Privatkliniken des Viertels hatten sich zu einem staatlichen Krankenhaus zusammengeschlossen. Tag und Nacht wurde an einem großen Gebäude am Rand des Marktplatzes gebaut, um es aufzunehmen. Eine andere gigantische Baustelle befand sich links neben dem Revolutionsmuseum. Dort entstand die Schalterfabrik von W., in der alle Kesselbauer, Schlosser, Uhrmacher und Elektriker aus der Umgebung vereint wurden.

Der Januar sechsundfünfzig glich einem Frühlingsfest. Überall Ovationen, Konfetti, Bänder, Gongs, Tamburine und die ewigen Pikiertänzerinnen, um das Ende des Kapitalismus zu feiern. Die Fabrikdirektoren, die ihr Kapital dem Staat übereignet hatten, marschierten mit enthusiastischem Lächeln und Ringen um die Augen an der Spitze der Prozessionen. Die Kinder schlängelten sich durch die Menge und rannten von einer Straße zur anderen, um den Unmengen explodierender Knallfrösche zu applaudieren. Bei den Zwillingen war die Feuerwerksabteilung leer gekauft. Nichts war übrig geblieben, um ihre eigene sozialistische Umgestaltung zu feiern. Unter dem väterlichen Blick des Parteigeneralsekretärs der Bezirksgenossenschaft für Versorgung und Verkauf, fortan ihre übergeordnete Institution, enthüllten sie ihr glänzendes neues Ladenschild: »Verkaufsgenossenschaft der Straße des Sieges«. Das war gewiss kein sehr origineller Name. Aber da sie als Zwillinge geboren waren, machten sie sich sowieso keine Illusionen über ihre Chancen, einzigartig zu sein.

Das traditionelle Neujahrsfest, das auf einen Sonntag Mitte Februar fiel, wurde dagegen eher still begangen. Ab und zu explodierte ein einsamer Knaller, den ein Kind unter der Asche des letzten Monats aufgelesen hatte. Die Feuerwerksfabriken und -verkaufsstellen hatten sich noch nicht von ihrem jüngsten Erfolg erholt, der knatternde Januar hatte all ihre Reserven erschöpft. Jetzt, da die Eigentümer zu Managern mit festem Lohn geworden waren, störte sich außer den Kindern niemand ernsthaft an den Lieferschwierigkeiten.

»Ein Frühlingsfest ohne Knaller ist wie ein Winter ohne Bettler: Das ist einfach nichts!« schimpfte die alte Nachbarin, die nun, da ihre drei Gewänder fertig waren, auf ihr Hinscheiden wartete. Sie hatte alte Sachen für die Landstreicher von Henan zusammengesucht, um bei Buddha in letzter Minute vor ihrer Seelenwanderung noch ihr Ansehen aufzubessern. Aber dann waren diese Wandervögel den ganzen Winter in ihrer Provinz zurückgehalten worden, um »die Natur zu bändigen«, wie der Vorsitzende Mao sagte. Die Zeitungen sangen von den Bergen, die sie versetzt, den Flüssen, die sie umgelenkt, den Staudämmen, die sie gebaut, den Brunnen, die sie gegraben, den Bewässerungskanälen, die sie ausgehoben hatten … Sie hatten so viele Verdienste erworben, dass sie im nächsten Leben bestimmt einen besseren Platz haben würden. Die ländlichen Kader des ganzen Landes eilten zu ihnen, aber sie wollten kein Getreide, sondern an ihren Erfahrungen teilhaben, die geeignet waren, die Produktion zu revolutionieren.

Nach einem Winter, der keiner war, wollte der Vorsitzende Mao einen echten Frühling. Am Tag nach dem Fest der Arbeit verlangte er »hundert Blumen«. »Lasst hundert Blumen blühen!« forderte er. »Lasst hundert Schulen miteinander wetteifern!« Jeder wurde aufgefordert, die Partei zu kritisieren. Aber weder für Blumen noch für Schulen hatten sich die Menschen in unserem Viertel je interessiert. Eines Morgens entdeckte der Parteigeneralsekretär der Bezirksgenossenschaft für Versorgung und Verkauf an der Wand vor seinem Büro voller Entsetzen eine Inschrift, deren Farbe noch frisch war: »Lasst hundert Gemüse blühen! Lasst hundert Geschäfte miteinander wetteifern!« Der Übeltäter war der Einzige, der die Anweisung des Vorsitzenden befolgt hatte.

Auf dem Land wetteiferten Gemüse, Getreide und andere Kulturen eher, als dass sie blühten. Die neuerdings eingeführte sowjetische Methode der dichten Aussaat, bei der mehrere Arten gemischt wurden, zwang sie zu einem erbarmungslosen Klassenkampf auf pflanzlicher Ebene. Die Weizenernte im Frühjahr war mager. In den Hinterhöfen von W. tauschten Bauern unter der Hand Eier gegen Getreidemarken, um Essen für ihre Familien zu kaufen. Seit zwei Jahren war der Verkauf von Korn, Öl, Schweinefleisch und Baumwolle Staatsmonopol. Man musste nicht mehr stundenlang auf dem Markt um die Preise feilschen, sondern stundenlang Schlange stehen. Das ganze Know-how, das die Großmutter von Feng Sike und ihre Nachbarinnen angehäuft hatten, war plötzlich nicht mehr gefragt. Sie, die einen solchen Scharfblick entwickelt hatten, dass sie unter Tausenden Stücken Schweinefleisch das eine erkennen konnten, das von der Muttersau kam, die, mit oder ohne ihre alte Haut, so schwer weich zu klopfen wie sie selbst und noch nach fünf Stunden auf dem Feuer ungenießbar war, sie fühlten sich plötzlich unnütz – und irgendwie auch enteignet. Es gab keine unehrlichen Metzger mehr. Es gab nur noch Fleischhacker.

Im Sommer kamen die Bettler aus Henan wieder. Diesmal hatten sie keine anderen Empfehlungen dabei als ihre erschöpften Gesichter und ihre Lumpen. Wieder hatte eine Überschwemmung ihre Provinz verwüstet. Die mit bloßen Händen und heldenhaftem Einsatz errichteten hydraulischen Anlagen hatten nicht standgehalten. Ein paar arme Schlucker trieben sich ständig vor der Tür des Restaurants des Volkes herum. Sobald ein Tisch frei wurde, stürzten sie hin, um die Teller abzulecken. Die Kellner ließen sie aus Solidarität mit den Tellerwäschern gewähren. Noch nie war die Zeit für Vagabunden so hart gewesen. Überall wurden die Grundnahrungsmittel rationiert. Jetzt mussten sie nicht nur um Geld, sondern auch noch um die Marke betteln. Das eine ohne die andere war wie das Land ohne die Partei. Es brachte gar nichts. Wenn überhaupt, hatte man besser die andere als das eine. Für die Falschmünzer war das jedenfalls klar. Keiner von ihnen fälschte noch Banknoten. Jeder hatte seinen Katalog an Lebensmittelmarken. Einige spezialisierten sich auf Öl, andere auf Fleisch. Getreide war bei allen gelistet. Im September führte die Polizei von W. im Vorfeld des VIII. Parteitags eine Razzia bei den Schmugglern und Fälschern durch. Das war ihre Art, historische Ereignisse zu begehen. Die erfahrenen Straftäter wussten alle, wann man sich eher besser bedeckt hielt. Das städtische Kommissariat stellte die beschlagnahmte Beute in seinem Schaufenster aus. Es war eine richtige Geografie-Stunde. Dort entdeckten wir Städte, von denen wir nicht mal wussten, dass es sie gab. Nationale Marken, die überall im Land verwendbar waren, brachten uns zwar am ehesten zum Träumen, aber die Krone verdiente sich W.

mit seinen Getreidemarken für fünf Gramm, auf denen die Warnung stand: »*Hütet euch vor Bulimie und Verschwendung!*«

Ein paar Tage später verkündete der VIII. Parteitag den »endgültigen Sieg des Sozialismus«. Der Klassenkampf war vollendet. Diese erfreuliche Neuigkeit, zu der sich alle in den Versammlungen gratulierten, bereitete jedoch zahlreichen Kadern die gleichen Qualen wie den alten Hausfrauen. Sie, deren ganzes Wissen darin bestand, dem Klassenfeind, jenem unverwüstlichen Stück Muttersau, das sich zwischen die guten Stücke des Volkes geschmuggelt hatte, die Haut zu gerben, hatten in einem Land, das zu einer geradezu orthodoxen Metzgerei mutiert war, plötzlich ihren Daseinsgrund verloren. Ein paar Monate später hatte der Vorsitzende ihre Not wohl verstanden. Er beendete ihre Langeweile, indem er die »Korrekturkampagne« ausrief. Jeder wurde aufgefordert, noch einmal die Partei und ihre Kader zu kritisieren.

Da war nichts zu machen: Wir in W. taten uns eher in den traditionellen Übungen des »Gedenkens an die bitteren Tage von früher« und der »Meditation über das süße Leben heute« hervor. In der Genossenschaft der Schmiede endete der Polituntericht am Samstagnachmittag weiterhin mit der Verkostung einer Schale in Wasser gekochter wilder Ackerwinde. Das war für die Bitterkeit. Wegen der Süße musste jeder selbst zusehen. Zucker war ebenfalls auf die Liste der rationierten Lebensmittel geraten. Ebenso wie Stoff, Seife, Kohle, Wolle, Baumwollspulen, Sojateig, Schuhe mit Gummisohlen, Streichhölzer, Zigaretten (mit Ausnahme der aus dem brüderlichen Albanien, dem strahlenden Leuchtturm des europäischen Sozialismus, importierten Marke »Diamant«, die so stark und so scharf war, dass niemand sie haben wollte) ... In der Stadt breitete sich eine diskrete Gelbsuchtepidemie aus, besser gesagt eine Hypochondrieepidemie, die vor allem Freunde und Bekannte der Ärzte ereilte. Für die kranke Leber gab es eine Extraration Zucker. Der von Ma Bu ging es wieder besser. Der Schmied war wieder nüchtern. Für einen halben Liter Alkohol brauchte man schließlich Marken für zwei Pfund Getreide. Man musste sich zwischen essen und trinken entscheiden.

Im nächsten Frühling brachte der Vorsitzende Mao seine »hundert Blumen« wieder aufs Tapet. Er wollte unbedingt, dass man seine Partei kritisierte. Das wurde zur Obsession. »Ihr müsst draufhauen!« verlangte er. »Jeder soll sein Fett abkriegen!« Leider trat man dabei nur allzu leicht ins Fettnäpfchen. Die Folgen konnten sich seine ungebildeten Anhänger nur schwer ausrechnen. Zumal die Unberechenbarkeit das einzig Berechenbare an dieser Politik war.

Manche Fehler konnten einen teuer zu stehen kommen. An einem Samstag Anfang Juni rannten die Angestellten der *Tageszeitung* von W. durch die Stadt, um die schon verteilten Exemplare der Zeitung wieder einzusammeln. Diese hatte einmal mehr und einmal zu viel ihren Aufruf wiederholt, die »roten Mandarine« zu tadeln, während in Peking die *Volkszeitung* mit ihrem Leitartikel »Warum?« schon den Kurs geändert hatte. Warum so viel Hass? Die Klassenfeinde hatten zum Angriff geblasen! Glücklicherweise erwartete der Vorsitzende Mao, der geniale Stratege, sie bereits an der nächsten Ecke. Hundert Blumen sollen blühen! Aber sie müssen rot sein. Tausend andere sollen vertrocknen!! Wenn sie sich als giftig erweisen …

Am nächsten Tag wurde der Chefredakteur der *Tageszeitung* von W. gefeuert. Im Umerziehungslager, in das er geschickt wurde, traf er viele ländliche Kader, Kollateralopfer seines Blättchens, das sie mit einer Blume verwechselt hatten. In ihre längst überholte Kampagne vertieft, hatten sie die *Volkszeitung* mit einem Tag Verspätung erhalten. Während das ganze Volk an diesem fatalen Samstagnachmittag beim Politunterricht zur Anti-Rechts-Bewegung ausholte, waren sie noch dabei, die Dorfbewohner aufzufordern, ihre unnötigen Ängste abzulegen und ihrem kritischen Geist in der großen Debatte der sozialistischen Demokratie freien Lauf zu lassen. In jenem Jahr hatten die Journalismus-Schulen Nachwuchsprobleme. Zumindest in den nächsten dreißig Jahren mieden die besten Schüler die philosophische Fakultät. Die Eltern von Linkshändern ließen ihre Kinder fortan in Ruhe. Man konnte nie links genug sein. Einige schlugen vor, den Uhrzeigersinn umzukehren, damit er dem Sinn der Geschichte folge. Dass die Busse weiter rechts fuhren, lag nur an den englischen Imperialisten, die links fuhren. Man erzählte sich, der Vorsitzende Mao habe persönlich eingreifen müssen, um die Linguisten davon abzubringen, das Wort »rechts« ganz aus den Wörterbüchern zu verbannen. »Bewahren wir die Rechte«, soll er gesagt haben, »damit wir nicht vergessen, wo die Linke steht. Die Insel Taiwan ist rechts, seht ihr. Lassen wir sie da. Damit wir nicht vergessen, dass der Klassenkampf ein permanenter Kampf ist, an den wir jedes Jahr denken müssen! Jeden Monat!! Jeden Tag!!!« Von früh bis spät!!!! Wenn wir schon mal dabei sind.

Bald darauf verpflichtete ein Rundschreiben alle Arbeitseinheiten, die zehn Prozent korrupter Arbeitskräfte in ihren Reihen zu entlarven. Nur der Getreideverteilungsstützpunkt Nr. 3 erfüllte diese Aufgabe ohne Schwierigkeiten: Sein vorausschauender Direktor, dessen Bruder in der Personalabteilung der Stadt arbeitete, hatte gerade noch Zeit gehabt, die Witwe Pu einzustellen, die bisher im Laden ausgeholfen hatte. Die Schmiede hingegen hatten Mühe, ihren Rechtsabweichler zu benennen. »Was kann sich ein Schmied schon an bürgerlichen Gedanken zuschulden kommen lassen?« murrte Ma Bu, als er den Vorsitzenden ihres Komitees für den Kampf gegen Rechtsabweichler endlos schwafeln hörte. »Wir lassen uns überhaupt keine Gedanken zuschulden kommen.« Er beendete die Versammlung mit gesenktem Kopf auf einem Hocker stehend, um selbst als Rechtsabweichler den Tadel seiner Genossen zu empfangen.

Sein Freund, der Schuhmacher, erfüllte die Quote seiner Genossenschaft am Tag des Fristablaufs. An diesem Tag hatte seine alte Mutter das Mittagessen wieder einmal versalzen. Diesen Trick hatte sie sich ausgedacht, um Gemüse zu sparen. Am Nachmittag zog sich die Jagd auf Rechtsabweichler in die Länge. Der Schuhmacher leerte schließlich eine ganze Thermosflasche, halb gegen den Durst, halb gegen den Schlaf. Als er am Abend von einem Gang zur Latrine zurückkam, waren seine Kollegen ebenso erleichtert wie seine Blase: Sie hatten ihn soeben einstimmig zu dem Element gewählt, das umerzogen werden musste.

Wieder einmal musste Ma Bu im Morgengrauen aufstehen, um in der Genossenschaft die Öfen anzuheizen, die Kohle in Empfang zu nehmen, die Thermoskannen zu füllen, den Boden zu fegen ... Der einstige arme, landlose Bauer und heutige Rechtsabweichlerschmied war zum Lehrling degradiert worden. Jeden Samstagnachmittag predigte der Vorsitzende des Komitees für den Kampf gegen Rechtsabweichler weiter in der Wüste, indem er Zeitungen und Rundschreiben vorlas: Alle nickten ein, bis auf Ma Bu, der jetzt während der ganzen Sitzung auf einem Hocker vorn im Saal stehen musste. Aber er hörte sowieso nicht gut.

Das Leben ging seinen gewohnten Gang, während wir auf die nächste politische Kampagne warteten. Jahrzehnte später würden wir erfahren, dass in der kapitalistischen Welt ausgerechnet die Schneider die Massen mobilisierten, indem sie alle sechs Monate untragbare Klamotten zu mörderischen Preisen anboten, und wir würden endlich verstehen, wie die Menschen in diesen Ländern mit der monotonen Mittelmäßigkeit eines Daseins zurechtkamen, das auf die ständig neuen Initiativen eines Vorsitzenden Mao verzichten musste.

Der letzte Schrei der Herbst-Winter-Saison 1957 war die »Bewegung der sozialistischen Erziehung«. Eines Samstags wurde die Schmiede während der Messe von ihrem Vorgesetzten, dem Parteigeneralsekretär der Bezirksgenossenschaft für Versorgung und Verkauf, inspiziert, der von einem jungen Kader mit dem Akzent des Nordens begleitet wurde. Dieser zeigte sich höchst empört, als er von Ma

Bus Buße hörte. »Formalismus! Viel zu viel Formalismus!« verkündete er und lief vor den verschreckten Schmieden auf und ab. »Dialektischer Materialismus! Es fehlt der dialektische Materialismus!«

Ma Bu sah von seinem Hocker mit stumpfem Blick zu ihm herunter.

»Der Anschein kann echte Proletarier nicht befriedigen!« setzte der Nordling fort. »Diese Lehre könnt ihr Kleinbürger nur schwer verinnerlichen. Das kommt von der oberflächlichen Natur eurer Klassenzugehörigkeit! Nehmt eure Selbstkritik wieder auf. Sucht euch einen Punkt, egal welchen, aber vertieft ihn! Im Lichte des dialektischen Materialismus! Er besteht aus drei Etappen: das Problem feststellen, die Ursachen ermitteln, eine Lösung vorschlagen!«

Bei Einbruch der Dunkelheit durfte Ma Bu immer noch nicht von seinem schwankenden Podest hinuntersteigen. Die Zuhörer wurden ungeduldig. Schließlich griff der alte Generalsekretär ein und erklärte die letzte Version seiner Selbstkritik für angenommen. Festgestelltes Problem: Boden der Genossenschaft schlecht gefegt; diagnostizierte Ursache: bürgerliche Entstaubungsmentalität; vorgeschlagene Lösung: Boden jeden Morgen zweimal fegen. Während sich Ma Bu nach Hause schleppte, dachte er voller Wehmut an die früheren Samstage zurück. An die gestohlene Mittagsruhe und die Schale mit wilder Ackerwinde. Süße Bitterkeit. Jetzt war es vorbei mit der Verkostung, um Kohle zu sparen. Denn inzwischen hatte der Vorsitzende Mao die »Antiverschwendungskampagne« ausgerufen.

Im November beging Moskau die Oktoberrevolution (sollte man in diesem Anachronismus einen ersten Versuch des Revisionismus sehen?). Der Vorsitzende Mao, die Rote Sonne des Ostens, feierte mit. Offenbar machte der Revisionist Chruschtschow genau das gleiche Gesicht wie die Schmiede, als unser tausendfach funkelnder Stern getreu seiner metaphorischen Dialektik erklärte: »Der Ostwind überholt den Westwind!« Der zerzauste Herr des Kremls fragte seinen Nachbarn gerade, ob der Übersetzer vertrauenswürdig sei, als der Kollege von der anderen Seite Sibiriens fortfuhr: »Unser Land gibt sich fünfzehn Jahre, um England zu überholen!« Das überzeugte ihn endgültig davon, dass der dichtende Prophet nicht ganz dicht war.

In jenem Winter verschwanden die Bettler aus Henan erneut von den Straßen in W. Man hatte sie nach Hause geschickt, um an der Natur Rache zu nehmen, an der sie zwei Jahre zuvor gescheitert waren. In allen Provinzen stürmten die Bauern, aufgerufen, »das Gesicht des Landes zu verändern«, Berge, Seen, Sümpfe, Steppen und Wüsten, um daraus blühende Landschaften zu machen.

Der »Große Sprung nach vorn« begann im Frühling 1958. Als Han Saite an einem Maiensonntag ins Dorf kam, wurde die Landschaft von entsetzlichem Lärm erschüttert. Er erhob sich wie ein riesiger Teppich von den Feldern, den Wäldern, den Höfen, den Dächern … Männer, Frauen, Kinder, Greise, alle waren draußen, brüllten lauthals und schlugen auf Töpfe. Im reinen, soeben vom Regen gewaschenen Himmel flatterten riesige Wolken verschreckter Vögel herum und fanden keinen Ort, um sich niederzulassen. In einem Umkreis von zehn Meilen führten alle Genossenschaften ein und dieselbe Operation durch. Sie gehörte zur »Kampagne zur Ausrottung der vier Plagen«. Der Vorsitzende Mao, der an alles dachte, hatte vier schädliche, zu eliminierende Arten festgelegt: Fliegen, Mücken, Ratten und Spatzen. Die einen belästigten die Werktätigen, die anderen bestahlen sie, alle machten sich der Sabotage schuldig.

Han Saite sah die Tante hoch oben auf dem Dach ihres Hauses sitzend auf eine Kupferwanne schlagen, die ihr auch als Kochtopf diente. »Mach dir keine Gedanken«, rief die alte Frau mit heiserer Stimme. »Das bringt eine Menge Arbeitspunkte. Außerdem nutze ich die Gelegenheit, um das Dach ein bisschen zu flicken: Der Wind hat letzte Nacht einigen Schaden angerichtet.«

»Ich muss Ihnen etwas sagen, Tante.«

»Nachher. Dahinten kommt der Chef.«

Aus einem wogenden Weizenfeld mit reifen Ähren tauchte, gefolgt von seinem Buchhalter, der Vorsitzende der Genossenschaft auf. »Nur Mut, Genossin, nur Mut!« rief er der Tante begeistert zu. »Wir haben gute Nachricht für Sie!«

»Ach ja? Löscht ihr meine negativen Arbeitspunkte von neulich?«

»Was ist das für eine Einstellung?« fragte der Buchhalter. »Wie egoistisch und berechnend! Etwas Kollektivgeist bitte! Sonst werden Sie in drei Jahren, wenn der Kommunismus da ist, Mühe haben, sich anzupassen.«

Während sie schwatzten, ging ein Schwarm Spatzen, eine Atempause erhoffend, auf die Regenrinne nieder. Ein ohrenbetäubender Trommelwirbel auf der Wanne zwang sie sogleich, zurück in den Himmel zu flüchten.

»Die gute Nachricht«, fuhr der Chef begeistert fort, »ist, dass unsere Genossenschaft heute die Chance hat, den Tagesrekord von viertausend toten Spatzen zu schlagen!«

»In diesem Tempo haben wir diese dreckige Rasse in sechs Monaten erledigt!« fügte der Buchhalter hinzu. Er wandte sich an Han Saite, die wie ein vergessener Spatz auf der Schwelle des Hauses kauerte und melancholisch in den mit toten Vögeln bedeckten Hof schaute: »Keine billigen Sentimentalitäten, Genossin! Ihr Stadtbewohner habt immer so kleinbürgerliche Neigungen!«

»Wir Stadtbewohner«, entgegnete Han Saite ungerührt, »haben gestern fünftausend erledigt. Allein in unserem Viertel!«

Der Buchhalter wollte etwas entgegnen, als sich aus einem über ihnen schwebenden Vogelschwarm plötzlich ein Spatz löste und ihm in freiem Fall auf den Kopf knallte. Er sprang erschrocken zurück. Der Vogel rollte mit eingezogenen Flügeln über seine Schultern und fiel mit einem dumpfen Geräusch tot zu Boden wie ein Klumpen Schlamm. »Aua, das tut ja weh!« jammerte der Buchhalter und rieb sich den Schädel. »Wie ein riesiges Hagelkorn.«

»Wenn dieser Hagel nur endlich niedergehen würde«, seufzte die Tante. »Ich spüre meine Beine schon nicht mehr. Und mein Kochtopf ist bald ebenso hinüber wie meine Stimme.«

»Das macht nichts!« antwortete der Vorsitzende begeistert. »Bald brauchen Sie keinen Kochtopf mehr. Wir bauen eine Gemeinschaftskantine. Dann müssen Sie sich nur noch mit einer Schale und Essstäbchen dort einfinden und Sie können so viel essen, wie Sie wollen, ohne den Geldbeutel aufzumachen. Nie wieder werden Sie sich in Ihrer eigenen Küche abmühen müssen. Wir machen gerade einen großen Sprung nach vorn in Richtung Kommunismus, Genossin!«

»Und Sie, die Bäuerin, ja! Sie! Sie sind dabei, eine Seite der großen Geschichte zu schreiben!« fügte der Buchhalter hinzu. »Wenn wir heute gut arbeiten, werden wir morgen oder übermorgen vielleicht unser Fenster aufmachen und entdecken, dass der Kommunismus schon da ist!«

Aber damit der Kommunismus geboren werden konnte, mussten erst mal die Spatzen sterben. Die alte Bäuerin warf einen mutlosen Blick in den sonnigen Himmel. Bis zum Horizont war sein kristallklares Blau mit diesen seltsamen braunen Wolken bedeckt, die sich in Höhe der Dächer bewegten, nervös herumflatterten, von Tausenden winzigen Flügeln vibrierten, so ohrenbetäubend tschilpten, als zöge ein Gewitter heran. Ab und zu löste sich ein Vogel, wie ein großer Regentropfen, seine Kameraden aber kämpften weiter. Die Kumuluswolken, die sie bildeten, dehnten sich aus, zerrissen, zogen sich zusammen, zeichneten vergeblich unzählige heroische Umwege, aber die Spatzen weigerten sich hartnäckig zu krepieren.

»Das geht schon den ganzen Nachmittag so«, klagte die Tante. »Bald werde ich an ihrer Stelle vor Erschöpfung sterben. Wie ausdauernd diese kleinen Vögel doch sind. Wenn sie mit dem Pflug umgehen könnten, würde die Genossenschaft gute Arbeiter aus ihnen machen, und sie würden sicher mehr Arbeitspunkte verdienen als ein Wrack von meiner Sorte.«

»Da haben Sie recht«, sagte der Vorsitzende begeistert und lachte schallend. »Anstatt den Himmel zu durchstreifen, hätten diese blöden Vögel besser dran getan, die Erde zu bestellen!«

»Oho! Man darf sich keine Illusionen über die Natur dieser Viecher machen«, mahnte der Buchhalter streng. »Sie würden niemals auf ihr parasitäres Leben verzichten. Ebenso wenig wie die Rechtsabweichler auf ihre gemeinen Gedanken. Weder die einen noch die anderen werden sich je ändern.«

»Darüber sprechen wir wieder, wenn Ihnen Flügel wachsen«, murmelte Han Saite.

»Ändern oder nicht«, merkte die Tante an und folgte mit den Augen drei Spatzen, die sich in schwindelerregendem Sturz mit ihrem Schatten vereinigten, »wir machen ihnen jedenfalls das Leben schwer. Seit Stunden schon halten sie sich in der Luft.«

»Aber jetzt sind sie endgültig aufgeflogen!« entgegnete der Buchhalter. Stolz auf diesen Geistesblitz, ließ er einen bedeutungsvollen Blick über das goldene Weizenfeld schweifen, diese lächelnde, luftige, von schreienden Menschen übersäte und sporadisch von trägem Regen benetzte Weite. »Morgen«, verkündete er, »leben wir in einem blitzsauberen, von Ungeziefer gereinigtem Land, dann gehört der Himmel nur noch den tapferen Adlern. Den Flugzeugen. Und den Eulen, den Verbündeten der Bauern gegen die Ratten. Wer hätte sich das gestern träumen lassen? Und wer wird jetzt noch daran zweifeln, dass unter der leuchtenden Führung des Vorsitzenden Mao alles möglich ist? Welches Land war je zu solch einer Heldentat imstande oder wird es je sein?«

Aber genau da drückte der Schuh. Überall im Land

waren während des Polituntenichts lebhafte Diskussionen entbrannt. Die *Tageszeitung* von W. veröffentlichte jeden Tag Vorschläge, die unter den unzähligen in der Redaktion eingehenden Leserbriefen ausgewählt wurden. Die Protektionisten schlugen vor, entlang unserer Grenzen eine neue Große Mauer zu bauen, die hoch genug wäre, um die ausländischen Spatzen daran zu hindern, in unser Territorium einzudringen; die Anhänger der Wissenschaft bevorzugten die Ausstrahlung von Störwellen; die Militaristen verlangten Luftpatrouillen; andere, offenere Geister riefen unsere Nachbarn auf, das gleiche Bewusstsein zu entwickeln, und erklärten sich bereit, bei ihnen einzumarschieren, um die Bewegung in Erwartung einer Internationale gegen die Himmelsparasiten auszuweiten.

»Morgen«, fuhr der Buchhalter mit bewegter Stimme fort, »werden nur diejenigen übrig bleiben, die es verdienen. Nichts und niemand wird mehr stehlen. Die Früchte der Arbeit werden allein den Werktätigen zukommen. Von der nächsten Ernte entgeht uns kein einziges Korn mehr. Wir werden unsere Erträge verdoppeln, verdreifachen, vervierfachen und, warum nicht, verfünffachen – in den Nordprovinzen ist das ja schon geschehen! Die Ernten werden so üppig ausfallen, dass wir alle dick und rund werden. Und unsere Silos so voll, dass wir nicht mehr wissen, wohin damit.«

»Wir werden mit anderen revolutionären Völkern teilen, mit unseren afrikanischen und albanischen Brüdern«, bestätigte der Vorsitzende begeistert.

»Aber erst mal muss man den Weizen ernten«, ließ sich Han Saite mürrisch und erbarmungslos vernehmen.

»Was versteht ihr Stadtmenschen schon von Landwirtschaft«, schimpfte der Buchhalter. »Politisch kurzsichtig und mit beschränktem Horizont, so seid ihr. Der Weizen wächst jedes Jahr neu und mit den neuen Methoden bald sogar zweimal im Jahr. Schlimmstenfalls holen wir es in sechs Monaten wieder auf. Aber die Vernichtung der Spatzen geschieht ein für alle Mal. Eine Sache, von der tausend künftige Ernten und zehntausend künftige Generationen profitieren werden! Ihnen fehlt jedes Gefühl für Prioritäten. Haben Sie die Lehre des Vorsitzenden Mao vergessen? *Die politisch korrekte rote Linie ist uns wichtiger als alle langweiligen, von der Produktion besessenen Experten!* Sind Sie etwa eine Revisionistin?«

Das Wannengetrommel der Tante verstummte.

»Wir müssen gehen. Auch andere Genossen brauchen unsere Aufmunterung«, verkündete der Vorsitzende begeistert.

Sie waren schon auf dem Weg zum Haus des Feng-Shui-Meisters, als sich der Vorsitzende noch einmal umdrehte: »Apropos, Genossin, wie steht es mit den Ratten?«

»Ich habe schon zwanzig gefangen«, antwortete die Tante.

»Bravo! Versuchen Sie weiter, den Rekord von zweihundert zu überbieten. Und vergessen Sie nicht, zur Versammlung heute Abend die Schwänze und die Spatzen mitzubringen. Die Große Genossenschaft braucht sie für die Statistik. Wir melden die gute Nachricht dem Vorsitzenden Mao. Er wird stolz auf Sie sein!«

Das Bündel Schwänze hing neben der Tür, dort, wo die Tante früher ihre Paprikaschoten und Karotten trocknen ließ. Eine dicke grüne Fliege umschwirrte ihre blutverkrusteten Spitzen, eine Aasfresserin ohne Format. Han Saite erlegte sie mit dem Schuh.

Jetzt fielen die Spatzen allmählich büschelweise herunter, wie ausgehendes Haar; diejenigen, die noch Widerstand leisteten, flatterten in hektischen Schwärmen herum, wechselten ständig die Richtung, wie Strähnen, die von nervöser Hand bald nach rechts, bald nach links geworfen werden, ohne der widerwärtigen Wahrheit eines kahl werdenden Schädels abhelfen zu können. Ab und zu brachen inmitten des Massengrabs der schlammfarbenen Körper auch die schönen, rabenschwarzen Federn einer Schwalbe, Freundin der Bauern, die ausnahmsweise nicht willkommen war: Die Kollateralopfer wurden nicht in die Statistik aufgenommen. Ganz kurz durchdrang das Tremolo einer Nachtigall den erbärmlichen Chor der Töpfe, um sogleich im allgemeinen Piepsen unterzugehen. »Die Spatzen müssen von den anderen gehasst werden!« sagte Han Saite. Dennoch kämpften sie, diese Rechtsabweichler des Tierreiches, diese Landstreicher des Zenits, die in ihrer Flucht unschuldige Verwandte mitrissen und mit ihren lächerlichen Flügelchen das unvermeidliche Ende hinauszögerten, immer noch einen Ausweg aus diesem umgekehrten Abgrund, dieser durchsichtigen Falle, diesem Käfig ohne Gitter erhofften, zu dem der Himmel geworden war. Die Freiheit war nur noch ein Fluch, das Paradies der Hölle nie so nah gewesen. »Die Welt steht kopf.« Han Saite wusste nicht mehr, wer das gesagt hatte.

Als sie aufwachte, glichen die letzten Sperlingsgesellschaften, die noch in der Ferne kreisten, alten Putzlappen.

Abgenutzt, schmutzig und immer löchriger, verdunkelten sie den Himmel, von dem sie unablässig dunklen Dreck tropfen ließen. Inzwischen war die Dämmerung hereingebrochen. Han Saite stand auf, um ihre Beine zu strecken. Auf den Feldern zogen sich die Menschen zurück. Sie steckten bis zur Taille im Wogen der übermäßig blonden, fast rothaarigen Ähren und hörten nicht auf, mit den Armen zu fuchteln und sich die Kehle aus dem Leib zu schreien. Im Gegenlicht wirkten ihre Silhouetten ebenso immateriell wie die mageren, riesigen Schatten, die die niedrige Sonne vor ihnen in die Länge zog. Der Lärm war immer noch so überwältigend, dass Han Saite für einen Moment das absurde Gefühl hatte, er gelte ihr. Plötzlich sprang ein junger Bursche aus dem Weizenfeld auf den Weg und begann, seinem Schatten auf den Fersen, atemlos auf das Haus der Tante zuzurennen, während er weiter laute Schreie ausstieß. Erst jetzt vernahm Han Saite endlich die vernichtende Stille des Hauses inmitten des Lärms, der ringsum herrschte. Sie sprang auf und bekam gerade noch mit, wie sich die schwarze Gestalt der Tante in ihrer Witwenjacke auf dem dicht mit Spatzen besetzten Dach nach vorn neigte. Eine Lawine von Ziegeln begleitete ihren Sturz. Die kompakte Masse der Spatzen flog auf, wie ein zweites Dach, das in seinem anarchischen Aufstieg in den Abendhimmel bald in Hunderte von Stücken zerbrechen würde.

Die Tante wurde neben ihrer Schwester am Fuße des Hügels begraben. Han Saite, ein zweites Mal Waise, kehrte nach W. zurück, mit der wachsenden Sorge, die sie ihr nicht hatte anvertrauen können. Die junge Frau wirkte täglich erschöpfter. Aber das Jahr war für alle mühselig. Die Nachbarn, die damit beschäftigt waren, alle möglichen Rekorde zu brechen, merkten nichts.

Ende Juli starteten die kürzlich zu Volkskommunen zusammengeschlossenen Landwirtschaftsgenossenschaften einen »Satelliten«. Mit anderen Worten, sie hatten ein Wachstum von dreitausend Prozent erzielt, indem sie auf einem Probehektar dreihunderttausend Pfund Frühreis ernteten. Das war noch eine bescheidene Leistung verglichen mit denen, die in den Nordprovinzen vollbracht wurden. Satelliten schossen wie Pilze in den Himmel. Die Zeitungen waren voll von außerordentlichen Zahlen in oft strategischen, aber manchmal auch unerwarteten Bereichen – wie bei jenen Russischlehrern, die in acht Tagen ein Chinesisch-Albanisch-Wörterbuch mit sechs Millionen Zeichen fertiggestellt hatten, oder der Klasse, deren Schüler alle den Hundert-Meter-Weltrekord schlugen (auf einer abschüssigen Piste). Sie glichen Auszügen aus dem *Guinnessbuch der Rekorde*, jenem imperialistischen Sammelband, den wir noch nicht kannten.

Ende August verschmolz W. seine städtischen Gemeinden und seine ersten Tonnen Stahl in Miniaturhochöfen. Mit den städtischen Kantinen, die nach Belieben fünf Mahlzeiten am Tag austeilten (die zwei zusätzlichen Mahlzeiten waren die neueste Erfindung des Vorsitzenden Mao, um dem unmittelbar bevorstehenden Überfluss an Landwirtschaftsprodukten zu begegnen und den Druck auf die Silos zu mildern), waren wir eine Handbreit vom Paradies entfernt. Aber der Vorsitzende schlief schlecht, wie er den Journalisten gestand. Seine Nächte wurden vom Stahl gestört, dem Symbol der industriellen Überlegenheit. Er hatte ihn im Juli zum ersten seiner »drei Marschälle der Wirtschaft« erklärt, vor der Mechanisierung und dem Getreide. Die anderen beiden hatten im ersten Halbjahr entscheidende Siege davongetragen. Die Salve der Bauernsatelliten hatte uns schon jetzt in die Reihe der größten Landwirtschaftsmächte geschossen, imstande, alle unsere kleinen Brüder in der Dritten Welt zu ernähren. Sie mussten nur fragen. Die ersten Transporte waren bereits unterwegs. Leider konnte man das an der Stahlfront nicht behaupten. Dabei war es kein großes Kunststück: Man musste die Produktion nur jedes Jahr verdoppeln – eine absolut realistische, ja geradezu konservative Erwartung, wenn man sich das Getreidewachstum ansah –, um die Kapazität der Engländer in drei Jahren zu übertreffen. Dann würde man mit Fug und Recht behaupten können, England überholt zu haben, denn wenn ein Erzmarschall seine Schlacht gewinnt, das ist bekannt, gewinnt sein Land den Krieg. »Wenn es uns nicht gelingt, bis zum Jahresende 10,75 Millionen Tonnen zu produzieren«, verkündete der Vorsitzende, »kann ich nicht mehr schlafen.« Die höchst präzise Festlegung von 10,75 Millionen war das Wort, das er dem Skeptiker Chruschtschow gegeben hatte.

So was auch! Es durfte nicht sein, dass sich unser Großer Steuermann mehr genierte als die kleinen Brüder aus der Dritten Welt. Er musste nur fragen. Von einem Tag auf den anderen wurden siebenhundert Millionen Seelen mobilisiert, um Marschall Stahl zur Seite zu stehen. Slogan: *Ein Tag entspricht zwanzig Jahren!* Wie ein heftiger Akneausbruch tauchten im Handumdrehen überall unter freiem

Himmel unzählige rustikale Hochöfen auf und gaben unseren Städten und unseren Dörfern ein neues, pickliges, vor Jugend strahlendes Gesicht. Tag und Nacht spuckten sie Rauch, Feuer und Schlacke aus – ab und zu auch eine schwärzliche, mehr oder weniger brüchige Masse, die man Stahl nannte. Das Alter Ego des Marschalls wurde jedes Mal mit einem Konzert von Applaus, Trommeln, Gesängen und begeisterten Glückwünschen der Sprecherinnen in den Lautsprechern begleitet. W. schlief nicht mehr.

Hochöfen, was seid ihr schön,
An allen Orten wir euch sehn.
Ihr esst nicht Reis noch Heu,
Spuckt Stahl aus stets aufs Neu'.

So sangen die Kinder und durchwühlten die Mülltonnen auf der Suche nach Eisenschrott, um die Öfen ihrer Schulen zu füttern. Der Vater von Dai Jiande war damals ein achtjähriger Taugenichts. Stolz trug er einen großen Magneten am Ende eines Drahts vor sich her, den er aus einem Megafon gestohlen hatte. Der alte Fu, nun fünf Mal am Tag gesättigt, beschloss, der jungen Generation zu helfen, und setzte sich in der Gemeindekantine zur Ruhe.

Selbst unsere Berge machten einen großen Sprung nach vorn und legten schon im Sommer Herbstfarben an: Das brennende Rot der Fahnen, die von wachsenden Armeen von Eisensuchern aufgestellt wurden, ließ das tiefe Grün der Bäume verblassen, die man fällte, um die Kohle abzulösen.

Mitte September verkündete man die Entdeckung einer

sogleich unter freiem Himmel ausgebeuteten Hämatitader, die durch die Hügel und dann die Straße des Fortschritts an der Schalterfabrik entlang bis zum Revolutionsmuseum verlief. Das Viertel war verstopft mit Lastwagen, die von Arbeitseinheiten aus der ganzen Stadt entsandt wurden. Han Saite und ihre Nachbarinnen wurden vom Nachbarschaftskomitee zwangsverpflichtet, den Trägern, die das Mineral bis zur befahrbaren Straße brachten, Reisbouillon auszuschenken.

Als Han Saite eines Nachmittags gerade eine Schale füllen wollte, wurde sie von einem stechenden Schmerz durchbohrt. Wir halfen ihr, sich auf das Gras zu legen. Zehn Minuten später kam ein Arzt angerannt, sein Gesicht war schwarz von Kohlenstaub. An diesem Tag fand ein »Verhüttungsturnier« zwischen den Arbeitseinheiten statt. Als der Arzt die Bluse der jungen Frau hochschob, um sie zu untersuchen, entdeckte er ein schweißgetränktes Stoffband, das mehrmals fest um ihre Taille gewickelt war. Da befahl der Arzt, sie in einen nahen Luftschutzkeller zu tragen, und schickte nach einer Hebamme. Kurz darauf kam lautlos ein kleines Wesen zur Welt. Man hielt es schon für tot, als sich das zerknitterte und blutbefleckte Gesicht plötzlich zu einem Lachen verzog, als wüsste das Kind bereits, dass man an diesem Tag die Stahlproduktion verfünffachen würde.

IV

Sechs Jahre vergingen. Weniger prosaische Seelen hätten gesagt, dass vierhundertachtunddreißig Jahrhunderte vergingen. *Ein Tag ist wie zwanzig Jahre!* Vor allem, wenn man nichts zu beißen hat. Die Zeit dehnt sich wie die Produktionsstatistiken oder wie Kinderbäuche, die allein mit weißer Tonerde gefüllt werden. Von den Jüngern der berühmten Losung mit der Zauberrechnung hatten in den drei schrecklichen Jahren, die auf die Niederlage des Marschalls Stahl folgten, zwanzig Millionen das Leben und der Rest den Glauben verloren.

Nach der großen Hungersnot und ihrem Gefolge an Leichen, die mangels Särgen in Laken begraben wurden, nach dem Bruch mit Chruschtschow und der Rückzahlung der sowjetischen Kredite auf Heller und Pfennig für die Ehre eines dahinsiechenden Volkes, nach der Heuschrecken-, der Schnecken- und der Rattenplage, die keine natürlichen Feinde mehr hatten außer hungrigen Menschen, nach den Epidemien, die Mensch und Tier trafen, der Dürre, dem Hagel, den Überschwemmungen, nach den Scharmützeln mit den Indern und den Streitereien mit den Jugoslawen, nach den ersten Atomtests, der Ankurbelung der »sozialistischen Erziehungsbewegung«, den »Vier Säuberungen«, der Mobilisierung zur Kritik von Konfuzius, den Erziehungskampagnen »In der Landwirtschaft von Dazhai lernen, in der Industrie von Daqing« und »Vom Genossen Lei

Feng lernen« usw. usw. hatte der Vorsitzende Mao in jenem Jahr 1964 wieder einmal schlaflose Nächte. Sein unerschöpfliches Genie hatte ihm die Idee vom »Krieg des Volkes« eingegeben, als Vorwegnahme der Atomangriffe, die von den Imperialisten in Washington und den Revisionisten in Moskau drohten. »Warum sollen wir die Atombomben fürchten?« verkündete der Visionär. »Soll der Dritte Weltkrieg doch ausbrechen! Soll die Hälfte der Menschheit darin untergehen! Dann kann die andere Hälfte auf den Ruinen eine neue, bessere, strahlende, rein sozialistische Welt errichten!« Jeder Mensch mit gesundem Menschenverstand wird zustimmen, dass es keine dritte Hälfte gibt.

Vom Meer aus bis ins Landesinnere teilte der unvergleichliche Stratege das Territorium in drei Teile auf. Er befahl, die großen Fabriken an der Küste, »erste Front« genannt, unverzüglich in Sicherheit zu bringen, indem man sie nach Westen, in die abgelegenen Provinzen der »dritten Front« verlagerte. »Solange die Arbeit an der dritten Front nicht vorangeht«, warnte er, »werde ich nicht gut schlafen!« Was tut man nicht alles, um die Schlaflosigkeit großer Männer zu lindern? Historiker werden die einschläfernde Wirkung der arbeitsamen Massen festhalten. Ein weiteres Mal wurden sie mobilisiert. Tausend Unternehmen erreichten das Hinterland. Und in ihrem Kielwasser zogen vier Millionen Menschen um.

Für den Sieg der dritten Front
Wir freudig unsre Jugend geben,
Ist sie dereinst vorbei,

Opfern wir unser Leben.
Für den Sieg der dritten Front
Wir freudig unser Leben geben,
Und wenn wir einmal nicht mehr sind,
Opfern wir ihr das letzte Kind,
Dem Sieg gilt unser Streben …

In den Straßen von W. hörte man erneut die Akzente vom Unterlauf des Jangtse. Sie hatten jedoch einen schrilleren Klang als fünfzehn Jahre zuvor, Revolution verpflichtet. Ingenieure und Topografen durchkämmten die Weiten der Stadt nach Guerillakunst: Die Industrie von der ersten Front musste »nah bei den Bergen, verstreut, getarnt oder in Löchern« wieder aufgebaut werden. Aus seinen Jugenderinnerungen schöpfend, hatte der Vorsitzende Mao, der Meister des Untergrundkampfes, gleich mehrere Modelle dafür ausgearbeitet, unter anderem die »kriechenden Kürbisse«, den »Weiler«, die »Schafköttel« oder die »Umkreisung der Berge«.

Unser Viertel erhielt den Zuschlag für eine Kautschukfabrik aus Shanghai, nach einem Plan, der eine Synthese aus »Schafköttel« und der »Umkreisung der Berge« darstellte. Der Standort, im Norden von der Straße der Märtyrer gesäumt, die am Revolutionsmuseum und der Schalterfabrik vorbeiführte, erstreckte sich im Süden bis zur Straße des Fortschritts, rund um die verlassenen Erzminen. Die Bewohner dieser Zone wurden an den Marktplatz umgesiedelt. Viele von ihnen genossen das Privileg, in der neuen Fabrik beschäftigt zu werden. Die Bauarbeiten dauerten zwei Jahre.

1966 arbeiteten Ma Bu und Han Saite in der Kautschukfabrik Nr. 825, der eine in der Schweißer-, die andere in der Haushaltsabteilung. Als Arbeiter gehörten sie nun zur führenden Klasse des Landes und wohnten, ihrem gestiegenen Rang entsprechend, in einem der höchsten Gebäude von W. Fünf Etagen, was angesichts eines drohenden Krieges die höchste erlaubte Gebäudehöhe war. Der Vorsitzende Mao, dessen strategisches Talent unter den Völkern der Welt nicht mehr zur Diskussion stand, hatte befohlen, dass die Städte andersherum wachsen sollten, das heißt, ins Innere der Erde und nicht in den Himmel: Wenn sich zwei Leute in die Haare geraten, hat derjenige, der keine hat, unbestreitbar einen Vorteil. Überall gruben Schüler, Arbeiter und Milizen mit Äxten Tunnel und Luftschutzkeller. An den Wänden standen Losungen wie »Graben wir tiefe Löcher! Lagern wir genug Getreide!«, »Für das Volk, wappnen wir uns vor dem Krieg! Für das Volk, wappnen wir uns gegen den Hunger!«, oder, in etwas nüchternerem Stil, »Es lebe der Krieg des Volkes!«.

Das Haus von Ma Bu lag damals in der Sackgasse Vorwärts, hinter der Straße des Sieges. Diese wurde bald darauf ein zweites Mal umbenannt, und zwar in Straße des »Antirevisionismus«, ganz wie manche Frauen mit festen Überzeugungen, die in jeder neuen Epoche einen neuen Namen annehmen, um eine neue Sache zu vertreten.

Die Tochter von Ma Bu war damals acht Jahre alt. »Ein verdorbener Stahlblock«, wie die Großmutter von Feng Sike sagte. »Wer früh hätte sterben sollen, hat ein langes Leben«, jammerte die alte Frau. Sie hatte 1960 ihren Sohn und ihre Schwiegertochter verloren, die von einer Gelbsuchtepidemie dahingerafft wurden. Einer echten. Gerüchte beschuldigten den kubanischen Zucker von zweifelhafter Farbe, den im Namen des Patriotismus alle kaufen mussten. Ihr Enkel Feng Sike war inzwischen ein junger Mann von fünfundzwanzig Jahren und arbeitete als Werkzeugmacher bei den Kautschuks. Andere aus dem Viertel waren dem Hunger erlegen. Zu ihnen gehörten die alte Nachbarin, die als einziges Erbe ihre drei Totengewänder hinterließ, der Schuhmacher und seine alte Mutter, der Wirt, was wahrlich der Gipfel ist, und die Witwe Pu. Pu Laihe war, obgleich er in der Schule immer als Klassenbester galt, wegen seiner »schwarzen«, konterrevolutionären Herkunft als Sohn des Reishändlers automatisch durchs Abitur gerasselt. Weil kein Betrieb ihn einstellen wollte, war er schließlich in ein Regiment von »jungen Gebildeten« eingetreten, die man in die ferne Provinz Xinjiang schickte, um die Wüste Gobi urbar zu machen.

Februar 1966. Die kubanische Saccharose erwies sich als ziemlich bitter, und Castro machte uns nicht mehr fidel. Nach all den Jahren, in denen wir Hungernden den Gürtel enger geschnallt hatten, um ihm weißen Reis zu schicken, verkündete unser engster Verbündeter, Hirse sei nahrhafter, der Vorsitzende Mao senil und jeder politische Führer über sechzig ein Hochstapler. Die Geschmacklosigkeit dieser Parolen ließ sich nur mit der seines Zuckers vergleichen! In W. gingen sogleich Hunderttausende von Kindern der Mittelschule auf die Straße. Jedes schwenkte ein *Kleines Rotes Buch*, unsere geistige Atombombe. Von der Stadtverwaltung entsandte Propagandafahrzeuge begleiteten die Prozession und verbreiteten über Lautsprecher Lieder und

Losungen. Eine leichtsinnige Propagandistin, die sich in der Schallplatte geirrt hatte, wurde nach den ersten Noten gelyncht: Man hatte das Lied so oft gesungen, dass man nicht länger brauchte, um »Das schöne Leben in Havanna« zu erkennen.

Im Juli durchschwamm der Vorsitzende Mao in der Provinz Hubei den Jangtse und stellte einen neuen Weltrekord auf. In W. sprangen am nächsten Tag tausend junge Schwimmer in denselben Fluss und begleiteten mit ebenso vielen roten Fahnen ein riesiges Porträt des Weltmeisters, das bis zum Ende nicht nass wurde.

Im August durchstreiften mit roten Bändern geschmückte Propagandafahrzeuge die Stadt und verkündeten als Endlosschleife eine gute Nachricht, die alle Völker der Welt erfreuen würde: Die größten medizinischen Kapazitäten hatten mithilfe wissenschaftlicher Methoden festgestellt, dass der Vorsitzende Mao einhundertvierzig Jahre alt werden würde. Einige Zeit später wurden dieselben Kapazitäten zusammengestaucht und gezwungen, vor einer Menge, die »Der Vorsitzende Mao lebt zehntausend Jahre! Zehntausend Jahre! Zehntausend Mal zehntausend Jahre! So lange wie die Welt!« skandierte, scharfe Selbstkritik zu üben. Die große proletarische Kulturrevolution hatte begonnen.

V

Das Abitur wurde abgeschafft, der Unterricht eingestellt, die Schulen wurden stillgelegt. Der Vorsitzende Mao rief die Jugend auf, sich gegen jede Form von Autorität zu erheben, die Staatsgeschäfte in die eigenen Hände zu nehmen, alle Lakaien der Revisionisten, Imperialisten und Reaktionäre zu verfolgen, mit den »Vier Relikten« zu brechen, nämlich den alten Gedanken, der alten Kultur, den alten Gebräuchen und den alten Gewohnheiten, und die »Vier Neuheiten« einzuführen, nämlich – für die Schönheit der Symmetrie – die neuen Gedanken, die neue Kultur, die neuen Gebräuche und die neuen Gewohnheiten.

Die Jungen Rotgardisten von W. hatten hingegen wenig Glück. Während ihre Kameraden anderswo nach Herzenslust auf Tempel, Kirchen, Paläste, antike Gräber, Stadtmauern, alte Villen, Gebäude namhafter Architekten, berühmte Statuen, Stelen von Kalligrafen, Höhlenskulpturen, tausendjährige Fresken und andere historische Monumente losgingen, bot ihnen unsere erbärmliche Stadt, auch wenn sie noch so groß war, nichts, was der Größe des Anlasses entsprochen hätte. Das bisschen kulturelles Erbe, das wir hatten, war schon unter den Luftangriffen der Japaner in Rauch aufgegangen, die übrigens auch für eine rote Sonne kämpften.

Qu Luo, damals ein dreizehnjähriger Schüler, stieg in einen übervollen Zug, der seit drei Tagen im nördlichen

Randgebiet festsaß (Losung: *Sozialistische Verspätung statt kapitalistischer Pünktlichkeit!*), und fuhr mit einem Empfehlungsschreiben nach dem Vorbild der früheren Landstreicher nach Peking, um den Vorsitzenden Mao um Rat zu bitten. Für die Revolution ließ sich der Vorsitzende Mao vierteilen: Er wurde gleichzeitig unser Leader, unser Anführer, unser Kommandeur und unser Steuermann. Marschall Lin hatte gesagt: »Jeder Satz von ihm ist wie tausend Sätze von uns! Die Gedanken von Mao Tse-tung muss man jedes Jahr, jeden Monat, jeden Tag studieren!« Morgens und abends empfingen wir unsere Dosis in Habachtstellung vor Seinem Porträt.

Als unsere Fabrik in jenem Sommer die Produktion von Medaillen mit Seinem Abbild aufnahm, erfasste sie damit zum ersten Mal den Zeitgeist und gab ihren Beschäftigten und deren Kindern einen Vorgeschmack auf den Ruhm, den wir fünfunddreißig Jahre später mit Guo Leda genießen würden. Aber unser Stolz währte nicht lange. Obwohl Einstein und seine Theorie zu den reaktionären Albernheiten gehörten, die man in die Tonne treten konnte, mussten wir doch feststellen, dass nichts absolut war. In Bezug auf die Nachbarn ist alles relativ. Auch die Kautschukfabrik Nr. 825 stellte ihre Produktion um und spezialisierte sich von nun an auf Turnschuhe im Militärstil mit gummierter Sohle. Eine vom Vorsitzenden Mao höchstpersönlich, Seiner Frau und Seinem neuen Stellvertreter, Marschall Lin, auf dem Tor des Tiananmen eingeführte Mode, als sie in Soldatenuniform erschienen, um Hunderttausende eifriger Rotgardisten zu grüßen. Die rote Sonne trug Grün. In der

Verkaufsgenossenschaft der Straße des Antirevisionismus war die Farbe Kaki von einem Tag zum anderen ausverkauft. Kurz darauf gingen allen Drogisten der Stadt nicht nur diese Farbe, sondern auch Blau und Gelb aus. Die Nachzügler dosierten die beiden Farben zur Verzweiflung der hungrigen Nachbarn geduldig in der winzigen Gemeinschaftsküche, um die martialische Farbe des Trios mehr schlecht als recht nachzuahmen. Die Uniformen der jungen Leute, jede in ihrer eigenen Soße, aber alle in der Wolle gefärbt, waren die einzigen geduldeten Nuancen in einer Zeit, da *unsere Liebe kategorisch, unser Hass unerbittlich und unsere Positionen eindeutig* sein mussten.

In der legendären Hitze von W., auf Straßen ohne Bäume – sie waren acht Jahre zuvor mit Marschall Stahl verschwunden –, marschierten Geschwader von gemüsegrünen Jungen und Mädchen, die Jacke bis zum Hals zugeknöpft und die Taille von einem Kunstledergürtel zusammengepresst, mit einer Mütze, auf der ein roter Plastikstern leuchtete. Perfektionisten hüllten sich in eine Wickelgamasche aus einer im Krankenhaus gestohlenen Mullbinde. Jeder trug auf der linken Brust Abzeichen mit Seinem Abbild in oft beeindruckender Zahl und Größe, wie ebenso viele Metaphern für ihr ebenso rotes Herz, das auf derselben Seite schlug.

Wenn sich der Vorsitzende Mao herabgelassen hätte, Patente für Seine politischen Eingriffe anzumelden, hätte Er den Rekord des mickrigen Fachmanns Edison sicher mühelos überboten. Zum ersten Mal in der Geschichte schlug man sich in den Städten in die Büsche. In W. streiften die kleinen Guerilleros des Großen Anführers, manchmal von

Kameraden von auswärts begleitet, durch die Viertel, um alte Zöpfe abzuschneiden, dekadente Dauerwellen zu stutzen, perverse Pfennigabsätze abzubrechen, zu enge, zu kurze oder zu lange Hosen zu zerfetzen, die ohnehin seltenen Blumen von den Fenstern der Leute zu reißen – sie waren vielleicht nicht giftig, aber auf jeden Fall bürgerlich –, Kreuzungen mit vervielfältigten Flugblättern zu bombardieren, voller Eifer auf die Passanten einzureden, mit Vehemenz untereinander zu diskutieren, leidenschaftlich das *Kleine Rote Buch* zu schwenken, alle anderen Bücher mit Inbrunst zu verbrennen ... Die Berge der von den Flammen gefressenen Bände schmerzten den alten Fu mehr als die verfolgten Intellektuellen: Für fünf Fen das Pfund hätten sie ihm als Altpapier ein stattliches Sümmchen eingebracht.

Reaktionäre, schändlich auf ihre Bequemlichkeit bedachte Geister, warfen dem Großen Steuermann insgeheim vor, die Kulturrevolution nicht sechs Monate früher oder sechs Monate später ausgerufen zu haben. In W. waren sie besonders zahlreich. Unsere Stadt, die bereits das Potenzial hatte, eines Tages die einwohnerstärkste der Welt zu werden, brauchte diese hunderttausend kleinen Sonnen in ihrem Herzen nicht, um den Furcht einflößenden Namen »großer Ofen« zu verdienen. Die Luft war in jenem Sommer besonders unerträglich, verpestet vom kautschukgetränkten Gestank ungelüfteter Füße, vom Schweiß der stolz in ihre handgefärbten Uniformen verpackten Rotgardisten, vom Angstschweiß der Klassenfeinde, den sie in Daunenjacken hüllten, vom Geruch nach Blut und eitrigen Wunden, vom Asphalt kurz vor dem Schmelzpunkt, vom Rauch brennender Schulpulte, von den Miasmen ausgegrabener Leichen, den Ausdünstungen der Gemeinschaftslatrinen (Parole: *Ohne stinkende Scheiße kein duftendes Getreide*), den Paraffindämpfen der Flugblätter und dem Leim der mit großen Schriftzeichen bemalten Plakate …

Diese wucherten an unseren Wänden und bis unters Dach. Ehe man sich's versah, wurde die neue Haut unserer Häuser immer dicker, weil es keine freien Flächen mehr gab. Trotz dem auf dem unteren Rand angegebenen Verfallsdatum *Drei Tage hängen lassen!* wurden sie erbarmungslos mit neuen Produktionen unserer ebenso kreativen wie zahlreichen Polemiker bedeckt. Bei Anschlägen wie bei Ausschlägen quält der Juckreiz vor allem bei Nacht. Nach Mitternacht schlich sich der alte Fu hinaus, um die unerschöpfliche Kruste abzukratzen, die ihm am nächsten Morgen drei Fen pro Pfund bei der Wiederverwertungsstelle einbringen würde. Das war die erfolgreichste Zeit seiner Karriere. Er verdiente mindestens fünfzehn Mal so viel wie sein Enkelsohn, der Monteur Fu Taici.

Im Handumdrehen wurden die meisten Türen und Fenster rot gestrichen, wohingegen die des Rechtsabweichlers Ma Bu und der anderen Elemente, die zu den »fünf schwarzen Kategorien« gehörten, ihre infame Farbe erhielten. Die traditionelle Oper wurde verboten und musste darauf warten, vom Fahnenträger reformiert zu werden. Dennoch glich unser Stadtzentrum mit seinen grellen Farben – grün, rot, schwarz – und den schiefen Fassaden, die durch die dicken Papierschichten aus Pappe zu sein schienen, noch nie so sehr einer altertümlichen Theaterkulisse.

Als auf dem Campus der Universität von Peking das erste Plakat aufgetaucht war, hatte das Zentralkomitee der Kulturrevolution von einer »der Pariser Kommune ebenbürtigen Erklärung« gesprochen. Zwei Jahre später revanchierten sich die Franzosen, indem sie ihre eigene Hauptstadt mit unserer geistigen Atombombe, dem *Kleinen Roten Buch*, bombardierten. Inzwischen hatten sich von Afrika über Ozeanien bis Amerika die Proletarier aller Länder darangemacht, diese mächtige, aber preiswerte Waffe ernsthaft zu studieren. *Über den Gedanken von Mao Tsetung geht die Sonne nicht mehr schlafen!* Das Volk von W. auch nicht. Die kleinen Generäle hatten überall auf den Dächern Trauben von Lautsprechern installiert. Auf dem Krankenhaus am Markt, dem höchsten Gebäude des Viertels, waren es sechzehn Stück, jeder mit fünfundzwanzig Watt, ein paar Monate später sollte die Zahl auf zweiunddreißig anwachsen. Das war wirklich die Höhe.

Tag und Nacht feuerten diese Granatwerfer mit Seinen Zitaten, Reden und revolutionären Gesängen auf alle Revisionisten, Imperialisten und andere Reaktionäre in der Welt. Vor allem mit Seinen Zitaten. »Sie sind nicht aus Gold«, schrieb die *Volkszeitung*, »sondern kostbarer als Gold! Sie sind nicht aus Stahl, sondern härter als Stahl!« Deshalb waren sie unwandelbar. Das konnte man von den anderen Schriften, denen die Standhaftigkeit rostfreier Metalle fehlte, nicht behaupten. Sogar unsere Nationalhymne wurde wegen des neuen Status ihres Textdichters zur Hälfte konterrevolutionär. Der Komponist war glücklicherweise seit Jahrzehnten tot, und das diplomatische Protokoll verlangte ja nur, dass die Musik gespielt wurde, um ausländische Gäste zu empfangen. So musste niemand die schwarze Seite unserer Nation wahrnehmen.

Regelmäßig nach acht Uhr abends, manchmal aber auch mitten in der Nacht, während der alte Fu im Rhythmus von Zitaten und Liedern seine nächtliche Ernte einfuhr, unterbrachen die Rotgardisten ihre Programme und riefen das Viertel auf der Esplanade des Revolutionsmuseums zusammen, um gemeinsam das Zentrale Radio des Volkes zu hören oder »die Veröffentlichung der jüngsten höchsten Weisungen des Großen Steuermanns willkommen zu heißen«. Man musste sie »verbreiten, ohne auf morgen zu warten, weitersagen, ohne jemanden zu vergessen, konkretisieren, ohne sie zu entstellen, ausführen, ohne Abstriche zu machen, studieren, ohne zu ruhen, und umsetzen, ohne Zeit zu verlieren«. Minuten später gingen in den einzig vom Licht Seiner Gedanken erleuchteten Straßen Zehntausende von Taschenlampen an und bewegten sich durch die erfrischende Dunkelheit auf den zentralen Ort zu. In diesen Momenten würdigten wir besonders die Stichhaltigkeit des vom Vorsitzenden Mao gewählten Datums für das Ausrufen der neuen Revolution. Er hatte wie immer an alles gedacht. Manchmal quälte man sich aus dem Bett, um diesen Ratschlag zu vernehmen: *Man muss Nahrung sparen. Esst etwas Festes, wenn ihr zu tun habt, nehmt Brühe, wenn nicht. Esst viel, wenn ihr beschäftigt seid, und wenig, wenn nicht.* Oder: *Haltet noch eine kurze Weile durch. Ohne Zweifel wird die Finsternis schwinden.* Eine Prophezeiung, die man auf der Stelle überprüfen konnte. Oder auch: *Es ist eine gute Idee, Lernklassen zu bilden.* Allerdings durfte man sich dabei nicht vertun: Die Gedanken eines von allen Völkern der Welt geliebten Führers zu entstellen war ein Verbrechen gegen die Menschlichkeit. Der Vorsitzende Mao sprach hier über Erwachsene und nicht über Kinder. Es war bereits September, aber die Schulen blieben geschlossen. Die Schüler trieben sich weiter in allen Ecken des Landes herum. Mehrere Millionen von ihnen hatten schon Peking besucht, um die Lehren des Vorsitzenden Mao zu vernehmen. Die einen in einem kostenlosen Zug mit ungewissem Fahrplan, die anderen zu Fuß, im Gedenken an den Großen Marsch. Oft waren die Letzten die Ersten.

Während das Zentrale Radio des Volkes auf der Esplanade des Revolutionsmuseums erneut den Bericht über den Tag ausstrahlte, als der Vorsitzende Mao den Rotgardisten auf dem Tiananmen-Platz die Parade abnahm, behauptete der jüngere der Zwillinge, aus den schallenden Hurrarufen im Herzen der Hauptstadt die Stimme seines Sohnes Qu Luo herausgehört zu haben. »Das ist wissenschaftlich nicht möglich«, widersprach sein älterer Bruder.

»Was verstehst du schon von Wissenschaft?« entgegnete der Jüngere verächtlich. »Du bist doch nicht weiter als bis zur Grundschule gekommen.« Das galt auch für ihn.

Das war der Beginn einer Unstimmigkeit, die zum Bruch führte. Bis dahin hielt man sie für ebenso unzertrennlich wie die albanische *Diamant* und unsere *Große W.*, die man nur zusammen verkaufte. Zitat: *Man muss immer eins in zwei teilen.* Ein Jahr später, als der blutige »bewaffnete Kampf« unsere Stadt entzweite, sollten die Zwillinge zu den gegnerischen Lagern gehören, in ebenso radikalem Widerspruch wie These und Antithese. Der Vorsitzende

Mao sollte allerdings ihre Synthese, ihre einzige Wahrheit sein. Die sie »entschlossen bis zum letzten Blutstropfen« gegeneinander verteidigen würden. An einem Abend im August 1967 wurde der Ältere in einer der endlosen Straßenschlachten von einer Kugel aus seinem eigenen Lager getötet. Man hatte ihn für seinen Bruder gehalten. Aber es war sowieso ein komischer Krieg, in dem die Feinde die gleichen Uniformen trugen. Seine schiefe, dreizehn Jahre zuvor von seinem jüngeren Bruder gebrochene Nase hätte ihn retten können, aber die Dämmerung war schon zu weit fortgeschritten, und die Schüsse fielen zu dicht, um dieses Detail zu überprüfen. Zitat: *Eine Revolution ist kein Kaffeekränzchen, kein Aufsatzschreiben, kein Bildermalen, keine Häkelstunde* usw. usw.

Der Jüngere, der sein bisheriges Leben als nervenaufreibende Kopie des Älteren erlebt hatte, sollte sein Original nicht lange überleben. Eine Woche später stieg er in einen Militärlastwagen voller Partisanen, die in den Norden der Stadt fuhren, um eine in die Hand der Gegner gefallene Munitionsfabrik anzugreifen. Sie wurden von Kanonen aus dem Zeughaus freudig begrüßt. An diesem Abend sollte niemand von ihnen heimkehren.

Ein anderer Spitzname unserer geliebten unerträglichen Stadt war »Hauptstadt des Nebels«. Gerüchte besagten, sie hätte London entthront. Endlich hatten wir unser Versprechen gehalten und die feudalen Imperialisten hinter uns gelassen. Das war doch schon mal was.

Eigentlich war der September nicht ganz die richtige Jahreszeit. Aber 1966 steckten wir schon ziemlich in der

Tinte. Die Politik hatte allen Raum eingenommen, aber die Sicht lag bei null, und allen fehlte es an Schlaf. Mehrere Stanzer verloren ihre Finger. Glücklicherweise war das eine Periode, in der man sich erlauben durfte, *Brühe zu nehmen.* Kein Kader wagte es mehr, allzu sehr auf Produktivität oder Disziplin zu achten. Wir starben jeden Tag wie die Fliegen. Oder die Spatzen. Auch so eine schädliche Art. Sogar der Bürgermeister von W. und sein Parteigeneralsekretär wurden als Kapitalisten entlarvt. Sie gehörten allerdings den Rotgardisten aus dem Stadtzentrum. Die kleinen Generäle unseres Viertels vervielfachten die Lagebesprechungen, um das Potenzial ihres beschränkten Territoriums besser auszuschöpfen, auf der Suche nach ihren eigenen »Kapitalisten«, »Revisionisten«, »Imperialisten«, »Opportunisten«, »Mitläufern«, »Dogmatikern«, »reaktionären akademischen Autoritäten«, »sonstigen reaktionären Kapazitäten«, »würdigen Abkömmlingen der Ausbeuterklassen«, »abtrünnigen Elementen der Proletarierklasse«, »Drei-Anti-Elementen«, »Drei-Öffnungen-Elementen«, »Vaterlandsverräter-Elementen«, »infiltrierten Elementen«, »verdorbenen Elementen«, »entarteten Elementen« … Bei diesem Abschaum der Gesellschaft gab es mehr Auswahl als in unseren Läden.

All diese »-isten« und »Elemente« wurden von den jungen Rebellen lange und auf tausend Umwegen durch die Straßen geführt und dann zum Ort der Kampfsitzung getrieben. Die Schuldigen trugen keine Daunenjacken mehr – denn es war weniger warm –, sondern den Namen ihres Verbrechens auf einer Eisentafel. Diese, etwa zehn Pfund schwer, hing um ihren gebeugten Nacken an einem Draht, der von einer Feinheit war, wie sie die Revolutionäre nicht besaßen, und der sich bei jedem Schritt tiefer in ihre Haut grub. Ab und zu musste einer der Schurken laut rufen: »Kein Hund wird nach meinem Tod mein Fleisch wollen! Keine Erde wird nach meinem Tod meine Knochen wollen!« Die anderen folgten ihm stumm, die Gesichter mit Tinte beschmiert, die im Rücken gefesselten Hände ebenfalls.

So sahen wir den Direktor des Getreideverteilungsstützpunkts Nr. 3, den jungen dialektischen Kader aus dem Norden, der gar nicht mehr so jung war, den alten, immer noch amtierenden Parteigeneralsekretär der Versorgungs- und Verkaufsgenossenschaft, den älteren Zwilling, weil er ihn verteidigt hatte, den Schulleiter des Privatgymnasiums der Kautschukfabrik, Fu Taici, die drei Deserteure aus dem Regiment von Ma Le, die nicht der reaktionären Armee nach Taiwan gefolgt waren, den jüngeren Zwilling, den Ehemann von Jiang Damen und seine Mätressen – zusätzlich zur Eisenplatte trugen sie eine Girlande ausgetretener Schuhe, aber man hatte wenigstens die Hälfte ihrer Haare verschont –, erneut den älteren Zwilling, diesmal, weil sein Neffe zurückgekommen war …

Die Kampfeinheit »Kalter Herbst, ich steh allein«, die allein aus Qu Luo bestanden hatte, als dieser nach Peking reiste, besaß jetzt eine Schlagkraft, mit der man rechnen musste. Der Name war einem Vers des Vorsitzenden Mao entlehnt:

Kalter Herbst, ich steh allein
– nordwärts fließet der Hsiang –
Auf der Orangeninsel Spitze.

Qu Luo behauptete, dem Dichter persönlich auf dem Tiananmen-Platz die Hand gedrückt zu haben. Alle Kinder des Bezirks, auch die der rivalisierenden Einheiten, manchmal sogar Erwachsene, drängten sich vor seiner Tür, um ein paar Sekunden lang jene Rechte zu drücken, die die Ehre des Obersten Kommandeurs genossen hatte. Nach drei Tagen tat Qu Luo derart die Pfote weh, dass er sie in eine Schlinge hängte und so den Handschütteldefilees ein Ende machte.

An einem Spätnachmittag sah Ma Bu an der Wand des Arbeiterklubs der Kautschukfabrik, der fünfundzwanzig Jahre später zur Videothek werden sollte, seinen eigenen Namen auf einem erst kürzlich angeklebten Plakat, das noch nicht vom Morgenregen ausgewaschen war. Es entsprach nicht dem Stil jener Zeit, jemandem einen offenen Brief zu schreiben, um ein Loblied auf ihn zu singen. Aber Ma Bu konnte nicht lesen. Die Schriftzeichen, die er kannte, waren die seines Namens, des Vorsitzenden Mao, die Zahlen, damit man ihn nicht übers Ohr haute, und das Wort »Mann«, um sich nicht im Eingang zur Latrine zu irren: Ein Anschlag auf die Schicklichkeit wurde mit Gefängnis bestraft.

Unter dem Plakat stand ein Junge von acht, neun Jahren, der seine Nase mit dem linken kleinen Finger reinigte. Das war weder praktisch noch politisch korrekt. Die Seite des Fortschritts durfte niemals beschmutzt werden. Es war der Sohn des künftigen Kioskbesitzers, der damals in der Buchhandlung an der Straße des Antirevisionismus arbeitete.

»Was treibst du da?« fragte ihn Ma Bu.

»*Die Revolution hat immer recht*«, antwortete der Kleine seelenruhig. »Du hast das Zitat vergessen.«

»*Die Revolutionen sind niemals Verbrechen*«, fiel dem Schmied ein. »Was treibst du da?«

»*Gegen den Himmel kämpfen, unendliche Freude; gegen die Erde kämpfen, unendliche Freude; gegen die Menschen kämpfen, unendliche Freude.* Ich bewache das Plakat.«

»Wozu?«

»*Verstärkt die Disziplin, dann wird es keinen Sieg geben, den die Revolution nicht davonträgt.* Zitat bitte, sonst sage ich kein Wort mehr.«

»*Die große Kulturrevolution muss man alle sieben oder acht Jahre wiederholen.* Warum bewachst du es? Es wird bestimmt nicht wegfliegen.«

»*Misstraut allem.* Das sagst du, weil es dir so passt. Es wird vielleicht nicht wegfliegen, aber überklebt werden. Niemand respektiert die drei Tage, die wir verlangen. Selbst wenn du es nicht abreißen würdest.«

»Sieh an ...«

»Zit... *Wir müssen den Massen vertrauen.* Zitat! Das wird allmählich lästig.«

»*Wir müssen der Partei vertrauen!* Sprich in anderem Ton mit mir, wenn du nicht willst, dass ich dir eine klebe!«

»*Ich frage diese weite Welt: Wer herrscht über unser Leben? Wer herrscht über unseren Tod?* Pass auf, alter Ma! Ich bin der Adjutant von Qu Luo.« Er zog den Finger aus der Nase und deutete auf die kleinen, goldenen Schriftzeichen auf seiner roten Armbinde: »*Kampfeinheit Kalter Herbst, ich steh allein.* Siehst du?« Die drei Schriftzeichen, die darüber standen, erwähnte er nicht, denn dort stand zweifellos *Kleiner roter Soldat*. Er war noch zu jung, um ein richtiger Rotgardist zu sein.

»*Hört auf mit diesem Furz, stellen wir die Welt auf den Kopf*. Du kannst also lesen?«

»*Die Unscheinbaren und die Dunklen sind die Intelligentesten, die vornehmen Fürsten die Dümmsten*. Du willst wissen, ob ich lesen kann?« fragte der Kleine, der den kleinen Finger wieder in sein Nasenloch zu schrauben begann. »Im Chinesisch-Unterricht hatte ich immer hundert von hundert Punkten. Nie unter achtundneunzig. Ich habe den ersten Preis beim Bezirksrezitationswettbewerb für Zitate gewonnen, Kategorie Grundschule. Weißt du das nicht?«

»*Das Falsche ist das Falsche, das Falsch-Scheinende muss man ausrotten*. Nicht direkt … Sag mal, willst du mir dein Plakat nicht vorlesen? Weißt du, ich hab mich noch nicht an die vereinfachten Schriftzeichen gewöhnt …«

Ein breites Lächeln trat auf das Gesicht des Jungen und entblößte zwei fehlende Schneidezähne: »*Es ist nicht schwer, eine gute Tat zu vollbringen. Schwer ist nur, es sein Leben lang zu tun und niemals das Gegenteil*. Warte.« Er wischte sich den verkrusteten kleinen Finger sorgfältig am schmalen Rand eines benachbarten Plakats ab, nicht aus Sorge, sich mit Tinte zu beschmutzen, sondern um den allzu oft zitierten Namen des Vorsitzenden Mao nicht zu beflecken. Dann stellte er sich in Habachtstellung rechts neben Ma Bu auf, verschränkte die Hände hinter dem Rücken wie in seinem Unterricht, der nicht mehr stattfand, und begann mit großer Inbrunst zu deklamieren:

»*Zunächst wünschen wir voller Respekt unserem verehr-*

testen Großen Führer, Großen Kommandeur, Großen Steuermann, der rötesten, rötesten, rötesten Sonne unseres Herzens, dem Vorsitzenden Mao ein langes Leben ohne Grenze jenseits der zehntausend Jahre! Dann wünschen wir voller Respekt dem engsten Waffengefährten seiner Angebeteten Person, unserem geliebten Zweiten Kommandanten, Marschall Lin, ein ewiges Leben!

Wie jeder weiß, hat sich Ma Bu schon 1957 als großer Rechtsabweichler entlarvt, als er das Feuer auf den Vorsitzenden Mao eröffnete. Aber viele wissen nicht, dass diese Schandtat nur ein Baum ist, der den Wald verdeckt. Und die Wälder, o ja, die Wälder, selbst wenn man sie alle abholzt, wird man nie genug Papier daraus gewinnen, um all seine Verbrechen aufzuzählen. Sie sind so zahlreich, dass der infame Ma Bu einen zehntausendfachen Tod verdient. Also fassen wir uns hier kurz.

Gehen wir zurück in die dunkle alte Gesellschaft. Zu der Stunde, da sich das ganze Land den Lichtern von Yan'an zuwandte, hat sich Ma Bu zum Vizekommandeur einer Dreierbande ernennen lassen, die vom Ortsvorsteher befehligt wurde, einem erwiesenen, weil nach der Befreiung hingerichteten Konterrevolutionär. War es nicht eben jener Volksfeind, dem Ma Bu seinen Sohn Ma Le auslieferte, damit er die unbesiegbaren Soldaten des Vorsitzenden Mao umbrachte? Hat sich Ma Le, ein würdiger Sprössling seines Vaters, nicht geweigert, mit der reaktionären Armee zu brechen, wie so viele andere es taten? Ist er ihr nicht bis zum Ende, bis in ihren letzten Schlupfwinkel gefolgt? Der Vorsitzende Mao hat gesagt: Wir müssen Taiwan unbedingt befreien! *Ma Bu zu vernichten ist der erste Schritt auf unserem Langen Marsch zur Provinz im Wasser, auf der wir, schwören wir es, überall unsere rote Fahne hissen werden!*

Nichts beweist uns, dass Ma Bu kein Geheimagent im Dienste derselben Herren ist wie sein Sohn. 1958 hat er unseren Großen Sprung nach vorn hinterrücks sabotiert, indem er sich zunächst der Abgabe seiner Töpfe für die kleinen Hochöfen widersetzte und dann Verfahren einsetzte, die nur heimtückischen Fachleuten der Schmiedekunst bekannt sind, um unsere Stahlproduktion unbrauchbar zu machen.

Sohn und Vater, in seiner Höhle versteckter Schakal der eine, Wolf im Schafspelz der andere, sie teilen nicht nur dieselben widerlichen Herren, sondern auch dieselbe Zwergenfrau! Doppelt teuflische Komplizenschaft! Was ist noch zu erwarten von diesem dreckigen Gesindel, das sich so widerwärtigen feudalen Gebräuchen und scheußlichen bürgerlichen Sitten wie Inzest und Ehebruch hingibt? Hat uns der Vorsitzende Mao nicht aufgerufen, mit Stumpf und Stiel …«

Die laute und klare Stimme des Kindes hallte durch die vom Morgenregen aufgeweichte Straße. Die Passanten liefen alle auf der anderen Straßenseite, auf der das Wasser aus den Bergen herabströmte. Aus jenen Bergen, die früher Ma Bu erst mit seinem Sohn, dann ganz allein in Spiralen erklommen hatte, um tagtäglich vor der Morgendämmerung Kohle zu holen. Zwei Shanghaier kamen aus dem Billardklub und eilten vorbei, passten aber auf, nicht auf dem Gehsteig auszurutschen, der ein einziges Schlammloch geworden war. Der kleine Vorleser, erfüllt von seinem feierlichen Amt, hatte keine Zeit, festzustellen, dass es unnötig war, für seinen einzigen Zuhörer so laut zu schreien, selbst wenn dieser bereits damals taub gewesen wäre. Er hatte einen großen Schritt nach rechts gemacht, um die Fortsetzung des langatmigen Plakats lesen zu können. Mitgerissen vom rhetorischen Schwung des Textes, berauscht von seinem persönlichen Sieg, bei keinem Wort gestockt zu haben, hatte der Schüler vergessen, dass die Person, die ihn anstarrte, nicht sein beeindruckter Lehrer war, sondern der Angeklagte mit immer düsterer werdendem Gesicht.

»… *und der Bastard, den sie in ihrer Höhle verstecken, dieses Scheusal, das durch die Dunkelheit kriecht, ist es nicht der offenkundige Beweis für die widerwärtige ideologische Dreierbande Ma Bu-Ma Le-Han Saite? Ist es nicht auch das Abbild ihrer monströsen inneren Wahrheit? Der Vorsitzende Mao hat gesagt:* Man muss alle Dämonen dieser Welt vernichten, ob sie nun als Stiere oder als Schlangen auftreten! *Wie soll man dieses Wrack bei den Ma nennen, wenn nicht ›Dämon‹, da es doch keinen Namen hat?*

Zuletzt richten wir die Aufmerksamkeit der revolutionären Massen auf folgenden Punkt: Warum hat Ma Bu Han Saite den linken Fuß gebrochen und nicht den rechten? Ist das nicht eine Herausforderung für unseren unerschütterlichen sozialistischen Aufbau?

Wenn die Menschen scheitern, wird der Himmel den Ma-Clan vernichten, wird die Erde ihn auslöschen. Aber wir sorgen dafür. Weil wir Materialisten, die roten Schüler des Vorsitzenden Mao, weder an den Himmel noch an die Erde glauben!

Zermalmen wir diese Hundsköpfe! Werfen wir diese Ochsenschwänze mit einem Besenschlag in den Müll!!

Drei Tage hängen lassen …«

Eine mächtige Ohrfeige schleuderte den jungen Sprecher zu Boden. Der Junge legte eine Hand auf die brennende Wange, dann starrte er die andere an – sie war gelb vom Schlamm – und fing laut an zu heulen. Sein Vater erschien auf der Schwelle seines Buchladens. »*Kämpfen wir mit Worten, nicht mit Waffen*«, sagte er und kam näher. »Was geht hier vor sich?«

Der Bengel stand auf und erklärte schluchzend: »Der alte Ma hat meine rechte Hand beschmutzt.«

»Du bist noch viel klein, um ihn ›alter Ma‹ zu nennen«, tadelte ihn sein Vater mit einem belustigten Blick auf sein Gesicht, dessen linke Hälfte voller Schlamm und Tränen war. »Außerdem dachte ich, die Linke sei die wichtigere.«

»Aber die Rechte hat die Hand des Vorsitzenden Mao gedrückt! Über Qu Luo. Qu Luo drückt nicht jedem die Hand. Ich wollte mir die Hand nie mehr waschen, wie er.«

»Das ist aber nicht gut«, warf sein Vater ein. »Es sabotiert die Bewegung der patriotischen Hygiene, wenn man sich nicht beide Hände wäscht. Und du, alter Ma«, sagte er, »schämst du dich nicht, ein Kind zu schlagen, als Dank für einen Dienst, um den du es selbst gebeten hast?«

»Du Hurensohn! Du hast alles mit angehört, stimmt's?«

»*Wenn man mich nicht angreift, greife ich niemanden an*. Hat eure Einheit dieses Geschmiere aufgehängt?« fragte der Buchhändler seinen Sohn.

Der Rotzbengel, der seine Sinne wiedergefunden hatte, antwortete ordnungsgemäß:

»*Ein Sirenenton, so viel Kummer. Fortan allein, reisend zu fernen Himmeln*. Mit einer befreundeten Einheit von den Kautschuks.«

»*Hör auf mit diesem Furz!* Du wirst auf der Stelle allein, ich habe gesagt allein, zu den Betonhimmeln unserer Schlafstadt reisen. Verstanden? Wegtreten!«

»*Da, wo es Unterdrückung gibt*«, verabschiedete sich der Junge, »*wird es Widerstand geben.*«

An jenem Abend hatten Ma Bu und Han Saite noch nicht zu Ende gegessen, als eine Truppe grüner Gestalten in ihre Wohnung stürmte: »Keine Bewegung! Rotgardisten!« Es waren ungefähr dreißig Gören, die sich hinter Qu Luo drängten. Ma Bu erkannte unter ihnen die Kinder einiger Kollegen.

»*All diese reaktionären Dinge*«, deklamierte Qu Luo, die rechte Hand von einem Arbeitshandschuh geschützt, was sie wie eine Prothese aussehen ließ, »*wenn ihr sie nicht bekämpft, werden sie nicht von allein verschwinden.* Ma Bu! Gestehe das Verbrechen, das du heute Nachmittag deiner langen Liste hinzugefügt hast!«

»*Es ist wie das Fegen des Bodens*«, antwortete demütig der Schmied, der lange Jahre damit verbracht hatte, jeden Morgen zweimal den Boden zu fegen, »*dort, wo der Besen nicht hingelangt, wird der Staub nicht von selbst verschwinden.* Ich habe einen kleinen roten Soldaten geohrfeigt.« Und er suchte ihn mit den Augen. Aber das Opfer war nicht da. Es wurde bei seinen Eltern festgehalten.

»*Alles, was der Feind bekämpft, müssen wir unterstützen.* Nein! Du hast unseren geliebten Großen Steuermann symbolisch in den Schlamm geworfen! Ma Bu! Welchen Tod würdest du für dieses letzte Attentat nicht verdienen?«

»*Alles, was der Feind unterstützt, müssen wir bekämpfen.*

Aber auch ich unterstütze den Vorsitzenden Mao. Ich hatte nicht die Absicht …«

»*Wenn die Feinde nicht im Gegensatz zu uns stehen, ist das kein gutes Zeichen.* Nein! Du darfst nicht unterstützen, was wir unterstützen! Du darfst nicht lieben …«

Ein Klicken unterbrach seinen Satz und erfüllte das hintere Zimmer mit Lachen und Licht. »*Man muss immer eins in zwei teilen*«, meldete sich nach kurzer Lähmung ein Mädchen, das älter war als die anderen und eine riesige Rolle trug. »Phase zwei, Kommandant Qu?«

»*Vernichten wir den Herrscher der Hölle, befreien wir die kleinen Dämonen.* Du hast recht, Genossin Hua. Phase zwei.«

Die ganze Kohorte stürzte in das Zimmer der Schwägerin und entrollte vor ihrem Bett das Transparent. Es war ein riesiges Porträt des Vorsitzenden Mao, das sie an die Wand klebten. Dann stellten sich alle, auch das kriminelle Paar, in Habtachtstellung vor Sein wohlwollendes Lächeln und skandierten im Chor die klassischen Litaneien der Abendwünsche: »Zunächst wünschen wir voller Respekt …« Das behinderte Mädchen tauchte sie ab und zu in Dunkelheit, indem es im Rhythmus ihrer Slogans an der Schalterschnur zog. Qu Luo wartete nicht lange, um ein Taschenmesser aus der Tasche zu ziehen und die Schnur durchzuschneiden.

»*Aus der großen Unordnung entsteht die große Ordnung*«, zitierte er nach der Liturgie, »*die Unordnung verbirgt die Feinde und reißt die Massen mit sich.* Ehe wir zu Phase vier übergehen, durchsuchen wir jeden Winkel dieser Höhle!«

Inmitten des ganzen Durcheinanders setzte sich Han

Saite auf das Bett ihrer Tochter und gab ihr mit dem Löffel den Rest ihrer Schleimsuppe. Das Mädchen, das schon gegessen hatte, freute sich über den Nachschlag. Eigentlich war es ein sehr einfaches Kind: Es weinte nie, worüber man sich wirklich nicht beklagen konnte.

Plötzlich zog die Genossin Hua unter dem Bett von Ma Bu einen halb leeren Reifen hervor. »*Der Tod ist etwas Banales, das oft vorkommt*. Kommandant Qu«, rief sie, »borg mir dein Messer.«

Im selben Moment stürmte Ma Bu in den Flur, kletterte über die Brüstung und sprang auf die Straße. Weiter kam er nicht, denn er hatte sich das Bein gebrochen. Diesmal das gute, oder vielmehr das schlechte, nämlich das rechte.

Phase vier fand schließlich am nächsten Morgen statt. Han Saite, halb rasiert, trug am Hals neben der traditionellen Girlande aus alten Schuhen zwei Eisentafeln, ihre und die von Ma Bu, um nicht die beiden Rotgardisten zu belasten, die den Rechtsabweichlerschmied, der nicht gehen konnte, an den Schultern schleiften. Die Schwägerin folgte ihnen auf einer Karre liegend.

In der Menge am Straßenrand seufzte Feng Sikes Großmutter: »Warum stürzen sich alle auf ein armes behindertes Kind?«

»*Mitleid ist kein proletarisches Gefühl!*« antwortete eine Rotgardistin kalt.

Zumal das Kind selbst glücklich war. Seine Lieblingsparole war: »Hoch lebe der Vorsitzende Mao!«

Es war der einzige Ausflug seines Lebens.

DIE DRITTE HÄLFTE

I

Am Samstag, dem 10. November 2001 verließen Guo Leda und Han Saite die voreheliche Untersuchung als ehefähig. »Wenn Sie es nicht sind«, sagte der Arzt zum Bräutigam, während er die beiden Zertifikate ausfüllte, »hinterlasse ich Ihnen eine Nachricht auf Ihrem Pager. Die Blutbefunde bekomme ich in drei Tagen.« Er schnäuzte sich und suchte seinen Stempel. Der Journalist Ai Gefan, der das Paar begleitete, wollte ihm eine *Große W.* spendieren, um den Deal zu besiegeln. Der Arzt lehnte mit einem gewaltigen Niesen ab. Man war geradezu erstaunt, ihn nach einer solchen Explosion noch unverletzt zu sehen. Die Patienten, die im Flur auf ihn warteten, wurden darüber informiert. Die Frage war, ob sie trotzdem behandelt werden wollten. Alle bejahten, denn auch wenn er seinen eigenen Schnupfen schlecht kurierte, hatte sein Krankenhaus die niedrigsten Tarife weit und breit. Lange würde es sowieso nicht mehr dauern: Der lange unterbrochene Abriss des Gebäudes hatte wieder begonnen; die meisten Abteilungen waren schon umgezogen.

Der Arzt mit dem Gesicht eines griesgrämigen alten Kindes war nicht derselbe, der Ma Bu fünf Monate zuvor verbunden hatte. Er wirkte, obwohl er jünger war, noch müder als der andere und zeigte keine Überraschung, als er ihren Wunsch vernahm. Namen, Vornamen, Geburtsdaten. Letztere hatte er notiert, ohne auch nur aufzuschauen, als sei der riesige Altersunterschied eine Krankheit wie jede andere, die er sowieso nicht heilen konnte. »Sind Sie in irgendeiner Weise verwandt? Und wenn ja, in welchem Grad?« hatte er gefragt.

Die kleine Mogelei hatte Ai Gefan angezettelt. Er zeigte sein Badge der *Tageszeitung* von W. und wollte sich auf einen entfernten gemeinsamen Bekannten berufen: Er komme auf Empfehlung von Soundso, dem Freund eines Freundes eines … »Es reicht, es reicht, kein Gewese«, hatte ihn der Arzt mit müder Stimme unterbrochen. »Im Klartext, Sie wollen die Zertifikate sofort, ohne das Ergebnis abzuwarten. Warum nicht? Sie müssen nur mein Honorar von acht Yuan begleichen. Das Gesetz fordert die Untersuchung, und der Mensch befördert das Ergebnis in den Müll.«

Guo Leda hatte Worte des Dankes gestammelt. »Keine Ursache«, hatte der Doktor geantwortet. »Ich weiß allerdings nicht, ob ich Ihnen wirklich einen Dienst erweise.«

Für Ai Gefan war es jedenfalls einer. Man musste das Eisen schmieden, solange es heiß war. Nachdem er am Vortag Hunderte Briefe von empörten Lesern durchgearbeitet hatte, die in unverdaulichem Ton zwei Druckfehler anprangerten, die nur sie entdeckt hatten, oder von hübschen Leserinnen (Foto beiliegend), die eine verwandte Seele suchten, war er auf den Brief von Guo Leda gestoßen und hatte sofort erfasst, dass er den ersten Scoop seiner Karriere in den Händen hielt, einer Karriere, die noch gar nicht richtig in Schwung gekommen war. Die Beziehungen seines Vaters, der im Haus neben der Redaktion ein winziges Fotostudio besaß, hatten nur ausgereicht, um ihn nach der Schule in die »Abteilung für Leserbriefe« zu katapultieren.

Noch am selben Nachmittag war er in unsere Fabrik gekommen und hatte nach dem Direktor verlangt. Eine halbe Stunde später hatte Fu Taici Hua Siwu gerufen und sie aufgefordert, dem verliebten Stanzer grünes Licht zu geben. »Im Interesse unserer Fabrik, Genossin Hua«, hatte er hinzugefügt.

Am nächsten Morgen folgten wir dem Paar auf der Straße des Sieges – die mittlerweile ein drittes Mal umbenannt worden war und ihren zweiten Namen just in dem Moment zurückerhalten hatte, als die Mutter von Ding Ke zu ihrem ersten Ehemann zurückkehrte (wir müssen euch nicht erzählen, was die Briefträger für eine Plackerei damit hatten).

Als das Trio das Krankenhaus verließ, wirkte Guo Leda etwas verstört. Gefan stieg auf sein Fahrrad. »Ich erwarte euch im SAD.« Das war der Standesamtliche Dienst der Bezirkshauptstadt.

Das Paar ging um den Platz herum, um auf den Bus 174 zu warten. Stellt euch Jackie Chan und Tom Cruise vor, die unter einem rostigen Schild an der Straße der Märtyrer Schlange stehen. Nur dass es keine Schlange mehr gab. Sie war in unserer Menge untergegangen.

Der Bus kam, aber der Fahrer weigerte sich, die Türen zu öffnen. Er dachte, wir wären dort von einem Kollegen ausgesetzt worden, den man hatte abschleppen müssen. »Ich hab die Schnauze voll von diesen Hampelmännern, die ihr Arbeitsinstrument nicht pflegen!« fluchte er.

»Ich habe nicht die Kraft, mich da durchzuwühlen. Nicht an einem Samstag!« bestärkte ihn die Schaffnerin in seiner Entscheidung und steckte den Kopf aus dem Fenster, um schlagfertig die Beschimpfung einer Frau zu kontern, die es eilig hatte. Schließlich war es ihr Beruf, es allen mit passender Münze heimzuzahlen. »Außerdem werden sie alle behaupten, dass sie ihren Fahrschein schon bezahlt haben«, wandte sie sich wieder an den Fahrer. »Das Lied kenne ich. Soll doch jeder vor der eigenen Haustür kehren, was kümmert mich der Dreck …« Und schon fuhr der Bus los.

Nach drei vorbeigefahrenen Bussen sahen die Brautleute die Vergeblichkeit ein und gingen zu Fuß zum SAD. Und so gingen wir in die Annalen der Welt ein. *Voice of America* erwähnte uns als »längsten Hochzeitszug der Geschichte, er entfaltete sich …« Ehrlich gesagt, war »sich entfalten« ein unpassendes Verb – oder schlecht übersetzt, wie die Verleumder von Dai Jiande behaupteten. Wer jemals versucht hat, drei Tage vor dem Frühlingsfest früh um halb acht einen Zug zu besteigen, beim Schlussverkauf bis zur Ladentheke zu gelangen oder in einer beliebigen Kantine um zehn nach zwölf seinen Fraß zu kaufen, wird verstehen, was wir meinen.

Hinter der Straße der Märtyrer ging gar nichts mehr. Die Hilfspolizisten wichen zurück. Die knatternden Fahrzeuge stellten schließlich ihre Motoren ab. Die Busse ließen ihre Fahrgäste und Taschendiebe aussteigen. Alle Beschäftigten, die in Bodennähe tätig waren (Schuhputzer, Schwarzhändler, eben noch invalide Bettler) gerieten in Gefahr, als wir ankamen, und sprangen auf wie ein Mann.

Das war einer jener Tage, wo man eher auf dem Gehsteig als auf der Fahrbahn zerquetscht werden konnte.

Die Legende besagt, unser Zug sei sogar von Satelliten des Westens erspäht worden, was in seiner Presse, je nach

Neigung der Zeitung, Gerüchte über eine Mobilisierung für die Demokratie oder gegen die WTO nährte, *bis Voice of America* die Debatte beendete. Apropos WTO, es gab tatsächlich eine Demonstration auf dem Platz des Volkes, und zwar dafür. Frauen von zwanzig bis fünfundfünfzig, einheitlich als Majoretten gekleidet, tanzten unter einem riesigen Spruchband: *Der Zoll von W. begrüßt herzlich die Wiederaufnahme der WTO!* voller Elan den Pikierreigen zur Melodie von *Der Osten ist rot*, Discoversion, als wir sie überschwemmten.

Als wir endlich in der Straße des SAD ankamen, stand Ai Gefan schon seit zwei Stunden auf der Straße herum. Er sah ziemlich verzweifelt zu, wie wir uns heranwälzten, ohne ein Foto zu machen, als würde er keine Spiegelreflexkamera auf uns richten, sondern eine Fernbedienung, um uns wegzuzappen. Offensichtlich hatte er dieselbe Fehleinschätzung getroffen wie seine Kollegen im Westen. Als wir gerade zum SAD-Gebäude einschwenkten, kam eine Frau, die eine entfernte Ähnlichkeit mit Hua Siwu hatte (vielleicht auch eine naheliegende, gemeinsame *Déformation professionnelle*?), aus dem Gebäude und rief Ai Gefan zu: »Genosse Journalist, ist Ihr Paar immer noch nicht da? Wir schließen in zehn Minuten. Aber … Was ist das denn?!«

Das, das waren wir. Da seht ihr, wie die Diener des Volkes reden.

»Eine Massenhochzeit?!« stieß Ai Gefan hervor, dessen Fassungslosigkeit beim Anblick der alten Majoretten in der ersten Reihe ihren Höhepunkt erreichte. Mit ihren knallroten XXL-Miniröcken sahen sie mehr nach Bräuten aus als Han Saite.

»Was ist heute für ein Tag?« fragte die Beamtin des SAD.

»Samstag«, antwortete der Journalist.

»Ich meine nach dem Mondkalender.«

»Auch.«

»Nein, ich will sagen: Glückstag oder Unglückstag?«

»Zum Heiraten oder für eine Scheidung?« erkundigte sich fachmännisch ein alter, als Taoist gekleideter Schwachkopf in der Menge.

»Wissen Sie, Genosse Journalist«, fuhr die Beamtin fort, »wir Kader des SAD sind zwar atheistische Marxisten, aber unsere Arbeitsbelastung hängt oft vom Aberglauben des Volkes ab.« Das erinnerte sie an ihre schlechte Laune. »Wir schließen!« schrie sie uns entgegen. »Mittagspause! Kommt um zwei wieder!«

»Moment!« rief Ai Gefan. »Ich sehe mein Paar!«

Sein Paar setzte die Ellbogen ein und löste sich mühsam aus unseren Reihen. Han Saite stürzte mit aufgelöstem Dutt ins Innere des Gebäudes.

»He, he!« Die Beamtin hielt sie zurück. »Sie müssen schon die Reihenfolge einhalten: Für Eheschließungen die erste Tür rechts! Links für Scheidungen.«

»Und die Toilette?«

»Die muss warten! Es ist schon fünf vor zwölf!«

Der SAD konnte pünktlich schließen; die biologische Uhr seiner Beamten wurde nicht gestört. Punkt zwölf erschien Guo Leda als verheirateter Mann auf der Freitreppe.

Am nächsten Tag teilte er die Titelseite mit der WTO. Der Kioskbesitzer am Markt setzte die *Tageszeitung* ab wie die Lotterielose am Abend von Ma Bus Unfall. Vier Mal schickte er seinen Sohn los, um in der Druckerei Nachschub zu holen. Eine Woche lang behielt er die Ausgabe vom 11. November im Angebot, trotz des Verfallsdatums des Käseblatts.

Wir hatten uns alle eine Ausgabe gekauft, wegen des Panoramafotos auf Seite zwei, das Ai Gefan nach der Trauung auf dem Dach des SAD-Gebäudes von uns geschossen hatte. Eine Prozession von Haaren und Schultern. Wir selbst waren nicht zu erkennen, zerquetscht von unserer eigenen Zahl und dem ungünstigen Aufnahmewinkel. Aber es war das erste und vielleicht das letzte Mal, dass unser Bild in der Zeitung war. Für uns kleine Leute ersetzte das den Nachruhm.

Unglaubliche Liebesgeschichte trotzt allen Vorurteilen war die einzige von Ai Gefan verfasste Reportage in der *Tageszeitung* von W. Der langatmige Stil des Leserpostverantwortlichen sorgte an oberster Stelle für Aufsehen. Die aus der Hongkonger Presse übernommenen Wendungen, die sich mehr um Sinnlichkeit als um Sinn kümmerten, passten ebenso wenig wie das kleinbürgerliche Vokabular, das direkt aus einem taiwanesischen Rosenroman stammte, zum Auftrag eines Parteiorgans; Sätze wie »*Die Liebe ist der grundlegendste aller Werte*« waren geradezu schockierend, ja subversiv ... Die Anklagepunkte waren zahlreich: das übliche Schicksal jedes genialen Werks.

Ai Gefan arbeitete fortan im Studio seines Vaters. Der Alte stellte in seinem winzigen Schaufenster stolz den Artikel seines Sprösslings und die Fotos des berühmten Paares aus. Wir von den Schaltern bekamen einen Spezialtarif.

Der tollkühne Chefredakteur wurde in letzter Sekunde durch die von Guo Leda ausgelöste nationale und internationale Begeisterung gerettet – es war das erste Mal in seiner Geschichte, das die *Tageszeitung* von W. allen anderen voraus war.

II

Das war der Ruhm. Jeden Tag erwarteten Guo Leda in der Loge des Pförtners Zhen Er Dutzende Briefe.

Viele stammten von alten Jungfrauen, die sich benachteiligt fühlten. »Die alten Genossen«, schrieb ihm ein weiblicher Verwaltungskader aus der Mandschurei, »sind es sich schuldig, der jungen Garde ihre Chance zu geben und nicht zu versuchen, ein Mandat ans andere zu reihen. Ebenso gilt: Wenn einige Frauen es sich erlauben, Ehemänner zu sammeln und sogar unter den nachfolgenden Generationen zu wildern, ist es nicht verwunderlich, dass andere ihr Leben lang allein bleiben.« Sie legte diesen Seiten eine Wildblume bei, die sie auf dem Weg zur Arbeit gepflückt hatte.

»Uns Frauen soll man nicht wie Haushaltsgeräte behandeln«, schrieb ihm eine andere chronisch Ledige, die sich als Verwaltungskontrolleurin in Kanton vorstellte, »sondern wie Blumen. Oder Salat. Verderbliche Lebensmittel von sehr kurzer Lebensdauer. Deshalb gehört es sich, bei den verfügbaren Beständen die LIFO-Methode anzuwenden, *last in first out*, und nicht FIFO, *first in first out*. Die Frauen jüngeren Datums müssen als Erste abgesetzt werden. Das Gegenteil wäre kontraproduktiv.«

Man muss sagen, dass nach der Veröffentlichung von Fotos der von den Medien als »legendäre Schönheit von hoher Geburt« gelobten Han Saite der Busen aller Hässlichen des Landes von einem tiefen Gefühl der Ungerechtigkeit geweitet wurde.

Aber es gab auch hübsche Mädchen, die dringender Liebe brauchten als die anderen, gerade wegen ihrer Schönheit, für die sie sich verantwortlich fühlten – die Verwahrer eines Kunstwerks neigen bekanntlich dazu, es ernster zu nehmen als der Schöpfer selbst.

Auch die alten Frauen standen nicht abseits. Sie liebten Guo Leda wie ihren Enkelsohn. Diesbezüglich war kein Zweifel erlaubt. Sie mühten sich ab, ihm die Augen zu öffnen, indem sie aus eigener Erfahrung die Psyche einer Frau ihres Alters schilderten. Mehr als eine schickte ihm Schachteln mit Süßigkeiten, um seine Moral zu heben, lokale Spezialitäten oder auch hausgemachte Konfitüren, manchmal verdorben, woran wiederum die Post schuld war, die dringend Reformen brauchte, um sich wenigstens den Anschein von Effizienz zu geben.

Von den wenigen Männern (fünf), die ihm geschrieben hatten, behaupteten vier, keine zu sein. Der fünfte war ein kleiner achtjähriger Junge ohne Vater, der ihm ein Foto seiner Mama schickte.

Zhen Zhen, die Tochter des Pförtners, sortierte jeden Tag die Post für Guo Leda nach Provinzen, eine gute Gelegenheit, ihr Erdkundewissen aufzufrischen, obwohl sie schon vor drei Jahren am Abitur gescheitert war. Die vierunddreißig sauber aneinandergereihten Stapel von sehr unterschiedlicher Höhe verliehen dem wackligen Tisch der Pförtnerloge das Aussehen eines Ministerialschreibtischs. Als Gegenleistung bat der Pförtner Guo Leda um die Briefmarken. Die er still und leise an den Sohn von She Kui weiterverkaufte.

Guo Leda war inzwischen bei Han Saite eingezogen. Das Bett, das er im Schlafsaal der Junggesellen freigemacht hatte, war bald unter unseren alten Sachen begraben. Seine neuen Nachbarn berichteten, er verbringe ganze Nächte damit, allen Bewunderinnen zu antworten. Ab und zu ging ihm Dai Jiande dabei zur Hand. Dann sagte Guo Leda zu Zhen Zhen: »Geben Sie ihm Shanghai.« Oder Gansu. Aber Dai Jiande bevorzugte Shanghai, weil er da größere Chancen hatte, englische Wörter zu finden.

Jedem Brief legte Guo Leda ein Foto mit seinem Autogramm bei. Das Foto ließ er im Stadtzentrum bei Vater und Sohn Ai abziehen, die ihm selbstverständlich einen Mengenrabatt gewährten. Das höchst komplizierte Autogramm war von einem Künstler entworfen worden, der seinen Stand in der vierten Etage des IKM, des Internationalen Kunstmarkts von Shenzhen, hatte. Ein Meister seiner Zunft, meinte Ai Gefan, der die Autogramme der größten Stars von Hongkong und Taiwan entworfen habe, angefangen bei Brigitte Lin und Jackie Chan. Das wollte etwas heißen. »Man darf nicht glauben, sie hätten immer so wie Künstler unterschrieben«, sagte Ai Gefan. »Diese Leute sind nicht kreativ, sondern nur Ausführende. Sobald sie ihr Drehbuch aus der Hand legen, sind die meisten von ihnen unfähig, drei Sätze aneinanderzureihen, ohne ihre Grundschullehrerin erröten zu lassen. Die meisten – außer Jackie Chan natürlich, der ein anständiger Kerl ist und mir einmal bei seinem Konzert die Hand geschüttelt hat – können mit Mühe und Not ihren eigenen Namen kalligrafieren. Damit will ich Ihnen nur sagen, Leda, ein gutes Autogramm ist entscheidend, wenn man sein Terrain abstecken will.« Während sein Freund ihn in den höchsten Tönen lobte, verschloss sich der Künstler in hochmütigem Schweigen. Er war ein korpulenter Mittfünfziger mit dickem, rotem Zinken, der unverzichtbaren langen Mähne und einem gelangweilten, arroganten Blick. Am Abend erklärte er sich bereit, ein Autogramm für Guo Leda zu entwerfen, gratis, im Austausch für das Recht, sein Porträt an seinem Stand im IKM auszustellen.

Wir sahen Guo Leda nun öfter im Fernsehen. Sein Gesicht war vor Leidenschaft und Lampenfieber verkrampft, während er wieder und wieder seine Geschichte erzählte.

Bald brachte jeder Tag neue Journalisten und Toningenieure, die am Ende der Sackgasse Vorwärts in ihrem jeweiligen Dialekt fluchten. Obwohl der Eingang des Gebäudes zugemauert war, blieb die Sackgasse seine Adresse.

Der Hof erlebte eine demografische Explosion, die jede Hua Siwu des Landes zur Raserei getrieben hätte. Obwohl das Kommissariat nur einen Zuzug und keine einzige Geburt registriert hatte. Leute, die jeden Morgen tausend Meilen von zu Hause aufwachten, genierten sich nicht, in die Straße des Sieges zu kommen und entspannt an eine Tür gelehnt, von der sie keinen Schlüssel besaßen, in die Kamera zu erzählen, was für wunderbare Nachbarn das Paar Guo Leda war, so freundlich, so einfach und kein bisschen überheblich.

Der illegale Billardsaal von Pu Laihe wurde zu einer angesagten Adresse. Die leicht vergilbte Kargheit des Raums verlieh ihm einen dekadenten Undergroundcharme. Junge Rebellen mit aufsässigem Blick und sorgfältig frisierter wilder Mähne durchquerten die ganze Stadt, um sich elegant über einen abgewetzten, von Löchern übersäten Spieltisch zu beugen. Hübsche Mädchen, die von einer Karriere à la Brigitte Lin und als ersten Schritt dazu von einer Großaufnahme neben Guo Leda träumten, lehnten in prächtigen traditionellen Kleidern, die von der Fahrt im überfüllten Bus ganz zerknittert waren, schmachtend an der rostigen Brüstung.

Die Hühner von Pu Laihe legten kaum noch Eier, weil das ganze Kommen und Gehen sie stresste, und die magere Ausbeute wurde regelmäßig von Kameramännern zertreten, die nur Augen für Guo Leda hatten, den sie rückwärts laufend filmten. Billard 007, der sich seit dem Tod der 3. Modernisierung langweilte, entdeckte seine Kampfeslust neu und verteidigte seinen Harem, indem er immer wieder durch den Bildausschnitt flatterte.

Die Mah-Jongg-Spieler, die echten Nachbarn, zogen sich aus dem Hof zurück und spielten woanders um Geld, was gesetzlich verboten war. Inmitten des Tumults blieb nur Pu Laihe zurück, in seine Schachpartien vertieft, die Katze von Ding Nare als Gegenüber und den Meister links neben sich. Da dieser sich hartnäckig weigerte, mit dem Tier den Platz zu tauschen – das Prinzip war eine Nachwirkung seines Soldatenlebens –, musste Pu Laihe gegen sich selbst spielen.

Verärgert, weil er ständig von Besuchern gestört wurde, die sich verlaufen hatten, und in dem Bewusstsein, dass ein Spiel gegen sich selbst die doppelte Konzentration verlangt, zeichnete Pu Laihe schließlich mit Kreide an die Wand des hinteren Treppenaufgangs einen riesigen Pfeil mit der Aufschrift: »Guo Leda und Han Saite: Hier entlang!«

Zwei Tage später wurde die Aufschrift dick durchgestrichen und mit einem entschiedenen Kommentar versehen: »Absolutes Graffitiverbot!« Es war sicher das Werk eines kleinen Schuhputzers oder Rosenverkäufers, der seine neue Einnahmequelle verteidigte. An den Bushaltestellen und zwischen den auf Kundschaft wartenden Taxis boten die Kinder den frisch eingetroffenen Bewunderern von Guo Leda verschiedene Dienste an: Für fünfzig Fen führten sie einen zur gewünschten Adresse, also in die Sackgasse Vorwärts; legte man dreißig Fen drauf, waren sie bereit, den Verwaltungsdogmatismus zu ignorieren und einen an die richtige Tür zu führen, indem sie von der anderen Seite die Treppe vom Hof hinaufgingen; für einen Pauschalpreis von einem Yuan kam man in den Genuss eines kompletten Rundgangs (geschwätziger Führer garantiert): Hof des Paares – Videothek von Han Saite – Schlafsaal der Junggesellen – Schalterfabrik. Wobei der Eingang zur Fabrik besonders schwer zu finden war, ein Geheimnis wie die Füllung der Pasteten in unserer Kantine: Beim ersten Bissen ist sie noch nicht, beim zweiten schon nicht mehr da. Die kleinen Schuhputzer beendeten die Führung meistens mit einer geschäftstüchtigen Geste: Sie putzten einem gratis den linken Schuh. Der rechte kostete einen Aufschlag von neunundneunzig Fen, aber das war freiwillig.

Es zeigte sich, dass die Businessschulen im Wesentlichen das Gleiche unterrichteten wie die Schule der Straße. Eines Tages holte Fu Taici, der einen Anruf von Qu Luo aus Peking erhalten hatte, Guo Leda zu sich. »Wie Sie wissen«, sagte er, »haben wir Ihnen die Zeit, die Sie für Ihre gesellschaftlichen Verpflichtungen aufwenden, nicht vom Lohn abgezogen.« Er wusste offenbar nicht, dass seit drei Monaten niemand von uns einen einzigen Fen unseres Lohns gesehen hatte. »Wir haben also das Recht, eine Gegenleistung für diese Großzügigkeit zu verlangen. Wir erwarten, dass Sie sich fortan nur noch auf dem Fabrikgelände interviewen lassen. Und sehen Sie bei Ihren sonstigen Auftritten zu, dass Sie so oft wie möglich unsere Produkte erwähnen. Ich erzähle Ihnen nichts Neues, wenn ich Ihnen sage, dass unsere Geschäfte schlecht laufen, seit der Westen unseren Markt erobert. Direktor Qu hatte die Idee, Sie zu unserem ›Schalter-Botschafter‹ zu machen. Betrachten Sie uns einfach als Ihren Sponsor, Geno… Herr Guo.«

Fortan mussten alle Betriebsfremden für das Betreten der wie an Festtagen geschmückten Fabrik Eintritt zahlen. Wenn man Guo Leda sehen wollte, musste man erst mal reinkommen: ein Yuan neunundneunzig. Ein Zehntel vom Preis für den Zoo, der am westlichen Stadtrand lag. Absolut konkurrenzfähig.

III

Der Direktor der Schweißerei hätte sich in den Hintern beißen können. Wenn er das Potenzial von Guo Leda erkannt hätte, der früher so farblos, so erbärmlich gewesen war, hätte er nie mit den Wölfen geheult, wie er es ohne jedes Misstrauen und aus voller Kehle getan hatte.

Jetzt hatte sich das Blatt gewendet, und seine eigene Tochter war ein absoluter Fan des jungen Mannes. Der Bildschirm ihres Fernsehers war fettig von Lippenstift, so oft wurde er von der Kleinen geküsst, die auf das Erscheinen ihres Idols hoffte, während sie Hausaufgaben machte. Sie trug sogar ein Tattoo am Handgelenk: I ♥ GLD. Dai Jiande hatte es uns übersetzt. Wir hatten nur das Herz verstanden.

Im Gegensatz zu ihren älteren Rivalinnen empfand die Kleine keine Feindseligkeit gegenüber Han Saite. Warum sich unnötig den Kopf zerbrechen? Sie würde Guo Leda heiraten, das stand fest. »Bis ich groß bin, ist Han Saite längst gestorben«, sagte sie mit der ganzen Selbstverständlichkeit ihrer zwölf Jahre.

Der Direktor der Schweißer verbrachte seine Tage nunmehr bei den Stanzern. Beladen wie ein ambulanter Händler betrat er jeden Morgen das Büro von Fu Halie mit Postern, Post-its, T-Shirts, Kalendern, Schulheften, Taschentüchern, Lesezeichen … Unmengen von Schnickschnack mit dem Abbild von Guo Leda, ganz zu schweigen von den Porträtaufnahmen und Zeitschriften. Seine Tochter brachte ihm das Zeug jeden Abend aus der Schule mit. Seine Aufgabe war es, die Sachen für ihre Freundinnen von Guo Leda signieren zu lassen. Er hatte nicht geahnt, dass sie so viele hatte. Die Vorstellung, dass das Mädchen all diese Freundschaften geschlossen hatte, erfüllte ihn mit zärtlichem Stolz. Der Umgang mit Menschen war immer seine große Stärke gewesen. Wenn nicht gar seine einzige, wie manche meinten. Der Erfolg seines Kindes war deshalb der beste Beweis, dass sie von seinem Blut war und seine Frau ihn nie betrogen hatte, egal, was man sich erzählte.

Weil er sich bei seinem Kollegen festsetzte, um auf den Botschafter der Schalterfabrik zu warten, gab man ihm schließlich den Spitznamen »Prinz Sihanouk«.

Guo Leda signierte ihm seinen Plunder mit müder Herablassung. Sein eigener Name hing ihm allmählich aus den Augen. Er bekam inzwischen Hunderte Briefe am Tag. Manchmal sogar mit Beschimpfungen. Was jeder Berühmtheit zur Ehre gereicht.

Zhen Zhen musste die immer zahlreicheren Stapel auf dem Fußboden aufschichten, zumal der wacklige Tisch ihrem Vater mittlerweile als Kassentresen diente. Die Stapel reichten ihnen bis zu den Knien – und sie waren weiß Gott keine Zwerge. Höhere wären bestimmt umgekippt, dann hätte man aus einem Haufen zwei machen müssen. Die Besucher, die in der Schlange vor der Pförtnerloge dösten, wurden regelmäßig von Zhen Zhens schriller Stimme geweckt: »Pass auf mit Shandong!«, »Vorsicht! Shanghai ist heute schon drei Mal umgefallen!«, »Jetzt hast du schon wieder Taiwan umgestoßen. Das kann doch nicht wahr sein …« Manchmal verlor ihr Vater die Nerven: »Sei still! Sei endlich still! Wie kann ich das Eintrittsgeld kassieren, wenn ich die ganze Zeit deine Stimme höre? Es ist wichtig, den Eintritt zu kassieren! Verstehst du? Wenn du schon deinen Vater nicht achtest, musst du wenigstens den Kassierer in ihm achten! Wenn ich mich verrechne, wer ist dann schuld? Du? Ich? Die Fabrik? Du allein bist schuld! Merk dir das! Wie kann ich Wechselgeld rausgeben, dir zuhören und auf deine Provinzen aufpassen? Alles auf einmal. Das ist drei Mal zu viel verlangt. Addition und Subtraktion sind technische Operationen, die Konzentration verlangen. Du musst es doch wissen, sonst hättest du dein Abitur bestanden …«

Für seinen Pförtnerjob hatte Zhen Er tatsächlich keine Mathematikausbildung erhalten. Und weil er überdies versuchte, jedem Kunden auf eigene Rechnung Erdnüsse oder Limonade anzudrehen, musste er zweimal subtrahieren und getrennt das Wechselgeld herausgeben, um seine persönlichen nicht mit den kollektiven Einnahmen zu vermischen. Schließlich hatte er auch noch regelmäßig Wortgefechte mit irgendwelchen Nervensägen, die aus unpassender Großzügigkeit unbedingt die Tickets für ein ganzes Fernsehteam bezahlen wollten. Das fehlte noch! Es kam nicht infrage, sich diesen Journalisten zu beugen, die meinten, sich alles erlauben zu können. Dann käme ja noch die Multiplikation ins Spiel, und Zhen Er hatte sein Einmaleins schon lange vergessen.

Während all dieser Zwischenfälle wurde die Schlange immer länger, führte durch den Schlauch, mündete auf die Straße und ging oft am majestätischen Eingang des einen oder anderen unserer reichen Nachbarn vorbei. Nicht wenige Pilger der Märtyrer irrten sich in der Schlange und stellten sich gleich auf der Straße an, während das Revolutionsmuseum sie inmitten seiner Grünanlagen erwartete. Der Museumskonservator verstärkte seine Proteste bei Fu Taici, den er für den Besucherrückgang verantwortlich machte: »Wo ist Ihr Parteibewusstsein?«

»Es dient unserer Fabrik!« entgegnete der unfehlbare Sekretär.

Die Kautschukleute waren so sauer wie die Sojasauce von früher, dieselbe, die sie mit ihrer eigenen Marke revolutioniert hatten. (»Ein schönes Beispiel für Diversifizierung«, wiederholte Fu Taici ständig. »Und warum sollten wir, die Schalter, nicht Guo Leda zu unserem Vorzeigeprodukt machen?!«) Hua Siwu erhielt mehrere Warnungen von ihrer Amtskollegin, die die ungerechte Aufteilung des Ruhms zwischen unseren beiden Fabriken geißelte und latenten Sexismus dahinter vermutete. Dai Jiande war mit den Geschäften von Guo Leda beschäftigt und hatte keine Zeit, darauf zu antworten.

Fu Taici freute sich über Zhen Ers furchterregende Ineffizienz. Sie ließ den Gewinn steigen. Geld bringt Geld, Leute ziehen Leute an. Das war seine neue Maxime. Morgens ging er langsam die Straße entlang und nahm der bunt zusammengewürfelten Warteschlange der Besucher zufrieden die Parade ab. An seinen Fersen riefen ein paar kleine Schuhputzer mutig: »Der linke Fuß gratis! Der rechte Fuß nach Belieben! Der linke Fuß gratis! …« und ließen alte Bitterkeit in ihm aufsteigen. Schließlich kam der Punkt, an dem er sich abrupt umdrehte und ihnen befahl, seine

Schuhe in Ruhe zu lassen und sich auf der Stelle vom Acker zu machen! Dann benahm er sich, als wäre er selbst Guo Leda, und schüttelte einigen ratlosen Zeitungsschreibern die Hände, zeigte den Wartenden seine vier Finger und lächelte, als er sagte: »Nur Mut, Genossen, nur Mut! Ich bin der Generalsekretär.« Seine zur Schau getragene Jovialität stieß seine Zuhörer ab, denn diese gestanden ihm, Generalsekretär oder nicht, gewiss nicht das Format zu, sich dieses Privileg eines Großmauls herauszunehmen.

Weil die Journalisten immer mit solchen Großmäulern zu tun hatten, wurden viele hochnäsig. Mehr als einer kam in die Märtyrerstraße, ging wortlos und eiligen Schrittes an der ganzen Schlange vorbei und ließ, an der Loge angekommen, blitzschnell seinen Sesam-Ausweis sehen: »Presse«. Aber die Höhle öffnete sich nicht. Denn ein Räuber ackerte sich bei der Inventur der Schätze zu Tode. Zhen Er, in seine Berechnungen verstrickt, zwei Finger vom Abschluss einer Addition entfernt, war kein Wort zu hart, um Vordrängler abzuwimmeln: »Presse? Das sind sie alle!« Na ja, die meisten. Wir wollen nicht übertreiben. »Siehst du nicht, dass ich dabei bin, zu kassieren? Einer nach dem anderen! Ich achte dich, du achtest mich. Stell dich auf der Straße an. Wenn ich das Geld falsch rausgebe, wer ist dann schuld? Du? Ich? Zhen Zhen? Du allein bist schuld! Siehst du nicht das Schild an der Wand nebenan? Was steht da? Da steht: *Das Haus akzeptiert keine Presseausweise. Ein Yuan neunundneunzig für jeden Besucher.*«

Wir waren niemals so stolz auf unsere halb bankrotte Fabrik wie in jenem Winter. Heute noch sehen wir uns unter finsteren, neidischen, empörten oder resignierten Blicken fröhlich die nach Pisse stinkende Gasse entlanggehen, Zhen Er kurz zunicken, der vertraulich zurücknickte, und durch unser verrostetes Tor treten, das verschlossen blieb für diesen Kordon aus Ali Babas, für jene Märchenhelden, die vor Wut schäumten, weil wir, Räuber ohne Worte, ohne Ehre, ohne Ruhm oder Privilegien, in unserer Heimtücke die Frechheit besessen hatten, das Zauberwort zu ändern und es durch unser erbärmliches Badge zu ersetzen, das früher nicht mal die Kinder aus unserem Viertel zum Träumen gebracht hatte.

IV

Die wenigen Briefe auf Englisch, die von Frauen aus Shanghai zu Höchstpreisen an auf Guo-Leda-Reliquien spezialisierte Sammler verkauft wurden, hatten von ihm nur die Unterschrift. Wir müssen euch sicher nicht erklären, wer der wahre Autor war. Seit Neujahr mit seinen unzähligen Wünschen verfasste der meistgeliebte Ehemann unseres Landes keinen einzigen Brief mehr selbst. Seine schlaflosen Nächte wurden dadurch kaum kürzer. Er verbrachte sie damit, Hunderte Male seinen eigenen Namen auf ebenso viele Briefe zu schreiben, wie ein Schüler, der nachsitzen muss, weil er eine Prüfung bestanden hat. Han Saite, die nicht mal lesen konnte, war ihm bei dieser Übung keine Hilfe. Sie ging ihm vielmehr auf die Nerven, wenn sie alle drei viertel Stunde nach ihm rief: »Leda, bist du immer noch nicht fertig? Komm ins Bett. Es ist schon spät.« Im Alter litt sie an Schlaflosigkeit. In der Stille der Nacht drang ihre alte, zittrige Stimme an sein Ohr wie der dumpfe Ruf aus dem Grab.

Weil Guo Leda ununterbrochen die drei Zeichen seines Namens schrieb, hatte er den Rest unserer schönen Sprache fast vergessen. Glücklicherweise standen Adressen auf den Umschlägen, mit denen er einige andere Schriftzeichen übte. Es fehlte nur wenig, und er würde das höchste Stadium des Ruhmes erreichen, das darin bestand, ohne Drehbuch keine drei Sätze aneinanderreihen zu können. Aber lassen wir Ai Gefan und seinen Radierer ruhig in ihrem Säurebad schmoren.

Guo Ledas einziges Drehbuch waren die drei Zeichen seines Namens. (Das stand allerdings noch gar nicht fest. Irgendein Schriftsteller, wohl ein hässlicher Kerl, der sich nicht mal traute, sein Foto beizulegen, hatte ihm eine Romanskizze über seine Ehe zur Genehmigung geschickt. Aber der bizarre, allzu ernste, beinahe zynische Stil drohte die Anhängerschaft zu verschrecken.) Aber welche Meisterschaft! Man musste sehen, wie er sie mit schwungvollem Elan, in einer dynamischen Zuckung, mit gebieterischer Virtuosität niederschrieb. Gestern Abend war im Zweiten Zentralen Fernsehen ein Dschungelhäuptling zu sehen, der vor begeisterten, der Wissenschaften und Künste ihres Landes überdrüssigen Urlaubern voller Schwung die drei altüberlieferten Gesten ausführte, die das gesamte Erbe seines Volkes ausmachten. Zhen Zhen soll geweint haben. Es hatte sie an Guo Leda und die Stunde seines Ruhms erinnert.

Manchmal wurde die Hand des Stanzers, wenn er bei Tisch nach den Stäbchen griff, plötzlich von Zuckungen ergriffen. Han Saite, die nicht gebildet genug war, um darin den Namen ihres jungen Ehemanns zu erkennen, sorgte sich sehr. Sie vervielfachte die Gerichte mit Extremitäten von Hühnern, Schweinen, Rindern … »Das kräftigt die Hände«, behauptete sie. Sie war eine sprudelnde Quelle der Paramedizin. Leider reichte das Opfer all dieser für Guo Leda zerteilten Tiere nicht aus, um ihn von seinem Autogramm zu heilen.

Der 26. Januar war Guo Ledas Geburtstag. Er hatte sich kaum von Neujahr erholt, als ihm die erneute Briefflut seiner Bewunderinnen die letzten Nachtstunden raubte. Voller Sorge dachte er an das Frühlingsfest und den Valentinstag, die bald ins Haus standen. Was für ein Fehler, in dieser Jahreszeit Geburtstag zu haben!

Am meisten verabscheute Guo Leda die musikalischen Karten. Eine echte Katastrophe, die mitten in der Nacht die kreischende Melodie der städtischen Straßensprenger ertönen ließen. Sie weckten sogar die Schwägerin, die nicht aus Pappe war und sich nicht zum Schweigen bringen ließ, indem man sie zuklappte.

Um Platz für Marmeladentöpfe und andere essbare Geschenke zu machen, sah sich Han Saite gezwungen, hinter dem Rücken ihres Mannes ein paar Pakete mit Briefen als Altpapier zu verkaufen. Die von Blüten und Blättern aller Art überquellenden Schubläden des Paares hätten mehr als einen Botaniker vor Neid erblassen lassen. Sogar sein zerlesenes Exemplar des *Guinnessbuch der Rekorde* war zum Herbarium geworden und doppelt so dick wie früher. Han Saite hatte versucht, aus den unzähligen beigelegten Locken einen Staubwedel zu knüpfen, aber Guo Leda duldete nicht, dass man seine Reliquien so missbrauchte. Viele andere hatten lang abgeschnittene Fingernägel geschickt, wahrscheinlich der ansprechendste Teil ihrer Person, die Han Saite in einem leeren Marmeladenglas aufbewahrte. Es war das Lieblingsspielzeug der Schwägerin, weil die schillernden Farben des Nagellacks sie an ihr altes, lange zerbrochenes Kaleidoskop erinnerten.

Eines Nachts fiel jedoch ein bis zum Ende des ersten Fingerglieds verlängerter Nagel aus einem Umschlag. Geweckt von Guo Ledas entsetzten Schreien, in die die Schwägerin einstimmte, sprangen Feng Sike und sein ältester Sohn aus dem Bett und eilten ihnen mit Küchenmessern bewaffnet zu Hilfe. Bei all den Geschenken, die das Paar in letzter Zeit erhalten hatte, war immer mit einem Einbruch zu rechnen.

Tatsächlich hatte ein junger Mann seinem Brief den kleinen Finger seiner linken Hand beigelegt.

Ich bin am selben Tag wie Sie geboren, schrieb er, *nur zwei Jahre nach Ihnen. Am 26. Januar 1979. Als ich in der* Tageszeitung von Urumqi *Ihr Geburtsdatum gelesen habe, saß ich während der Mittagspause bei den Wärtern am Eingang des Zoos. Ich konnte nicht zu Ende essen – der Fraß war sowieso widerlich wie immer, manchmal fragt man sich, ob die Kantine wohl die besten Stücke für die Tiere aufbewahrt, die nicht mal dafür bezahlen. Mir ist die Reisschale aus den Händen gefallen, und mir standen Tränen in den Augen. Ich habe verstanden, dass das ein Zeichen, eine Berufung, ein Wink des Schicksals war. Meines Schicksals. Ich habe noch nie jemanden getroffen, der am gleichen Tag Geburtstag hat wie ich. Es gibt so viele Menschen auf der Welt und so viele Tage in einem Jahr. Warum also hat der Zufall uns beide, Sie und mich, zusammengeführt? Mich, den bescheidenen Angestellten eines drittklassigen Zoos, den höchstens einmal im Jahr, im Frühling, die Grundschulklassen besuchen, mich, der in einer vom Wüstenwind verbrannten Stadt, einer gesichtslosen und unorthodoxen Stadt am Ende der Welt lebt, mich, der nichts so machen kann wie die anderen; und Sie, aus dem*

Landesinneren, aus einer normalen, einer großen Stadt, der größten der Welt, Sie, der berühmt ist und von den Zeitungen zitiert wird – Sie waren auch in der Fernsehzeitung von Urumqi, *in der* Abendzeitung, *den* Nachrichten der Autonomen Region, *einfach überall; ich habe alle Zeitungen gekauft, die ich an dem Abend am Kiosk bekommen habe, und seither alles, was Sie betrifft. Zum ersten Mal in meinem Leben fühlte ich mich von jemandem persönlich berührt. Das ist ein ganz neues und überaus befriedigendes Gefühl für mich.*

Ich habe beschlossen, Sie zum Vorbild für mein Leben zu nehmen, von Ihnen zu lernen, alles zu tun, was Sie tun und tun werden, und in Ihrem Kielwasser selbst fern von Ihnen Schritt für Schritt voranzukommen. Jetzt fühle ich mich weniger allein. Zwar überfällt mich die Einsamkeit immer noch zuweilen bei Einbruch der Nacht durch das Fenster meines Zimmers in dem staubigen Vorort von Urumqi, das selbst am Saum unseres riesigen Landes liegt, aber Sie haben die Straße markiert und Sie haben mich geführt. Danke, Leda, mein großer Bruder, mein Zwillingsbruder, dass Sie mir einen Daseinsgrund und meinem Leben einen Sinn gegeben haben.

Ich schicke Ihnen beiliegend den kleinen Finger meiner linken Hand, den ich mir heute Nacht abgeschnitten habe. Ich hoffe, er kommt rechtzeitig zu unserem Geburtstag an. Ich habe erfahren, dass Sie an der linken Hand nur vier Finger haben. Seither nervt mich dieser kleine Finger wie ein Auswuchs, eine Warze, eine Behinderung, ebenso überflüssig wie unsere Provinz. Nichts ist seltsamer, hässlicher, schändlicher als die Symmetrie zwischen den beiden Händen. In einigen

Tagen habe ich ein Lebensjahr mehr und einen Finger weniger. Aber das wird mir den Weg meines neuen Lebens nur leichter machen. In Zukunft werde ich jedes Mal, wenn ich den Mut verliere, wenn Langeweile oder Traurigkeit zurückkehren, an dieses Stück von mir denken, das ich in Ihre Hände gelegt habe.

»Die Uiguren sind ein heißblütiges Volk«, seufzte Pu Laihe wehmütig inmitten der Menge, die sich inzwischen in der Wohnung drängte.

»Nach seinem Namen zu urteilen, muss er ein Han sein«, bemerkte Guo Leda.

»Egal, was er ist«, sagte Feng Sike und ließ sein Messer los, um sich die Jacke zuzuknöpfen, »sein Heißblut soll er für sich behalten! Mir treibt das kalten Schweiß auf die Stirn.«

Han Saite, die ihre Fassung wiedergewonnen hatte, war die Einzige, die sich nicht an diesem verfaulten Stummel von undefinierbarer Farbe störte. Sie hatte zu viele Vordergliedmaßen in ihrer Küche gesehen, um daran Anstoß zu nehmen. Mit kritischer Miene betastete sie ihn, wie am Metzgerstand, und verkündete dann: »Das sieht mir ganz nach einem Affenfinger aus. Habt ihr je bei einem Menschen so einen Nagel gesehen?«

Nein, tatsächlich nicht. Nachdem sie einen prüfenden Blick darauf geworfen hatten, waren sich alle einig.

»Einem alten Affen bringt man nicht mehr bei, Grimassen zu schneiden! Wir Schweinehirten haben zwar niemals Schweinefleisch gegessen, aber haben wir deshalb noch nie eine Schweineparade rennen sehen?« fuhr Han Saite fort, die in Hochform war. »Wir haben schon viele gesehen – Affen meine ich –, als wir klein waren, bei all den Gauklern, die durch die Gegend gezogen sind. Sie waren jedenfalls besser angezogen als ihre Herren, mit ihren vergoldeten Uniformen.«

V

Sihanouk setzte sich bei Fu Halie fest und wurde ihm allmählich ziemlich lästig. Er verstaute bei ihm seine Thermoskanne, seine Teetasse, seine Reisschale, seine Zahnstocher, seinen Aschenbecher ... kurzum, seine ganzen Arbeitsutensilien. Auch seine Zeitungen brachte ihm Zhen Zhen inzwischen in die Stanzerei. Nach ein paar Tagen schleppte er sogar seine Campingliege an. Für den Mittagsschlaf. Ihm blieb ja nichts anderes übrig, um Guo Leda zu belagern, der sich in der Fabrik erneut rar machte. Unser Botschafter wurde ständig irgendwo in der Stadt erwartet, bei einer Einweihung, einer Messe, einer Konferenz, einem Treffen, einer Live-Sendung. Man bat ihn um seine Meinung zu allen möglichen Themen, von der Toilette der Schauspielerin Gong Li über die unvermeidliche WTO bis hin zum 11. September. Nach der Intervention des Bürgermeisters, der sehr auf die lokale Anbindung gedrängt hatte, lehnte er alle Einladungen außerhalb von W. ab. Parteisekretär Fu Taici borgte ihm für seine Termine den Volkswagen mit Chauffeur.

Fu Halie fand, dass sein Cousin übertrieb. Er konnte diesen Guo Leda nicht mehr sehen, im eigentlichen wie im übertragenen Sinne. »Man kann keine drei Meter durch die Stadt gehen, ohne auf sein Porträt zu stoßen!« schimpfte er. Wie sein Brigadier She Kui gehörte auch der Direktor der Stanzerei zu dem, was er »die schweigende Mehrheit«

nannte. Er fand es entsetzlich, wie sich Sihanouk bei Guo Leda anbiederte. »Das ist dekadent!« schimpfte er im Büro von Hua Siwu, weil er die Gesellschaft in seinem eigenen nicht mehr aushielt.

Man muss jedoch feststellen, dass die Märchenprinzen, egal welche, lange Zeit mehr Macht über ihre Untertanen hatten als Prinz Sihanouk. Der Herrscher im Exil hatte keine Wahl. Wenn sich Guo Leda einmal in der Werkhalle blicken ließ, musste man sich auch noch mit den Journalisten um ihn streiten. Von Zhen Er durfte man nicht erwarten, dass er sie am Tor über die Abwesenheit ihres Stars informierte. Der Pförtner war schon mit seiner Kasse überfordert. Wenn er sich verzählte, wer war dann schuld? Ihr? Wir? Allein die Journalisten!

Ende Februar kürten drei Frauenmagazine, die bei den Beamten sehr einflussreiche *Vague* aus Shanghai, *Amazone* aus Kanton, ein wichtiger Mode-Ratgeber für die Teenager, sowie die höchst vertrauliche *Vertraute* aus Peking, in Haushaltsfragen eine Autorität, aber ohne Leserschaft, das glamouröseste, exzentrischste bzw. mustergültigste Paar des Jahres der Schlange, das gerade zu Ende gegangen war. Guo Leda und Han Saite gewannen in allen Kategorien. Der Kioskbesitzer am Markt, der in letzter Zeit gut verdient hatte und jetzt mit dem Gedanken spielte, eine Buchhandlung zu eröffnen, um seinem einstigen Arbeitgeber Konkurrenz zu machen, hängte die drei Zeitschriftencover nebeneinander über seinen Ladentisch. Die Dreifaltigkeit würde ihm Glück bringen.

Ai Gefan tat dasselbe im Schaufenster seines Vaters und

beglückwünschte Guo Leda zu diesem dreifachen Erfolg. »Vor allem von *Vague* und *Amazone*«, versicherte er ihm. »Das wird dir den Weg nach Amerika, Hongkong und sogar Südasien öffnen.«

Was er auch sagen mochte, Han Saite schwor allein auf die *Vertraute*, denn das war die einzige Zeitschrift, die ein Ehrendiplom geschickt hatte. Ein Dokument so schön wie ihre Eheurkunde, feierlich mit roten Bändern und stilisierten Weizenähren verziert. Die alte Frau legte es sorgfältig in einen Glasrahmen, ehe sie es an die Wand hängte. Jeden Morgen entstaubte sie es mit der gleichen Ehrfurcht wie einst ihre Tante die Märtyrerurkunde ihres Gatten.

Fortan fanden wir ohne jeden protektionistischen Hintergedanken, dass die Nase von Jackie Chan zu groß und Tom Cruise zu muskulös war. Beim französischen Zorro Alain Delon war grade die Perfektion seines Gesichts der Beweis dafür, wie altmodisch er war. Die kleine Prinzessin Sihanouk und ihre Freundinnen hatten recht. In dieser Winter-Frühjahrs-Saison 2002 hieß der Trend »Guo Leda«. Die Banalität seiner Züge strahlte einen beruhigenden Charme aus. Manche Kommentatoren bezeichneten ihn als ernst, andere als tiefgründig, ja sogar sexy. Wenn wir zwanzig Minuten lang mit größter Konzentration auf sein Foto starrten, wie eine Katze auf ihre Streu, gelang es auch uns am Ende, diese Facetten wahrzunehmen, die uns bis dahin entgangen waren. »Die Leute im Westen betreiben das regelmäßig in ihren Museen für moderne Kunst«, belehrte uns Dai Jiande. »Das fördert die Offenheit des Geistes.«

Guo Ledas schüchternes, beinahe entschuldigendes Lächeln brach alle Herzen. Die jungen Billardspieler bei Pu Laihe, diese kleinen, einst so herablassenden Rebellen, machten keine Faxen mehr. Ein Lächeln von gekonnt dosierter Verlegenheit ersetzte die lässige, halb erloschene Zigarette im Mundwinkel. Der Gemeinsinn, angefangen bei Entschuldigungen, war die neueste Mode. Er kleidete uns besser als Pierre Cardin. Auch wenn der eine wie der andere billige Kopien waren. Wenn uns auf der Straße ein Bewunderer von Guo Leda nach dem Weg fragte, übertrafen wir einander an Höflichkeit. Anstatt uns zu danken, antwortete er: »Entschuldigung! Ich bin ganz bestürzt, Sie so unangemessen belästigt zu haben!« Und wir antworteten: »Verzeihen Sie uns! Wir sind untröstlich, dass wir Sie mit diesen stumpfsinnigen und womöglich ungenauen Informationen aufgehalten haben!«

Man konnte glauben, der Mustersoldat Lei Feng sei wieder da, immerhin ohne seine kakifarbene Tasche »Im Dienste des Volkes«, die nun wirklich zu dämlich war.

In mehreren Provinzen tauchten Doppelgänger von Guo Leda auf. Am Arm ihrer Großmutter, den kleinen Finger der linken Hand in einen schwarzen Verband gehüllt, provozierten sie im Vorübergehen Gedränge, ungläubige Schreie, hysterische Tränen, wütendes Getrampel der zu klein Geratenen, Ohnmachtsanfälle der zu Sensiblen.

Vague ließ keinen Zweifel aufkommen: Nach einer ernst zu nehmenden Umfrage konnte keine Persönlichkeit in der Geschichte unseres Landes mit so vielen Doppelgängern aufwarten wie Guo Leda. Wobei sie Feng Ta nicht mal mitgezählt hatten. Als der Bruder von Feng Du eines Abends von der Arbeit kam, stieß er auf eine junge Frau, die ihn aufgeregt fragte: »Herr Guo?!«

Anstatt einer Antwort zeigte er ihr seine unversehrte linke Hand.

»Das macht nichts. Sie sehen ihm trotzdem ähnlich. Da kommt es nicht auf einen Finger an. Könnten Sie mir ein Autogramm geben?« bat sie und holte ein Foto von Guo Leda aus dem Portemonnaie.

»Was soll ich denn schreiben?« zierte sich der Wiedergänger, der endlich seine Zigarette angezündet hatte. »Meinen Namen oder seinen?«

Die authentischen Fälscher feilten fortwährend an Details, die den Unterschied machten. Seit zwanzig Jahren hatte der steife und unbeholfene Akzent des Südens den des Nordens aus der Mode gebracht. Wenn man nun aber die Doppelgänger von Guo Leda in allen Ecken des Landes reden hörte, würde es bald unser Akzent oder vielmehr eine Variante davon sein, die den Ton angab. Viele unternahmen Sprachreisen in das Geburtsdorf von Guo Leda, um sich seinen subtil robusten Akzent anzueignen.

Der *Klub der Freunde von Guo Leda* in W., die älteste Institution ihrer Art, wählte ihre Mitglieder sorgfältig aus und nahm nur Neunfingrige auf. (»*Wir bitten unsere Bewerber höflich, ihrem Aufnahmeantrag weder Bargeld noch Finger beizufügen.*«) Parteisekretär Fu Taici war ihr Ehrenpräsident. Sihanouk und einer ganzen Reihe Stanzer wurde die Aufnahme verwehrt. Der eine hatte zu viele Finger, die anderen nicht genug. Zhang San, der gar nicht darum gebeten hatte, fand sich auf einer gemeinsamen Kandidatur mit Fu Halie wieder, der ihm einen Finger borgte. Zusammen hatten sie genau achtzehn. Eine schöne Geste der Solidarität.

Sihanouk, der sein Leben dem Aufbau eines Netzes von Freundschaften und Beziehungen widmete, erreichte nicht ohne Mühe seine Aufnahme in drei Klubs anderer Städte. Aber auch diese Nachahmer öffneten ihre Türen nicht für jeden. Der höchst exklusive Klub von Urumqi nahm zum Beispiel nur Mitglieder auf, die am 26. Januar geboren waren. Wobei man von Glück reden konnte, dass Guo Leda nicht an einem 29. Februar das Licht der Welt erblickt hatte.

Seit seinem Geburtstag steigerte sich die Anzahl der Briefe, die Guo Leda täglich erhielt, fast auf tausend. Allerdings kümmerte er sich nicht mehr selbst darum. Die Autogramme schrieb jetzt Zhen Zhen an seiner Stelle. Er hatte sie seine Kunst gelehrt.

Zhen Er verkaufte dem Sohn von She Kui keine einzige Briefmarke mehr. Eines Sonntags hatte er auf dem Markt für seltene Vögel und Briefmarkensammler erfahren, dass es unter seinen Marken einige Sammlerstücke gab, die Gold wert waren, wenn man nur etwas abwarten würde. Bis dahin hatte er immer gemeint, mit diesem Bengel ein gutes Geschäft zu machen, wenn er ihm gebrauchte Briefmarken zum Neupreis verkaufte.

Jetzt hatte er ein Dutzend Alben gefüllt, die nicht weniger dick waren als Guo Ledas *Guinnessbuch der Rekorde.* Das würde einst Zhen Zhens Aussteuer sein.

VI

Eines Abends Anfang April kamen die Eltern von Guo Leda nach W. Sie waren in einem Lastwagen ihres Dorfes mitgefahren, der Dünger laden sollte. Der Sohn hatte sich seit sechs Monaten nicht mehr gemeldet und war zu den Feiertagen im Februar nicht nach Hause gekommen. Sie hatten im Fernsehen von seiner Hochzeit erfahren. Monatelang wagten sie das Gerät nicht mehr einzuschalten. Die junge Verlobte von Guo Leda hatte sich so sehr geschämt, dass sie nach Fujian floh, um auf einer Teeplantage zu arbeiten.

Als die ersten Doppelgänger auftauchten, hatten die Dorfbewohner gedacht, die Fremden würden sich über sie lustig machen, indem sie ihren ländlichen Akzent nachahmten. Es kam zu mehreren Handgreiflichkeiten, ehe die Bauern ihr Misstrauen überwanden. Als sie die Legende von Guo Leda immer wieder aus dem Mund seiner Doppelgänger vernahmen, die ihrem Sohn so täuschend ähnlich sahen, ließen sich schließlich auch die Eltern überzeugen. War der Junge nicht immer schon zu einem außergewöhnlichen Schicksal berufen gewesen? »Ich bin nicht so rückständig, dass ich den Jungen seinen älteren Schwestern vorziehen würde«, brüstete sich der Vater, »aber ganz objektiv, seht euch die Zeichen an: auf der einen Seite Hund, Schwein, Ratte – keins davon fliegt –, und auf der anderen: der Drache! König der Zeichen, Zeichen der Könige. Und was für ein Drache! Im Jahr seiner Geburt sind drei große Männer in den Himmel geflogen: der Vorsitzende Mao, sein Ministerpräsident und sein Großmarschall, womit sie ein Erdbeben auslösten, das die Stadt Tangshan dem Erdboden gleichmachte. Ein ihrer Größe würdiger Abgang. All diese Umwälzungen mündeten in die Geburt von Leda, dreiundzwanzig Tage vor dem Ende dieses außergewöhnlichen Jahr des Drachens. Dieses Kind ist nicht irgendwer.« Im Dorf gab es vielleicht ein Dutzend Eltern, die das Gleiche dachten und in ihren Söhnen die mögliche Reinkarnation nicht der Opfer von Tangshan, sondern eines der drei großen Männer sahen.

An diesem Aprilabend setzte der Düngerlastwagen die Eltern mit ihrer Karre, auf der ein Dutzend Decken gestapelt war, am Markt ab. Das war ihr Hochzeitsgeschenk für den Sohn. Niemand nahm Notiz von ihnen. Für die Beschäftigten auf dem Platz ähnelten sie eher möglichen Konkurrenten als potenziellen Kunden. Auf ihr Tragjoch gestützt, schielten einige Lastenträger misstrauisch auf die Karre. An einer Bushaltestelle versuchte ein kleiner Schuhputzer zwischen den letzten Gemüsehändlern und ersten Nudelverkäufern noch ein Mal sein Glück: »Rundgang Guo Leda! Die letzte Tour des Tages beginnt in wenigen Minuten!«

Vater Guo rief ihn, von Stolz erfüllt, herbei: »Ich bin sein Vater, Kleiner! Zeig mir, wo mein Sohn wohnt!«

»Wollen Sie mich auf den Arm nehmen?« fragte der Kleine frech zurück. »Mach ich mich vielleicht über Ihre Waren lustig, Deckenverkäufer? Seien Sie höflich zu den

Alteingesessenen, wenn Sie auf diesem Platz bleiben wollen!«

Als das Paar endlich allein den Weg zum Hof fand, war es schon dunkel. Unter dem belebten Billardsaal hing eine Glühlampe, die illegal mit der Stromleitung der Straßenlaternen verbunden war, von der Balustrade herab, um einer Schachpartie von Pu Laihe gegen sich selbst Licht zu spenden.

Aber Guo Leda und Han Saite waren zu einer Sendung ins Fernsehen gegangen, teilte ihnen der einsame Spieler mit. Sein Phlegma weckte Respekt. Der kleine Bildschirm, jener magische, für die beiden Bauern abstrakte und rein theoretische Ort, war für ihren Sohn und seine Nachbarn inzwischen ein Ziel wie jedes andere für den Verdauungsspaziergang. Sie sahen sich begeistert an. »Was habe ich dir gesagt?« meinte Vater Guo zu seiner Frau. »Der Junge hat es in der Stadt zu was gebracht!« Sie vertrauten Pu Laihe ihre Karre an und machten kehrt, um das Ereignis auf dem Markt bei einer Schale Nudeln zu feiern.

Auf dem rechten Gehsteig, der diesmal der linke war – alles hängt ja davon ab, in welche Richtung man sich wendet –, reckten lachende Wanderarbeiter vor einem Geschäft die Hälse, in dem in einer Ecke ein Fernseher unter der Decke hing.

Die Eltern wagten einen Blick und erhaschten eine Großaufnahme ihrer Schwiegertochter, die entsetzlich viel älter war als in ihrer wohlwollenden Erinnerung. Sogar die Kamera wich zurück. Die beiden Moderatoren waren gerade dabei, ihre Gäste vorzustellen. Die Gesellschaft wurde von zwei Persönlichkeiten ergänzt, die auf der Durchreise in W. waren: eine achtzehnjährige Schriftstellerin, die wie dreißig aussah, und eine als Göre verkleidete Künstlerin in den Vierzigern. Oben rechts auf dem Bildschirm tollte ein lustiger Hund herum, das Logo des Sponsors Legou Co. Ltd (Group), eine Firma für Sanitärartikel.

»Fräulein X«, wandte sich die Moderatorin an das Mädchen mit plumpen Zügen, »Sie gehören zu den attraktiven Schriftstellerinnen, bei denen Talent und Schönheit miteinander wetteifern. Während sich Ihre Klassenkameraden gerade auf den nationalen Wettbewerb um Studienplätze vorbereiten, haben Sie bereits die Angebote mehrerer renommierter Universitäten in der Tasche. Während Ihre Altersgenossinnen noch Mathe, Chinesisch, Geschichte, Erdkunde und Politik pauken, haben Sie schon Ihren vierten Roman geschrieben.«

»Ich habe schon immer gegen das Schulsystem rebelliert«, unterbrach die Angesprochene sie. »In Mathe habe ich nie etwas begriffen, und das ist auch nicht mein Problem. Meine Berufung ist die Literatur. Das war immer schon klar. Zahlen und Buchstaben haben noch nie zueinander gepasst. Chinesisch muss ich nicht lernen: Eins meiner Gedichte ist bereits Schullektüre. Meine Beziehung zur englischen Sprache ist genauso gespannt wie zu Mathe, aber ich werde es lernen, wenn ich in die USA ziehe. Wozu soll man den schlechten Wortschatz von Lehrern übernehmen, die nie dort gewesen sind? Geschichte und Erdkunde sind mir ein Graus! Man verblödet geradezu, wenn man sich den Kopf mit den Rohstoffvorkommen der einzelnen Provinzen, den Fahrplänen der Eisenbahn, dem Datum von Schlachten, dem Wie und Warum aller Bauernaufstände und Revolutionen der Welt vollstopft. Aber Politik ist das Fach, das ich am meisten hasse. Davon habe ich noch weniger Ahnung als von Physik und Chemie. Die endlosen Tiraden über die Überlegenheit der indirekten Wahlen, die Vorteile einer zentralisierten Demokratie, den Wert des Mehrwerts auswendig zu lernen, das ist nicht mein Ding!«

»Das geht allen so!« verkündete Guo Leda plötzlich verärgert. »Trotzdem müssen die anderen da durch!«

»Das ist völlig normal!« entgegnete ihm das Wunderkind ungerührt, »wenn sie sonst keine Begabung haben.«

»Ihre ist sicher so groß wie Ihre Schönheit!«

»Das wird sicher eine lebhafte Diskussion …«, mischte sich der Moderator ein, »aber wir wollen uns nicht vom Thema entfernen. Ich fange mit Ihnen an, Fräulein X: Soll man Ihrer Meinung nach die Spülung ziehen, bevor oder nachdem man den Deckel geschlossen hat?«

»Ich habe dazu immer noch keine klare Meinung. Ich bin eine Sklavin meiner Launen, verstehen Sie? Aber das Entscheidende ist doch, überhaupt die Spülung zu ziehen …«

»Wir geben Ihnen Zeit, darüber nachzudenken«, nutzte die Moderatorin die Gelegenheit, um der Künstlerin das Wort zu erteilen, die schon ganz ungeduldig war. »Frau Y, Sie beherrschen die Kunst, den Toiletten ihre konventionelle Funktionalität zu nehmen, um ihnen eine sehr sinnliche Ästhetik zu verleihen …«

»Ich weiß schon, worauf Sie anspielen«, lachte die hinter ihren langen Haarfransen lauernde vierzigjährige Göre unbekümmert und ließ eine üppige Kamelie erzittern, die sie hinterm Ohr trug. »In der Tat habe ich mit meinem zweiten Gatten, einem brillanten Diplomaten im Dienste der dänischen Königin, am Abend unserer Scheidung zum Gedenken an unser erstes Mal auf der Toilette gevögelt und dabei geweint. Es waren Tränen der Ohnmacht angesichts der Absurdität des Lebens. Bis dahin waren wir so glücklich miteinander, wir haben uns perfekt ergänzt, ich war seine andere Hälfte und er meine. Aber das Schicksal hat uns zum Narren gehalten, indem es eine dritte Hälfte einführte …« Sie trocknete mit zartem Finger eine verstohlene Träne.

»Sie haben uns so gerührt …«, unterbrach die Moderatorin sie. »Aber eigentlich dachte ich nicht an diese berühmte Episode, die Ihre Biografen schon so glänzend dargestellt haben, sondern an die Sinnlichkeit der Toiletten in Ihrer Wohnung in Peking, die Sie kürzlich für Besucher geöffnet haben.«

»Absolut. Mein Haus, das ich nach der Kunst der Tradition gestaltet habe, hat bei der internationalen Gemeinschaft in unserer Hauptstadt einen riesigen Erfolg. Alle sagen, von seinen prächtigen Mauern gehe ein berauschender Duft aus. Trotz meines kosmopolitischen Lebens bleibe ich ein Mädchen, das eng mit seinen Wurzeln verbunden ist. Ich habe den Pass gewechselt, aber nicht die Heimat …«

»Bravo!« unterbrach der Moderator, der sich nicht vom Kurs abbringen ließ. »Was denken Sie nun über die Frage des Tages: Sollte man unter hygienischem Gesichtspunkt die Spülung ziehen, bevor oder nachdem man den Deckel geschlossen hat?«

»Es kommt darauf an, wo man sich befindet! Zu Hause ziehe ich sie danach, damit meine Wandbehänge nicht feucht werden. Im Flugzeug, mit Sven, natürlich davor! Um Geräusche zu machen und einen möglichen Verdacht zu zerstreuen. Ich weiß nicht, ob das hygienischer ist, aber diplomatisch gesehen ist es auf jeden Fall ratsam!«

Ein hysterisches Lachen erfasste sie und verbreitete sich wie ein Virus rund um den Tisch. Nur das Ehepaar Guo blieb ungerührt.

»Herr Guo«, sagte die Moderatorin, nun wieder ernst, »Sie machen einen nachdenklichen Eindruck.«

»Humor ist eine Gabe, die nicht jedem gegeben ist!« stichelte die Schriftstellerin.

»Zweifellos wissen sie nicht, wie die Toiletten in einem Flugzeug aussehen«, ergänzte die Künstlerin, immer noch mit dem Kopf wackelnd, und schob ihre Kamelie zurecht. Es war nichts zu machen: Im selben Moment wurden die beiden Damen erneut von einem Lachanfall gepackt, nachdem sie einander zugezwinkert hatten.

»Wir wissen vielleicht nicht, wie die Latrine in so einer Maschine aussieht«, erwiderte Han Saite, um ihren Mann zu verteidigen, »aber wir wissen, wie gackernde Hühner aussehen! Ehe sie sich hier das Maul zerreißen, sollte man's ihnen ordentlich polieren. Dann ist wenigstens Ruhe.«

»Frau Han, Frau Han«, hüstelte der Moderator, »wir übertragen direkt.«

»Wie? Finden Sie, ich bin nicht direkt? Dann müssen Sie es nur sagen!«

»Nein nein nein nein, schon gut!«

Mehrere Stimmen erhoben sich gleichzeitig. Der Kameramann wusste gar nicht mehr, wohin er zuerst schwenken sollte. »Für eine Dame von hoher Geburt …« Das war die Schriftstellerin aus dem Off.

»Was für eine hohe Geburt?« Erneut kam Han Saite ins Bild. »Jetzt wird's lustig! Ich bin die Tochter von Bauern, die von den Bomben der Japaner getötet wurden! Ich schäm mich nicht, das zu sagen. Damals kutschierten Flugzeuge ihre Bomben nämlich nicht auf dem Klo durch die Gegend: Sie warfen sie auf anständige Leute. Was gibt es da zu kichern, ihr kleinen Schlampen?«

»Frau Han …« Der verzweifelte Moderator versuchte es wieder. »Kommen wir zu unserem Thema zurück, wenn Sie einverstanden sind. Was halten Sie von der Frage, die uns heute Abend beschäftigt: Ist es hygienischer, die Spülung zu ziehen, bevor oder nachdem man den Deckel geschlossen hat?«

»Wie soll ich das wissen? Wo ich doch so ein Luxusklo mit Sitz nur aus dem Fernsehen kenne. Bei uns im Viertel gibt es nur Gemeinschaftslatrinen. Ein Platz neben dem anderen über einem Graben aus gestampfter Erde. Keine Deckung, keine Deckel. Kein Ort für Schweinereien. Die Spülung erledigt die Klofrau! Sie macht, was sie kann, die Alte. Eine dreckige Arbeit. Geld stinkt vielleicht nicht, aber ihres schon. Jetzt passt übrigens grade ihr Mann für mich auf die Videothek auf. Das kostet mich elf Yuan! Glauben Sie, mir macht's Spaß, hier zu sitzen! Das ist doch vertane Zeit. Keine Ahnung, ob's hygienisch ist …«

Ihre Stimme ging plötzlich in einem unangenehmen Rauschen von elektromagnetischen Wellen unter, der Bildschirm wurde dunkel. Die junge Verkäuferin ging zum Fernseher und verpasste ihm als Erste-Hilfe-Maßnahme ein paar Ohrfeigen. Nichts zu machen. Sie wollte schon umschalten, als der Hund wiederauftauchte. Er war aus seiner Ecke heruntergekommen und saß jetzt auf einer glänzenden Toilettenschüssel. Die Papierrolle, an der er mit seinen unbekümmerten Pfoten zog, rollte sich allmählich zu einer märchenhaften Wolke auf, über die wie ein Frühlingshauch der Schriftzug *Legou, let's go* glitt. Das reimte sich fast. Dai Jiande hatte es uns vorgelesen.

An jenem Abend hatten die Eltern von Guo Leda nicht auf ihn gewartet. Pu Laihe richtete ihm aus, dass sie da gewesen waren, und hütete die Karre und ihre Ladung, herrliche Decken aus bunt schillerndem, mit Drachen besticktem Satin, die Ledas Eltern während seines Studiums für den Sohn angehäuft hatten. Sie verbrachten die Nacht auf einer Bank im Busbahnhof und kehrten mit dem ersten Überlandbus in ihr Dorf zurück.

VII

Der Sanitärskandal kam die Ritter der Tafelrunde teuer zu stehen. Nur die dänische Künstlerin zog sich gut aus der Affäre. Ihr Konterfei – oder vielmehr das, was man davon sehen konnte, da die obere Hälfte von den Haarfransen bedeckt war und die untere von einem riesigen Mund eingenommen wurde – erlebte einen schwindelerregenden Erfolg im Internet, der sie zur am häufigsten angeklickten Person des Jahres 2002 machen sollte. In den besten Kreisen von Peking und Shanghai würde man sich um sie prügeln.

Die schöne Schriftstellerin scheiterte an der Zensur, die im letzten Moment ihr neues Buch traf. Alle achthundert gedruckten Exemplare wanderten direkt von der Druckerei auf den Müll, ohne über das Feld Buchhandlung zu gehen. Abgesehen davon erging es ihnen also ganz ähnlich wie den vorangegangenen Werken. Allerdings weckte der Index der Behörden die Aufmerksamkeit des Westens. In einem Jahr würde *Roter Lack, weiße Lippen, schwarzer Nebel und unsere Liebe* in siebzehn Sprachen übersetzt werden, zwölf Preise erhalten und sich außerhalb unserer Grenzen eine halbe Million Mal verkaufen, ohne eine illegal in Hongkong gedruckte Ausgabe mitzuzählen, die unter der Hand bei den Jugendlichen unseres Landes zirkulieren sollte. Die Trendbewussten, die im Billardsaal von Pu Laihe verkehrten, würden es verschlingen. Sogar die Tochter von

Sihanouk sollte bei jeder Gelegenheit aus einer gekürzten Fassung voller Druckfehler zitieren, die sie unter dem Ladentisch beim Zeitungskiosk am Markt gekauft hatte.

Während am 7. Juli, dem ersten Tag des Nationalen Zulassungswettbewerbs, die jungen Leute ihres Jahrgangs, Millionen ohne besondere Begabung oder spezielle Beziehungen, im Hörsaal mit Sinus, Kosinus, Logarithmen und anderen daraus abgeleiteten Grausamkeiten um die zwei, drei Plätze pro Fakultät kämpfen würden, die die Universitäten ihrer Provinz zuerkannten, würde das schöne Wunderkind von einer Akademie, deren Land wir vergessen haben – Dai Jiande wird es euch sagen –, die Auszeichnung »mutigste Schriftstellerin des Studienjahres 2001/2002« erhalten. Eine Hongkonger Zeitung würde enthüllen, dass die Ausgezeichnete ihre Wahl zwischen den Angeboten zweier erstklassiger ausländischer Universitäten noch nicht getroffen habe. In der darauffolgenden Woche würde die Mutigste bei einem besonders renommierten, einzig den jungen Damen des Hochadels vorbehaltenen Debütantinnenball auftauchen. Sie würde dort die Enkeltochter eines unserer Minister, aber keinen Kavalier treffen. Niemand würde ihre Schönheit anzweifeln, die so groß war wie ihr Gesicht, aber es ist einfach nicht praktisch, zu dritt Walzer zu tanzen und nur mit Dolmetscher zu flirten.

Die beiden Moderatoren verschwanden in der Versenkung. Der lustige Hund war nicht mehr lustig. Ebenso wenig wie die alten Genossen. Da sie der Künstlerin für das in ihren Augen besonders schockierende und freche Benehmen nicht den Kopf abreißen konnten, weil sie inzwischen eine »internationale Freundin« war, verlangten sie den der beiden Journalisten. Die Moderatorin wurde in die Lohnbuchhaltung versetzt. Ihr Kollege kündigte.

Guo Leda war nicht länger der Liebling des Fernsehpublikums. Langfristig geplante Termine wurden abgesagt. »Wir lieben Sie immer noch genauso«, entschuldigten sich die Produktionsassistenten am Telefon, »aber Ihre Gattin … Sie ist … wie soll ich sagen … etwas unberechenbar. Das ist schwierig für eine Livesendung. Aber Sie sind noch jung. Aufgeschoben ist nicht aufgehoben. Wir kommen wieder auf Sie zu, wenn diese Hindernisse aus dem Weg geräumt sind. Bis bald, hoffe ich.«

Zhen Er machte keinen einzigen Rechenfehler mehr. Seine Fortschritte in puncto Genauigkeit waren unbestritten, aber es gab vor allem nichts mehr zu zählen. Die Warteschlange hatte sich aufgelöst. Nur einmal tauchte noch ein Fernsehteam auf, das von einem lokalen Sender im fernen Shanxi entsandt worden war, aus einer jener Städte, wo gerade Lieder aus den Achtzigern aktuell waren. Sie hatten soeben erst von Guo Ledas Ruhm erfahren. Aber Zhen Er musste sie nicht abkassieren. Fu Taici empfing sie an der Seite von Guo Leda mit großem Pomp. Nach dem Interview und einem Feinschmeckerdinner im Restaurant des Volkes reisten sie mit einer ganzen Kiste voller Schalter ab, die sie an die Industriellen ihrer Stadt verteilen sollten.

Wir gingen wieder in den Billardsalon von Pu Laihe. Die jungen Dandys waren woandershin gezogen, um dort über *Roter Lack, weiße Lippen, schwarzer Nebel und unsere Liebe* zu meditieren. Sie fanden den Saal jetzt ebenso *has been* wie Pierre-Cardin-Socken. »Es gibt zu viele Nachahmer«, seufzten sie. »Der reinste Kommerz. Und dieser 007, wie geschmacklos!«

Sihanouk kehrte in die Schweißerei zurück. Das Erste, was er dort schweißte, war seine Freundschaft zu Fu Halie, der von der heiß ersehnten Einsamkeit doch etwas überrascht war. Sie setzten ihre Gespräche jeden Tag hundert Meter voneinander entfernt am Telefon fort.

Die Tochter von Sihanouk tauschte in ihrem Zimmer die Poster von Guo Leda gegen riesige Vergrößerungen ihrer eigenen Fotos im Brautkleid aus. Ai Gefan hatte ihr nach Vorlage des väterlichen Badge einen Sonderpreis gemacht. Sie hatte das »L« ihres Tattoos abrunden lassen, das jetzt »I ♥ GOD« war. »Bislang hieß es dasselbe«, erklärte uns Dai Jiande.

Mitte April folgten die letzten Zuckungen in den Medien. *Vague*, die uns noch die Fortsetzung und das Ende der Recherchen über den Platz von Guo Leda in der Weltbestenliste der am häufigsten imitierten Personen schuldete, veröffentlichte einen schockierenden Artikel mit dem Titel: »Märchen, Maßlosigkeit, Manipulation, Mystifikation: die vier Wahrheiten der Han Saite«. Der Kioskbesitzer machte sich trotzdem nicht die Mühe, das Cover vom Februar von der Wand zu nehmen, auf dem von der glamourösesten Braut des Jahres die Rede war. Es machte ihm nicht viel aus, die neue Nummer direkt darunter zu hängen. Wie alle, die den größten Teil ihrer Jahre unter dem Vorsitzenden Mao verbracht hatten, hatte er weit radikalere Umschwünge erlebt. Guo Leda machte fortan einen großen Bogen um den Kiosk. Seine Frau ging weiter jeden Tag daran vorbei, um bei den Fleisch- und Geflügelhändlern um ihre Pfoten zu feilschen. Sie fühlte sich von den Beschimpfungen auf dem Cover nicht im Geringsten verunglimpft. Diese Worte waren für sie, wie alle anderen, tote Buchstaben. Ihr Analphabetismus hatte sie gegen diese Art von zivilisierter Lynchjustiz immun gemacht. »Kämpfen wir mit Worten«, hatte der Vorsitzende Mao gefordert, »nicht mit Waffen!« Fünfunddreißig Jahre später wurde die Botschaft erhört.

Nur die Bewunderinnen waren unverzagt und hörten nicht auf, Guo Leda zu schreiben. Die öffentliche Meinung war nicht so leicht zu manipulieren. Viele empörten sich über die Skrupellosigkeit der Journalisten. »Sie haben vielleicht nicht genug Freiheit«, schrieb ihm eine junge Mutter, »aber auf jeden Fall zu viel Macht!« Andere, denen das Alter die Sehkraft geschwächt, aber den Blick geschärft hatte, lamentierten, sie hätten recht behalten, und legten Kopien vorangegangener Briefe bei, um ihre Einschätzung der Presse zu untermauern. Viele junge Mädchen schrieben, wie sehr es sie quäle, ihn unter dem Ehejoch gefangen zu sehen. Alle erneuerten ihr Eheangebot.

Nach der Arbeit schloss sich Guo Leda ein, um wieder selbst seine Autogramme zu schreiben. Aus Dankbarkeit, aber auch aus Schlaflosigkeit.

VIII

Guo Leda und Han Saite wurden am 28. April geschieden, einen Tag vor der so lang erwarteten Ferienwoche des 1. Mai, unserem Daseinsgrund seit den Ferien zum Frühlingsfest. Deshalb erinnern wir uns noch daran.

Diesmal folgte ihnen niemand. Sie nahmen ungestört den Bus 174. Es war fast neun Uhr. Der Morgenverkehr war abgeebbt. Die Schaffnerin gab Han Saite das Wechselgeld heraus und wandte sich ab, um mit Pianistenfingern in schwindelerregendem Tempo die Scheine in ihrer Kasse zu zählen. Kein Vergleich mit unserem unglückseligen Zhen Er. Alle zehn Yuan machte sie ein Bündel. Kein einziges Mal sah sie Guo Leda an. Dabei war sie sein Fan. Das Schwinden der Zuneigung war nicht der Grund, sie hatte ihn ganz einfach nicht erkannt. Wie sein Ruhm war auch der Star förmlich dahingeschmolzen. Mit seinen eingefallenen Wangen und dem struppigen Kinn sah ihm jeder Doppelgänger ähnlicher als er selbst.

Im SAD, erstes Büro links, dauerte die Angelegenheit kaum länger als fünf Monate zuvor im Zimmer gegenüber. Die Beamtin unternahm ordnungshalber einen letzten Versöhnungsversuch, ehe sie die Papiere ausstellte und fröhlich mit einem Stempel versah. Die Aussicht auf die kommende Woche erfüllte alle Werktätigen mit großer Freude.

In den Medien blieb die Scheidung beinahe unbemerkt.

Nur die *Fernsehzeitung* von W. erwähnte sie zwei Tage später, ebenso knapp wie eine Todesanzeige.

Guo Leda zog noch am Tag seiner Scheidung zurück in den Schlafsaal der Junggesellen, mit einer neuen Decke und seinem alten Holzkoffer, der seine Kleidung, das nun doppelt so umfangreiche *Guinnessbuch der Rekorde* und ein geheimnisvolles Manuskript enthielt. Die beiden Letzteren holte er heraus und legte sie neben sein Kopfkissen. Den Rest seiner Sachen, ausschließlich Hochzeitsgeschenke, hatte er bei Han Saite gelassen. Wir hatten im Saal nicht mal genug Platz für unseren eigenen Krempel, der sich auf seinem Bett gestapelt hatte und von dem wir jetzt nicht mehr wussten, wohin damit. Zhen Zhen, die ihm die Post brachte, half ihm, sein Moskitonetz aufzuspannen, an dem sie einige kleine Löcher flickte, die Han Saite aufgrund ihrer Kurzsichtigkeit entgangen waren.

Die Woche war zu kurz für uns. Und zu lang für Guo Leda, weil die Post geschlossen hatte und ihn von seinen Fans abschnitt. Er fing an, die letzten Briefe, die er vor den Ferien erhalten hatte, ausführlich zu beantworten. Am nächsten Montag flogen ein paar Hundert eng beschriebene Blätter mit dem Briefkopf unserer Fabrik in alle Ecken des Landes, um seine wiedergewonnene Freiheit zu verkünden.

Am Abend konnte Fu Taici am Ende einer bewegten Vollversammlung das Unvermeidliche nicht vermeiden: Der *Klub der Freunde von Guo Leda in W.* löste sich auf. Während der Diskussion verhielt sich sein Cousin Fu Halie enttäuschend neutral und weigerte sich, die gefährdete

Ehrenpräsidentschaft mit fester Hand – umso fester, als er einen Finger mehr hatte als die anderen – zu verteidigen.

Als sich Zhang San am nächsten Morgen mit einem zu dünnen, gewellten Stahlblech herumärgerte, kam Fu Halie an seiner Stanze vorbei und verkündete unter dem ohrenbetäubenden Lärm der Stanze: »Mit dem Klub ist es aus. Es stand lange auf der Kippe!«

Zhang San fühlte nach den Taschen seines Kittels: »Bei mir ist es auch aus!«

»Was soll das denn heißen?!«

Da erinnerte sich Zhang San an die Kippe, die er hinter dem rechten Ohr trug. Er reichte sie ihm großzügig: »Das ist meine letzte, Chef!«

»Ich scheiß auf deine Kippe!« brüllte der Direktor. »Ich spreche vom Klub! Verstanden? Klub!«

»Welcher Klub?« fragte der Schwerhörige mit dämlicher Miene.

»Unser Klub!«

»Wie, unser Klub?«

»Der *Klub der Freunde von Guo Leda in W.*! Aus! Vorbei! Erledigt! Hier ist das Presse-Kommuniqué!«

Er warf es auf das Blech und zog ab, nachdem er in seinem Ärger die zu Boden geworfene Kippe mit seinem Fußtritt verfehlt hatte.

»Der hat wohl ein Rad ab!« fluchte Zhang San und hob seine *Große W.* auf. Er wagte einen Blick hinüber zur benachbarten Stanze, an der sich Guo Leda mit düsterer Miene zu schaffen machte, dann auf das Dokument mit dem Briefkopf des einstigen Klubs. Schönes Papier. Doppelt so dick wie unseres. Leider zu dick für das große Geschäft. Das hätte den Hämorriden nicht gutgetan.

Im Laufe der Woche beendeten auch Sihanouks drei Vereine ihr Dasein. In nur zwei Wochen brach ein gigantisches Netzwerk zusammen. So etwas hatte man seit dem Verbot von Amway nicht mehr erlebt. Nur der Klub von Urumqi hielt sich hartnäckig.

Den Sammlern von Guo-Leda-Devotionalien drohte der Ruin. Sie gerieten in Panik und liquidierten ihre Kollektionen, so schnell es ging. Damit gruben sie sich allerdings ihr eigenes Grab, weil der Wert ihrer Bestände in den Keller stürzte. So viele kostbare, seltene Stücke, eins ungewöhnlicher als das andere, oft für Unsummen anderen Sammlern oder Spekulanten vor der Nase weggeschnappt, verloren von einem Tag auf den anderen ihren mystischen Glanz und fielen zurück auf das ursprüngliche Niveau ihres Daseins: eine Handvoll Haare, krakelige Briefe, ein ungewaschener Pullover (den Guo Leda am Tag seiner Hochzeit getragen hatte), abgeschnittene Fingernägel (aus dem Mülleimer des Paares entwendet), die Fotokopie einer Hand (die Guo Leda in einem Moped-Salon geschüttelt hatte), ein Stück Zement (von Guo Leda betreten und dann aus dem Boden des Hofes geschlagen), ein alter, etwas wackliger Hocker (mit dem Kissen, auf dem Guo Ledas Gesäß in der Videothek geruht hatte) ... Ein Haufen Trödel mit dem Beigeschmack von Gold- und Silber-Yuan. Die Auktionshäuser von Shanghai und Shenzhen wiesen alles zurück. Selbst die Ramschhändler wollten nichts haben, waren doch auch ihre Lager übervoll mit

GLD-Plunder. Nur die Lumpensammler interessierten sich noch dafür.

Eine ganze Reihe dieser abgebrannten Trödelsammler trocknete ihre bitteren Tränen, indem sie sich mit der Sammlung alter Abzeichen mit dem Abbild des Vorsitzenden Mao trösteten. Ein Fluchtwert, eine sichere Anlage, diagnostizierten einige. Werden sicher wieder im Wert steigen, prognostizierten andere. Alle wurden erhört: In unseren beiden großen Auktionshäusern ging der Kurs der Medaillons in den folgenden Wochen steil nach oben.

In allen Städten – ausgenommen Shanxi, von wo das Fernsehteam mit den kühn ausgestellten Schlaghosen gekommen war – trugen inzwischen Wanderarbeiter die ultraschicken Poloshirts mit dem Abbild von Guo Leda: Die verschreckten Händler verschleuderten sie geradezu, ein Shirt kostete weniger als eine Socke, wenn diese nicht gerade das Monogramm des Geschiedenen trug.

Qu Luo hatte recht. Er hatte sich geweigert, in den Guo-Leda-Derivatehandel einzusteigen, schließlich hatte er seinen MBA nicht umsonst gemacht. Der Parteigeneralsekretär Fu Taici stieg morgens am Markt aus seinem Volkswagen und ging zu Fuß bis zur Fabrik, um in Form zu bleiben. Jedes Mal, wenn er am Krankenhaus vorbeikam, das gerade abgerissen wurde, freute er sich, dass man nicht auf ihn gehört hatte. Die Gestalten, die inmitten von Schutt und Staub mit Stricken um die Schultern Hauswände niederrissen, trugen alle GLD. An den schweißnassen Leibern klebend, von den Stricken zerfetzt, voller Schlamm und schweißvergilbt hatte der Stanzer eine ziemlich dreckige Fratze. Andere Porträts von ihm trieben sich zu Hunderttausenden anderswo in der Stadt herum, auf Baustellen, im Hafen, vor den Bahnhöfen, auf den Straßen … Wenn es dunkel wurde, traf man auf dem Gehsteig vor einem Laden mit Fernseher eine Unmenge Guo Ledas, stinkend und rußig, erbärmlicher und abstoßender denn je. Sein ewig gleiches verlegenes Lächeln passte selten zu dem fröhlichen Gesicht des Wanderarbeiters darüber, der froh war, die Schufterei für diesen Tag hinter sich zu haben, und sich darauf freute, seine Nudeln zu schlürfen, zu rülpsen, lauthals zu lachen und unbekümmert auf den Boden zu spucken. Die städtischen Beamten, die dieses Delikt mit einer Strafe belegten, hatten ihren Arbeitstag ebenfalls beendet.

Die Briefe der Bewunderinnen wurden seltener und blieben schließlich ganz aus. Funkstille. Schweigen im Walde. Auch beim Briefträger, der morgens und abends vorbeikam, aber nicht mehr wegen Guo Leda. Oder fast nie. Den einzigen Brief, den er in der zweiten Maihälfte erhielt, brachte ihm Zhen Zhen sogleich in die Werkhalle. Das brave Mädchen ging mit strahlendem Gesicht demonstrativ an der Tür von Fu Halie und der Stanze von She Kui vorbei und wedelte herausfordernd mit dem Umschlag: »Es geht wieder los!«

Die Nachricht kam von dem Interviewer aus Shanxi. Er dankte ihm noch einmal für den Empfang im Restaurant des Volkes (»*beeindruckende Küche*«) und informierte ihn, dass er bei seinem Sender entschlossen dem Gerücht von der Scheidung entgegengetreten sei, das von den Cybercafés der Stadt verbreitet wurde. »*Internet und Billard*«, schloss der Journalist, ein echter, nicht wie die Amateure im Netz, »*sind die beiden Seuchen in unserem Land.*«

Guo Leda aß wieder allein in der Kantine. Am Anfang deutete er jedes Mal, wenn er Sihanouk begegnete, ein Lächeln, jenes legendäre schüchterne Lächeln an und suchte seinen Blick. Dieser verweigerte sich zwar nicht, blieb aber auf Abstand, kalt, hart, an der Grenze zur Unhöflichkeit. Aus Herrn Leda war wieder der Genosse Guo geworden und aus dem Schweißer ein Scheißer. Seine Tochter ging jetzt mit dem Jungen von She Kui. Diesmal war es echt und für immer. Während sie darauf wartete, das gesetzliche Alter für die Eheschließung zu erreichen – hoffen wir, dass sie nicht von jemandem wie Hua Siwu verzögert wird –, nahm sie schon mal die Ansichten ihres kleinen Bräutigams an und ließ keine Gelegenheit aus, auf ihr Ex-Idol zu spucken.

Ihren künftigen Schwiegervater, She Kui, die schweigende Mehrheit, konnte man erneut von einem Ende der Werkhalle bis zum anderen hören. Wenn er zuschlug, dann richtig. Kein Sprücheklopfen wie bei den Schaumschlägern im Fernsehen. Schluss mit lustig!

Fu Halie ließ sich nicht mehr blicken, er tauchte in der schweigenden Mehrheit unter. An seinem offenen Fenster zur Werkhalle ließ er Sihanouk per Telefon an dem Theater teilhaben. Er gehörte eben zu den Männern, die von Sportübertragungen geprägt wurden.

Die Briefe von Guo Leda an seine alten Bewunderinnen blieben unbeantwortet. Jeden Tag blieb er nach der Arbeit an der Pförtnerloge stehen. Aber jedes Mal antwortete ihm

Zhen Zhen mit einem traurigen Lächeln. Einem Lächeln, mit dem sie ihn fast um Entschuldigung zu bitten schien. Und das seinem eigenen überraschend ähnlich war.

Die alte Ordnung war wiederhergestellt. Am Sonntag kam Han Saite erneut in den Schlafsaal und brachte Guo Leda eine gute Suppe, weil »der Mann nicht zum Essen nach Hause kommen« wollte.

Alles war wieder wie vorher. Nur dass Guo Leda die Abende nicht mehr in der Videothek der Kautschuks verbrachte. Sein Stammplatz in der zweiten Reihe an der Wand wurde trotzdem immer für ihn freigehalten, mit demselben weichen Kissen auf demselben Hocker, der weder alt noch wacklig war.

Und er las nicht mehr in seinem *Guinnessbuch der Rekorde*. Weil er sonst die Blätter, Blüten und anderen Souvenirs durcheinandergebracht hätte, die überall herausfielen. Deshalb verbrachte er seine Zeit damit, im Manuskript des hässlichen Kerls zu blättern. Wir haben den Titel gesehen. Oh, oh! Kein Vergleich mit *Roter Lack, weiße Lippen, schwarzer Nebel und unsere Liebe.*

Wenn er keine Nachtschicht hatte, stand Guo Leda nach dem Abendessen lange auf dem Balkon, zwischen unserem Kram, den wir von seinem Bett geräumt hatten, und sah vor sich den Fluss in der Dunkelheit verschwinden. Er schien völlig unempfindlich für das unerträgliche Knistern aus dem Radio von Dai Jiande, der sich ebenfalls an die Brüstung drückte, um die ungreifbaren Wellen von *Voice of America* oder der BBC einzufangen. Ab und zu hörte man den Propagandisten fluchen: »Das kann doch nicht wahr sein! Schon wieder ein Sender aus Nordkorea!« Dabei hörte er den Sender schon seit mindestens einer halben Stunde.

Weil sich Guo Leda nicht mehr traute, nach der Arbeit an der Loge stehen zu bleiben, kam Zhen Zhen jeden Abend im Schlafsaal vorbei, um ihm die Nachricht zu bringen, dass sie keine für ihn hatte. Auch ihr Vater hatte seine Illusionen verloren und sich endlich entschlossen, seine unverkauften Erdnüsse und Limonaden woanders abzustoßen. Eine Woche lang verschleuderte Zhen Er seine Waren auf einer Plane vor dem Kiosk, dessen Inhaber ihm seinen Taschenrechner borgte.

IX

Ende Mai. Aus Genosse Guo wurde Genosse Ye. Leda war eines Tages zum Kommissariat gegangen, um seinen Nachnamen gegen den Geburtsnamen seiner Mutter zu tauschen. Als er herauskam, war er ein neuer Mensch. Er hatte vielleicht sein Schicksal als Drachen verfehlt, jetzt aber war er ein Phönix, der aus der Asche stieg. Durch die Scheidung von Han Saite hatte er mit seiner Rolle als Ehemann gebrochen. Mit einiger Verspätung hatte er nun auch seine Geschichte liquidiert. Er hatte Zeit gebraucht, um zu verstehen, dass er selbst der letzte Beweis für die Existenz einer gescheiterten, überholten und nunmehr lästigen Persönlichkeit war. Für die anderen existierte Guo Leda nicht mehr und hatte auch nie existiert. Nur Han Saite und die Poloshirts der Wanderarbeiter behaupteten das Gegenteil. Aber Erstere hatte ihre Glaubwürdigkeit längst verloren und Letztere würden bald zu Fetzen zerfallen.

Der Genosse Ye hatte auch daran gedacht, seinen Vornamen zu ändern. Aber Zhen Zhen hatte ihn davon abgebracht. Sie sei außerstande, sich an einen anderen Namen zu gewöhnen. Schließlich hätten sich zu Zeiten seines größten Ruhms so viele Menschen umbenannt, um diesen Namen anzunehmen; andere hätten ihn ihren Kindern gegeben, wenn sie keinen Hund hatten. Überall im Land gebe es Tausende Zhang Leda, Wang Leda, Li Leda … warum also nicht Ye Leda? Das war letztendlich die beste Art, in die Anonymität abzutauchen.

Als Zhen Zhen es ihm mitteilte, war Zhen Er zunächst gegen ihre Affäre mit Ye Leda. »Ein geschiedener Mann …«, sagte er. Aber seine große Schwester dachte anders. »Erinnerst du dich der Zeiten, als es für ihn gut lief?« agitierte sie. »Sogar Fu Taici ließ ihm am Tor den Vortritt und nannte ihn Herr Leda. Und wie viele Erdnüsse hast du an die ganzen Journalisten verkauft … Sie hatten keine Zeit zu verfaulen, nicht wie die, die man in der Verkaufsgenossenschaft der Straße des Sieges kriegt. Stattdessen verfaulten die Journalisten vor deinem Tor. In unserer Familie hat man ein langes Gedächtnis. Zhen Er, hast du vergessen, was die Alten immer sagten? ›Ein mageres Kamel ist immer noch dicker als ein Pferd‹!«

Der Juni begann mit dem Duft von Nudeln. Sobald die Sirene die Mittagspause ankündigte, verließ Ye Leda seine Stanze und rannte in die Loge, um Zhen Zhen unter die Arme zu greifen. Die junge Frau hatte beschlossen, die Werkskantine herauszufordern, indem sie an ihrem Küchenfenster Nudelgerichte verkaufte. Wir kamen vor allem wegen der Pasteten, die mit ihrer gelben Farbe zwar etwas kränklich aussahen, aber eine üppige Füllung enthielten. Sogar Jiang Damen erlag der Versuchung, ohne Rücksicht auf die Freundschaft, die ihren pensionierten Mann mit seinen Kantinenkochkollegen verband.

Ye Leda führte die Kasse, denn mit Zhen Er konnte man nicht rechnen: Wir waren vielleicht eher ans Anstehen gewöhnt als die Journalisten, aber wir hatten bestimmt weniger Zeit zu verlieren. Der Pförtner war damit beschäftigt, Ledas Einnahmen mit seinem nagelneuen Taschenrechner zu kontrollieren, den seine Tochter ihm geschenkt hatte: »Vier Mal Nudeln – ich multipliziere 4 mit 0,25. Ist gleich 1. Plus zwei Pasteten – 2 multipliziert mit 0,30. Ist gleich 0,60. Ich addiere es zu den Nudeln … He, wo sind die Nudeln hin? Wie viel war das noch gleich? Wenn ich mir das selbst merken muss, wozu gebe ich mich dann mit so einer Maschine ab? Zhen Zhen, deine Maschine hat aber ein ziemlich kurzes Gedächtnis, das passt gar nicht zu unserer Familie …«

»Du musst es aufschreiben«, antwortete ihm die Tochter durch den Dampf hindurch. »Hast du vergessen, was dir Leda gesagt hat? 4 multipliziert mit 0,25 ergibt 1. Du schreibst 1 in dein Heft. Und dann nimmst du es für die Addition.«

»Das ist gar nicht dumm! Es macht eben doch einen Unterschied, wenn man nicht gleich nach der Grundschule mit dem Lernen aufgehört hat. Der Vorsitzende Mao hat die Intellektuellen zu Unrecht verachtet.«

Diese Kontrolloperationen hatten nicht das Ziel, seinen künftigen Schwiegersohn zu überwachen, sondern die Zuverlässigkeit seines Taschenrechners zu kontrollieren. »Jede Maschine muss getestet werden, ehe sie eingesetzt wird«, erklärte er. »Denn wenn sie nicht richtig funktioniert, wer ist dann schuld? Die Käufer? Die Ingenieure? Die Hersteller? Wir selbst sind schuld! Weil die Garantiezeit abgelaufen ist.«

In Ye Leda hatte er hingegen grenzenloses Vertrauen.

Er justierte seine Maschine nach ihm. Seine Schnelligkeit im Kopfrechnen machte ihn sprachlos. Und niemand beschwerte sich je über das Wechselgeld. »Ein so gut geöltes Gehirn wie seins«, sagte Zhen Er eines Tages zu dem alten Ingenieur, der jeden Mittag seine Schale Nudeln holte, »gehört ins Ingenieurbüro. Die Stanzerei ist kein Ort für ihn. Er hat doch mehr drauf als Fu Halie. Und She Kui kennen wir ja. Sehen Sie sich Ledas Diplom an. *Fakultät für Elektroingenieurwissenschaften*. Da steht es! Zhen Zhen hat Ihnen eine Kopie davon gemacht … He, Zhen Zhen! Vergiss nicht, dem Herrn Ingenieur noch einen Löffel Hackfleisch zu seinen Nudeln zu geben! Das geht auf meine Rechnung … Zieren Sie sich nicht so! Viel kann ich Ihnen nicht geben, denn ich habe kein Geld, aber Hackfleisch, das kann ich mir noch leisten … Nicht doch, Herr Ingenieur, Sie haben zu große Skrupel. Jemand wie Sie müsste eigentlich im Volkswagen herumfahren! Aber Sie holen sich hier jeden Tag Ihre Nudeln wie ein alter Arbeiter. Mit Ihrer Emaille-Schale, die Sie selbst repariert haben. In dieser Fabrik, in der es nur Schwachköpfe gibt, ob es unseren Kunden recht ist oder nicht, sind Sie einer der wenigen, die ich wirklich schätze. Es ist mehr als fünfzehn Jahre her, dass Sie sich mit She Kui geprügelt haben, aber ich habe es nicht vergessen. Ich sehe Sie noch mit blutüberströmtem Kopf durch das Tor kommen. Meine Frau hat Ihnen ein feuchtes Tuch angeboten, aber Sie haben abgelehnt. Sie wollten sich in diesem Zustand fotografieren lassen und Anzeige erstatten …«

»Schwamm drüber«, antwortete der Ingenieur, zündete sich eine *Große W.* an und hielt Zhen Er die Schachtel hin.

»Wenn ich an die zwei Jahre denke, die She Kui in seiner Jugend abgesessen hat, dann ist für mich die Gerechtigkeit wiederhergestellt. Das war nämlich nicht, weil er zwei Kilo Kupfer gestohlen hatte, sondern um mich im Voraus zu entschädigen. Man kann sich sowieso nur auf sich selbst verlassen, Zhen Er. Natürlich würde ich Guo Leda gern helfen. Aber überleg doch selbst: Wenn ich irgendjemandem helfen könnte, glaubst du, dann hätte ich meinen Prozess verloren?«

Ye Leda war ein glücklicher Mensch. Am Wochenende flüchtete er vor Han Saite, indem er mit Zhen Zhen durch die Kaufhäuser im Stadtzentrum flanierte. Seitdem das *Kaufhaus Nr. 1 von W.*, von Geschäftsleuten aus Singapur aufgekauft und in *Neues Jahrtausend* umbenannt, seine Angestellten unter Strafandrohung verpflichtete, nur noch Mandarin zu sprechen, hatten alle Geschäfte nachgezogen. Konkurrenz verpflichtet. Das ist das Gesetz des Marktes. Die Alten trauten sich überhaupt nicht mehr einkaufen zu gehen. Vorher hatten sie sich noch im Erdgeschoss gedrängt, weil sie nicht wussten, wie man mit den Rolltreppen in die oberen Etagen kam. Man kam sich vor wie ein Fremder. Ab und zu schrie ein verzweifelter Kunde in einem Kauderwelsch, das Mandarin sein sollte – obwohl er gar nicht dazu verpflichtet war, als Kunde hatte er schließlich alle Rechte: »Der Kunde ist Gott« stand auf Plakaten in jeder Etage vor der Rolltreppe –, die Verkäuferin an: »Was sagen Sie? Wie viel kostet ein Saum?! Haben Sie sich im Komma geirrt oder habe ich falsch verstanden? Können wir, zwei Leute aus W., nicht normal miteinander sprechen?« Von all den Launen der göttlichen Kundschaft war das die einzige, die nicht befriedigt werden durfte. Also wiederholte die Verkäuferin zum hundertfünfzigsten Mal mit wütendem Blick und knallrotem, von einem mehrere Stunden alten Lächeln – es ging um ihren Bonus – verzerrtem Gesicht und mit der vorgeschriebenen Freundlichkeit mühsam ihren Psalm. Sie sprach ein sehr persönlich gefärbtes Mandarin, dessen Grenze zu unserem Dialekt genauso schwierig zu erkennen war wie die erste Stufe der Rolltreppe.

Ye Leda bewegte sich in diesem verzweifelten Esperanto wie ein Fisch im Wasser. Zhen Zhen und er kauften nie etwas. Alles war viel zu teuer geworden. Aber es machte ihm Spaß, falsche Hoffnungen zu wecken, indem er sich die Artikel ansah und unzählige Fragen stellte, nur für das Vergnügen, zu sehen, wie diese Bürgerinnen von W., die ihn früher mit so viel Verachtung behandelt hatten, jetzt durch die Verkaufsbeteiligung dazu getrieben wurden, sich in Schwärmen um ihn zu drängen, ihm für Zhen Zhens Anmut Komplimente zu machen und ihre Arroganz zu vergessen, wenn sie sich radebrechend bemühten, ihn mit tausend Aufmerksamkeiten zu verhätscheln, wie einst seine Bewunderinnen, und ihn mit einem verkrampften Lächeln zu verabschieden, bei dem sie nur mühsam eine Schimpfkanonade unterdrückten: »Auf Wiedersehen, mein Herr, auf Wiedersehen, meine Dame!« sangen sie im Chor. Auch das war obligatorisch.

Und eines schönen Tages fing Ye Leda an, immer und überall Mandarin zu sprechen, sogar wenn er sich mit einem Lastenträger unterhielt, der aus demselben Nest kam wie er. Am ersten Tag regte sich She Kui furchtbar auf. »Was stellst du jetzt wieder an?« brüllte er. Die Antwort kam mit Akzent: »Schalter! Und ich stelle sie *her*.« Es war nicht ganz die Aussprache der Nachrichtensprecher um neunzehn Uhr, auch nicht die von Ding Nare, sondern die von Herrn Guo Leda, als er im Fernsehen aufgetreten war. Das genügte, um zwischen ihm und seinem Chef einen Schutzwall zu errichten.

Fortan wurde Ye Leda wieder von uns, seinen Mitbewohnern, respektiert, auch wenn wir nicht von Geschäftsleuten aus Singapur dressiert wurden. Sein neuer Akzent umgab ihn mit einem unerreichbaren Prestige, wie die süßen Parfums in der Luft der Kaufhäuser.

Inzwischen waren auch Hua Siwu, Sihanouk, der Personalchef und andere Leitungskader Kunden von Zhen Zhen. Hua Siwu hatte bei ihrem ersten Besuch sogar die Ursache für die gelbe Haut der Pasteten diagnostiziert. »Das liegt an der Pottasche«, flüsterte sie der jungen Köchin zu. »Du hast zu viel Pottasche genommen!« Dann beglückwünschte sie den Kassierer zu den Fortschritten, die er in Beziehungspflege und Integration gemacht hatte. »Genosse Ye«, sagte sie und spießte ihre Pastete auf ein Stäbchen, »Ihr neuer Name gefällt mir viel besser. Er hat Sie völlig verändert. Sie sind auf einmal viel offener als früher. Machen ein fröhlicheres Gesicht, sind nicht mehr so verschlossen. Ich war die Erste, die gegen Ihre Ehe mit Han Saite war. Erinnern Sie sich noch? Sie war heute Morgen schon wieder bei mir. Obwohl es ein ungerader Tag ist und sie nicht zu unseren Werktätigen gehört. Ich hatte andere Fälle zu bearbeiten. Ich habe zu ihr gesagt: ›Nein! Nein! Nein! Kein Widerspruch, ich sage Nein!‹ Jetzt ist es zu spät, das hätte sie sich überlegen müssen, bevor sie der Scheidung zugestimmt hat. Mit dem Gesetzbuch ist nicht zu spaßen. Niemand darf das Gesetz ignorieren, Analphabetismus ist keine Ausrede. Sekretär Fu musste wieder unsere Genossen vom Werkschutz kommen lassen, um sie rauszuschaffen … Zhen Er, du hättest sie nicht hereinlassen dürfen.«

»Wer ist schuld?« empörte sich der Angeschuldigte. »Ich? Das ist doch die Höhe! Schuld ist der Direktor vom Werkschutz! Niemand anders! Er will mir keinen Mann zur Verstärkung am Tor geben. Er sagt, dass seine Leute nicht dazu da sind, meine Tochter zu bewachen. Dass die Sicherheit des Haupttors tagsüber meine Aufgabe ist und nachts seine, außer bei höherer Gewalt. Jedem sein Job, und die Kühe werden ordentlich gehütet. Sagt er. Aber ich weiß nicht, wie ich diese Kuh hüten soll! Sie ist einfach tollwütig. Oder ist diese Han Saite etwa keine höhere Gewalt? Ich hatte gerade noch Zeit, die Tür zur Pförtnerloge zuzuknallen und die Fenster zu verriegeln. Sehen Sie die Scheiben, die Sie eingeschlagen hat? Eine einzige ist noch heil, und alle anderen, sehen Sie, haben einen genauso großen Sprung wie die Alte! Wer kriegt die Rechnung? Wir? Die Verrückte? Die Fabrik? Der Werkschutz! Aber Fu Taici stellt sich tot. Er will nicht entscheiden!«

Schließlich entschied Ye Leda. An einem Freitagabend ging er mit Zhen Zhen zum Hafen und kaufte im Großmarkt Glasscheiben. Am nächsten Tag hatten sie, beraten von den vergilbten Seiten eines famos geschriebenen Bandes mit dem Titel *Die Heimwerkerfibel*, erschienen im Arbeiterverlag, 1977, mit den Höchsten Weisungen des Vorsitzenden Mao auf der inneren Titelseite, die Fenster repariert. Sie hatten ihn in der Buchhandlung auf der linken Seite der Straße des Sieges aufgestöbert. Fensterrahmen und Tür wurden apfelgrün gestrichen, nach allen Regeln der von denselben Autoren empfohlenen Kunst, die man nur unter dem Namen »Redaktionskollektiv der *Heimwerkerfibel*« kannte. Ein paar Farbspritzer auf den Scheiben, die in der Fibel nicht vorgesehen waren, funkelten unter der jungen Junisonne mit dem kraftvollen Glanz eines neuen Sommers.

Im Duft der frischen Farben eröffnete Zhen Er seinen namenlosen Lebensmittelladen. Er hätte ihm gern seinen eigenen gegeben. Aber das hätte die Sache offiziell gemacht und ihm Steuern und Abgaben auferlegt. Der Verkauf erfolgte deshalb rein privat aus dem Fenster seines Schlafzimmers. Nachts schlief er zwischen Limonade, Erdnüssen und Keksen, was ihm süße Träume verschaffte. Seit er die Rechenmaschine beherrschte – die Wertschätzung war inzwischen gegenseitig: er zweifelte nicht mehr an ihren Ergebnissen, sie widersetzte sich nicht mehr seinen Befehlen –, war der Handel für ihn ein wahres Vergnügen. Am Wochenende versorgte er sich auf dem Großmarkt. Die ganze Woche über saß er am einen oder anderen Fenster seiner Loge, die jetzt mehr hermachte als der Fabrikeingang selbst. Das schicke Grün der Fensterrahmen glänzte an der Wand aus staubigem Backstein (rostrot wie das verwitterte Tor) gleich dem funkelnden Smaragd eines alten Rings in seiner angelaufenen, zerkratzten, mit eingefressenem Schmutz bedeckten Fassung. Für Zhen Er, der seiner Tochter nichts anderes zu vererben hatte, war das tatsächlich der Familienschmuck. Später, wenn er in Rente gehen würde – aber das war noch lange hin –, würde Zhen Zhen sein Amt als Pförtnerin übernehmen. Er würde den Laden behalten, der bis dahin ein richtiges Geschäft werden würde. Er würde größer sein und genug einbringen, damit sich Zhen Er den Luxus leisten könnte, nicht mehr zu tricksen, Steuern zu zahlen und ein richtiges Ladenschild zu haben. So was wie »Zhen Co. & Enkelsohn«. Denn Zhen Zhens Kind würde natürlich ein Junge sein und zwischen Keksen und Konserven heranwachsen. Für immer vor Hunger gefeit. Anders als sein Großvater in den ersten Jahrzehnten seines Lebens. Für ihn würde alles anders sein. Sie würden nichts miteinander teilen müssen außer ihrem Ladenschild. Der Junge würde nicht Pförtner werden wie seine Mutter, auch nicht Stanzer wie sein Vater, sondern Ingenieur. Im Ingenieurbüro und mit einem Volkswagen. Er, Zhen Er, würde ihm mit seinem Taschenrechner bei den Mathehausaufgaben helfen, mindestens bis zum dritten Halbjahr der Grundschule.

Abends verlegte Zhen Er sein Geschäft auf den Markt. Immer neben dem Kioskbesitzer, der ihm seine Monatskarte für die Gemeinschaftslatrine borgte. Er selbst hatte kein Abonnement: Die Nutzung der Örtlichkeiten in der Fabrik gehörte zu seinen Pförtnerprivilegien. Mit Ye Leda und den Höchsten Weisungen der *Heimwerkerfibel* hatte er einen zweistöckigen zusammenklappbaren Marktstand gebaut, der ihnen freundliche Komplimente unserer Zimmerleute einbrachte. »Der fällt nicht auseinander«, bestätigten sie mit amüsiertem Lächeln und einem Bleistift hinter dem Ohr, »nur darauf kommt's an.« Die knotigen Bretter kamen aus ihrer Werkstatt, im Tausch für zwei, drei Zigaretten unserer großen Stadt und ein freundschaftliches Schulterklopfen.

Seine abendliche Arbeitszeit hing nicht vom Absatz seiner Erdnüsse, sondern von der Filmauswahl der Propagandaabteilung der Kautschukfabrik Nr. 825 ab. Am Ende der Vorführung lauerte eine Horde Kinder auf der Schwelle zur Videothek auf den Abspann, um sogleich auf den Markt zu rennen und Zhen Er Bescheid zu sagen. Der beste Sprinter gewann dreißig Fen. Dann machte der Händler dicht, packte Stand und Waren zusammen, lud den ganzen Plunder auf die Karre, die Ye Ledas Eltern zurückgelassen hatten, und verabschiedete sich von seinem Freund, dem Kioskbesitzer, um sich und seinen Laden in Sicherheit zu bringen. Weder sein Stand noch seine Nerven waren solide genug, um einen weiteren Gewaltausbruch von Han Saite auszuhalten.

Nach einer Woche kamen die Kinder nicht mehr angelaufen. Der Gehsteig vor dem Kiosk war immer schon leer, wenn sie ankamen. Ein kleiner Verkäufer von raubkopierten DVDs war ihnen zuvorgekommen. Der Kleine hatte genug Filme im Angebot, damit alle Videotheken des Viertels drei Monate lang Programm machen konnten, und wusste genau, wie lang jeder Film war. Abends, in der drückenden Junischwüle, wenn der Markt noch in vollem Gange war, tauchte der Junge wie aus dem Nichts auf, in der Hand einen Wecker, den er irgendwo aufgelesen hatte und der ihm als Rolex diente. Unter dem trüben Licht der Laterne flüsterte er dem Händler ruhig ins Ohr: »Zhen Er, es wird Zeit zu gehen.«

X

Eines Mittags in der dritten Juniwoche verteilte Zhen Er vor seiner Loge Bonbons an seine Kunden. »Das Hochzeitsdatum steht fest«, verkündete er stolz. »In der Ferienwoche zum 1. Oktober.«

»Doppeltes Glück«, rief Sihanouk. »Der 1. Oktober. Nationalfeiertag. Kollektive Freude. Persönliches Glück. Besser kann man … kann man nicht wählen.« Zwei Bonbons erschwerten seine Aussprache und bildeten vorübergehend eine Beule, die die Symmetrie seiner Hängebacken störte. Ohne in das einstige Katzbuckeln zurückzufallen, erlaubte er sich nun mit Ye Leda eine wohlwollende Vertraulichkeit. Wenn er jetzt bei dem Stanzer seine Hammelsuppe bezahlte, war der Prinz wieder lammfromm. Man musste sich vorsehen. So, wie Guo Leda die höchsten Gipfel des Ruhms erklommen hatte, konnte man sich nicht darauf verlassen, dass nicht auch sein *Alter Ego* Erfolg hatte. Der Direktor der Schweißerei kaufte jeden Tag seine Marlboro bei Zhen Er, begrüßte ihn mit ein paar abgedroschenen Scherzen, immer denselben, in der Annahme, dass der Pförtner in seiner Familie, die kein kurzes Gedächtnis hatte, die Ausnahme darstelle, die die Regel bestätigte.

»Heute sind es nur Bonbons«, fuhr Zhen Er fort. »Beim nächsten Mal wird es ein Bankett. Im Oktober. Die ganze Fabrik lade ich ein. Der Kantinenchef hat mir erst heute Morgen seine Zustimmung gegeben. Er borgt mir seine

Räume. Ich, Zhen Er, habe nicht viel Geld. Ihr müsst mich schon vorher entschuldigen, wenn euch das Mahl zu einfach sein wird. Aber von allem, was ich in den letzten Monaten verdient habe, behalte ich keinen Fen für mich. Ich richte meiner Tochter eine schöne Hochzeit aus. Schließlich habe ich nur die eine. Fleißig wie ihre Mutter. Die sie kaum gekannt hat. Sie wird zweimal feiern. Einmal in der Stadt, einmal auf dem Land, im Dorf meines Schwiegersohns. Wir alle fahren hin: meine Schwester, mein Schwager, mein Neffe, unsere Cousins, ihre Familie und ich! Ledas Eltern haben schon Fotos von Zhen Zhen bekommen. Diesmal sind sie zufrieden. Und sie werden sie am nächsten Wochenende auch persönlich kennenlernen, wenn sie mit Leda zu ihnen fährt. Wir richten unseren Kindern eine schöne Hochzeit aus. Eine Hochzeit, auf die meine verstorbene Frau stolz gewesen wäre.«

Am übernächsten Abend war es sehr heiß. Ein alter Lastenträger, klein, aber kräftig, gewann am Zeitungskiosk fünfzig Yuan im Lotto. Er dankte dem Händler mit einem Händedruck, und ehe er ging, kaufte er bei Zhen Er ein Paket Große W. und die erste Büchse Coca-Cola seines Lebens. Während Zhen Er unter den erstaunten Augen des vom unerwarteten Prickeln und dem seltsamen Geschmack verwirrten Hilfsarbeiters umständlich das Wechselgeld ausrechnete, kam der kleine DVD-Verkäufer aus der Straße der Märtyrer geschossen. »Zhen Er!« schrie er ganz außer sich. »Han …« Sein zur Unzeit ausgelöster Rolexwecker begann ohrenbetäubend zu klingeln. »In der Fabrik …«, hörte man, »… deine Tochter …«

Eine Sekunde später stürmte Zhen Er an dem Jungen vorbei, er umklammerte noch seine Rechenmaschine, die weiterhin absurde arithmetische Operationen ausführte.

Straße der Märtyrer. Vor dem blassen Schild unserer Fabrik war ein junger Mitarbeiter des Werkschutzes dabei, die Schaulustigen auseinanderzutreiben. Zhen Er verlor seinen kleinen Reisegefährten, dem der Zutritt verwehrt wurde, und schlüpfte wie eine Eidechse in den düsteren Spalt. In der dort herrschenden Finsternis durchsuchten zwei Männer mit einer Taschenlampe das Unkraut an der Mauer. Zhen Er stolperte über eine Wanne und fiel in ganzer Länge auf ein weißes, blutbeflecktes Hemd. »Geht's?« fragte einer der beiden Schnüffler und richtete den Strahl seiner Taschenlampe auf ihn. Zhen Er sah vor sich auf dem Boden verstreut Kleidungsstücke von Ye Leda liegen. Zhen Zhen musste sie aus dem Schlafsaal geholt haben, um sie zu waschen.

Die Loge war proppenvoll. Als er hereinkam, traten die Leute beiseite. Ye Leda war da, bleich, die Hände schwarz von Schmieröl. Er hatte Spätschicht. »Vater …«, stammelte er in seinem ursprünglichen bäuerlichen Akzent. Dann sah Zhen Er seine Tochter hinter blutigen Händen, die sich nicht wegziehen ließen, weinen.

»Der Buchhalter Ding von den Kautschuks hat sie entdeckt«, krähten mehrere Weiber zugleich. Erst jetzt stellte Zhen Er fest, dass der Raum zur Hälfte mit Frührentnern und zur Hälfte mit Kollegen der Spätschicht gefüllt war.

»Aber nicht Ding junior«, erklärte eine Alte, »sondern sein Vater.«

»Mit dem Jungen, der die DVDs verkauft«, bestätigten

die Frührentner. »Der Buchhalter wollte uns auf der Esplanade vor dem Revolutionsmuseum Walzer tanzen sehen. Er wollte nicht mittanzen, nur zusehen. Sagt er wenigstens. Wahrscheinlich wollte er nur nicht die drei Yuan für die Teilnahme am Ball bezahlen ...«

»Aber was hat das alles mit Zhen Zhen zu tun?« regte sich Zhen Er auf, der zum ersten Mal am eigenen Leib die Qualen der Ungeduld erfuhr.

»Wir kommen schon dazu«, antworteten die Weiber. »Der Buchhalter Ding ist zwei Minuten vor uns gegangen. Bedrängt von dem Jungen, der ihm die Titel von seinen Filmen aufsagte und hoffte, ihm ein paar anzudrehen. Sie hatten das Tor noch nicht erreicht, als auf der anderen Seite der Mauer grauenvolle Schreie ertönten. Grauenvoll! Es zerriss einem das Herz, wie früher, als das Museum noch das Gefängnis der Nationalisten war. Sie stürzten in die Gasse, wo ein menschliches Knäuel über den Boden rollte. Der Buchhalter Ding wurde zu Boden gerissen, als er es entwirren wollte, während der Kleine über das geschlossene Tor kletterte, um Hilfe zu holen. Als wir es endlich geschafft haben, deine Tochter Han Saite zu entreißen, war es schon zu spät. Han Saite hat das ganze Stück ausgespuckt. Für ihr Alter hat sie noch ziemlich gute Zähne! Wenn es denn keine falschen sind. ›Das hat man davon, wenn man einer anderen den Mann ausspannt!‹ hat sie gesagt. Wir haben sie zum ...«

In dem Moment kam Ding Nare mit einem Arzt aus der Krankenstation ihrer Fabrik angelaufen, gefolgt von den beiden Männern mit Taschenlampen, die zum Werkschutz gehörten. »Gefunden!« rief einer der beiden. »Wir haben sie gefunden! Jetzt muss man sie nur wieder annähen.« Der eine reichte Zhen Er seinen Taschenrechner, der andere die Nase seiner Tochter.

Die Operation wurde im Militärkrankenhaus Nr. 9 von W. durchgeführt, dem besten der Stadt. Darauf bestand Zhen Er.

Die Ersparnisse eines ganzen Lebens gingen dabei drauf. Und sie genügten nicht mal, um ein Zehntel der in ein paar Minuten des Wahnsinns angerichteten Schäden zu reparieren. Zhen Er verkaufte alles, was er besaß, abgesehen von ein paar Gerätschaften und dem wackligen Tisch in der Pförtnerloge, der Eigentum der Fabrik war.

Zu seiner Überraschung brachten ihm die Briefmarkenalben das Dreifache seiner gesamten Ersparnisse ein. Das hätte eine schöne Mitgift abgegeben. Nun aber war seine Tochter den Ärzten versprochen. Den Rest der Operationskosten bezahlte er, indem er sich bei allen, die er als Familie und Freunde ansah, Geld lieh.

Er lebte jetzt allein in der völlig leeren Loge. Wenn man dort das Wort an ihn richtete, hallte es von den kahlen Wänden. Sogar die beiden Betten hatte er zu Geld gemacht. Er schlief auf einer Matratze am Boden, wie ein Wanderarbeiter, der in einer unfertigen Wohnung haust, die er anstreichen soll und bei der erst Türen und Fenster eingesetzt wurden. Die Sachen von Zhen Zhen hatte er zu seiner Schwester ins Stadtzentrum gebracht. Er wollte nicht, dass seine Tochter noch einmal ihren Fuß in diese verdammte Fabrik setzte. Auch wenn sie dabei die Chance verschenkte, bei der Pensionierung ihres Vaters eine feste

Anstellung in einem großen nationalen Unternehmen zu erhalten.

Er hatte Han Saite nicht angezeigt. Schließlich hatte er ja fünfzehn Jahre zuvor beim Ingenieur erlebt, wie die Mühlen der Justiz mahlten. Und wozu auch? Alles, was bei der Alten zu holen war, war der kaputte Hörapparat von Ma Bu und ein Zwölf-Zoll-Schwarz-Weiß-Fernseher, der höchstens zwei Sender empfing, zwischen denen man mithilfe eines großen Drehschalters wählen konnte.

Von Ye Leda wollte Zhen Er nichts mehr hören. Der Kerl brachte nur Unglück. Er zürnte ihm, wie wir dem Herrchen eines Hundes zürnen, der uns gebissen hat. Nur dass hier offenbar das Herrchen Eigentum des Köters war. »Das ist MEIN MANN!« verkündete Han Saite überall. Sie lebte in einer Welt, wo ein Wisch des SAD nichts galt. Der SAD hatte nie die Trennung von Ma Le beurkundet, aber sie war ebenso Fakt wie die zwischen dem Festland und Taiwan; kein Stempel hatte je die Vergewaltigungen des alten Ma Bu legitimiert, bei dem sie ihr ganzes Leben verbringen musste.

Ye Leda hatte versucht, Zhen Zhen im Krankenhaus zu besuchen. Aber ihre Tante, die rund um die Uhr bei ihr wachte, ließ ihn nicht herein. »Diesmal ist es die Nase; was ist es wohl beim nächsten Mal?« fragte sie ihn. »Zhen Er schläft schon auf dem Fußboden. Wir können uns keine zweite Operation leisten!« Han Saite war wie eine Krankheit, die er sich zugezogen hatte. Eine hartnäckige Seuche. Unmöglich, sie loszuwerden, wenn man sich erst mal angesteckt hatte. Ein gefährlicher Infektionsherd. Und es würde sein Herd bleiben, nie würde es einen anderen für ihn geben. Die Scheidungsurkunde ist wie eine Krankenhausrechnung, es gibt keinerlei Garantie für die Heilung. Früher oder später würde das Krebsgeschwür wieder hervortreten, Metastasen bilden und ihn vernichten, seine Nächsten anstecken und seine ganze Umgebung ausrotten. Es war also besser, sich von ihm fernzuhalten.

Ye Leda gab sich geschlagen. Er vermied es fortan, an der Loge vorbeizugehen, der letzte von vielen Orten, die er mied. Sein Radius zog sich zusammen wie Chagrinleder. Der verächtliche Blick von Zhen Er war ihm ebenso unerträglich wie der Anblick seiner Armut. Nach der Arbeit nahm er jeden Tag den Lieferausgang auf der Rückseite der Fabrik und machte einen großen Umweg vorbei am Revolutionsmuseum, um in seinen Schlafsaal zu gelangen. Ab und zu traf er unterwegs im Unterholz des Hügels die Kleine von Sihanouk, die gierig mit dem Sohn von She Kui herumknutschte. Die beiden hatten ihre hollywoodwürdige Wollust von den Filmen kopiert, mit denen sich der kleine Verkäufer mit dem großen Wecker irgendwo in der Stadt abrackerte. »Zieh Leine, Drecksack!« riefen sie ihm wütend zu. »Wenn du nicht abzischst, fressen wir deinen Zinken!« Es waren wirklich Schweine.

Aber Ye Leda beeilte sich nicht. Der Abend, den er totschlagen musste, war schließlich lang. Und sein Leben eine ständige Kopie desselben Abends. Nichts erwartete ihn, abgesehen von seinem *Guinnessbuch der Rekorde*, seiner *Heimwerkerfibel*, seinem Manuskript und den Speisen von Han Saite. Letztere waren in ihrer Vielfalt die einzige Abwechslung in seinem Alltag. Han Saites magere Rente sowie ihre Einnahmen aus der Videothek wanderten zum größten Teil in den Kochtopf. Für ihre behinderte Tochter blieb nichts übrig.

Die alte Frau kam jeden Tag, mittags und abends, vor den Mahlzeiten. Wie ein homöopathischer Sirup. Die Magenverstimmung war die berühmte Erstverschlimmerung: Die Tafel von Ye Leda war kaum weniger üppig als die der Direktionsmitglieder in ihrem Privatraum der Kantine. Abends nutzte Zhan San, der Fresssack mit dem legendären Magen, was seine Magerkeit nicht vermuten ließ, regelmäßig Han Saites Dienst in der Videothek, um bei Ye Leda vorbeizuschauen. Manchmal begoss er die Reste mit einem schönen frischen Bier. Das war sein »Abendmahl«, die Krönung des Tages.

»Leda, du solltest mittags genauso viel essen wie abends«, sagte Han Saite oft, doch er antwortete nicht. Er kaute, während er zwischen den Schalen die *Tageszeitung* von W. las, die als Tischtuch auf den umgedrehten Kisten ausgebreitet lag. *Der Bürgermeister von W. empfing gestern eine hochrangige diplomatische Delegation aus* (Schweineragout mit fünf Gewürzen) … *Die Atmosphäre des Gesprächs war ent*(spannt und vertrauensvoll, unnötig, die marinierten Hühnerfüße zu belästigen, um es zu verstehen) … *die ausgezeichneten »zehn jugendlichen Helden« sind: xxx, 46 Jahre, Präsident des Verwaltungsrats; xxx, 30 Jahre, Busschaffnerin; xxx, 35 Jahre, Journalist; xxx, 25 Jahre* (Hühnerknochen) … *nahmen ebenfalls an der Beisetzung teil; xxx, xxx* (ein weiterer Knochen), *xxx … Prinz Sihanouk* (der richtige) … *ein Leser wollte wissen, ob es normal sei, dass sein Arbeitgeber die Bezahlung* (Schweinefüße mit Kräutern) …

Wenn Ye Leda fertig war, sammelte Han Saite die Überreste in einer Schale – das war das Mittagessen für ihre Tochter und sie selbst –, stapelte die leeren Schüsseln, verstaute alles in ihrem Korb und ging nach Hause, um das Abendessen vorzubereiten. Sie hatte keine Skrupel wie Ye Leda. Sie ging ohne Umstände durch den Haupteingang hinein und hinaus. Wenn sie vorbeikam, spuckte Zhen Er, der auf der eleganten grünen Schwelle seiner leeren Loge saß, laut und verächtlich aus. »Gegen das Unglück!« verkündete er jedes Mal.

Ye Leda nahm zu wie eine Mastgans. Oft sah man ihn vor den Latrinen verharren und auf einen kümmerlichen, rissigen Baum starren, der seinen gekrümmten Hals der erbarmungslosen Julisonne entgegenreckte. Sein Blick war leer. Sihanouk und Fu Halie waren nicht die Einzigen, die sicher waren, dass sein Schicksal besiegelt war. Er hatte es zwar mehr als einmal geschafft, seine Haut zu wechseln, aber jetzt war er nur noch eine leere Hülle.

XI

Mitte Juli kam Qu Luo in seinem schnittigen dunkelgrünen Buick aus Peking zurück. Am folgenden Montag rief er uns auf dem Platz vor dem Direktionsgebäude zusammen und hielt uns eine feierliche Ansprache über sein Reformprojekt. »Es ist höchste Zeit!« verkündete er. Nach vier Jahren war er nicht wiederzuerkennen. In eine zusätzliche Fettschicht gehüllt, die das Relief seiner kleinen Gestalt eingeebnet hatte, glich er einer Pille. Einer MBA-zugelassenen Pille, die unsere Fabrik von ihrem Misserfolg heilen würde.

Als Erstes änderte die Patientin ihren Namen, eine Therapie, die sich schon bei Guo Leda bewährt hatte. Fortan nannte sie sich *W. Victoria Electronics Co. Ltd (Group)*. »*Victoria* heißt Sieg«, erklärte uns Dai Jiande. Was nicht ganz passend war, denn die Straße des Sieges führte gar nicht an unserem Tor vorbei; wir lagen eher an der der Märtyrer. Aber abgesehen von diesem Detail war es perfekt. Der neue Name verlieh uns gleich eine neue Würde und hob uns auf den Rang der *Legou Co. Ltd (Group). Sanitärartikel Legou, let's go!* Alle Achtung! »Das nennt man Rebranding«, trompetete Qu Luo ganz selbstverständlich. Die Unterstützung von Dai Jiande wurde unverzichtbar, um die sprachliche Barriere zu überwinden, die sich zwischen uns und unserem Direktor erhob.

Einen Direktor gab es auch nicht mehr. Mit dem »Co. Ltd« stieg Qu Luo zum »Präsidenten« auf, besser gesagt zum »CEO«. Eine neue Organisationsmatrix wurde geschaffen. Die Werkhallen wurden in *Divisions* umgetauft, ihre Direktoren in »Vizepräsidenten«, deren mögliche Vizedirektoren in »Stellvertretende Präsidenten« (das sorgte anfänglich für Aufregung bei Sihanouk und seinesgleichen, die meinten, der Stellvertreter stehe über dem Vize), die Vorarbeiter in »Manager« und die Lehrmeister ebenfalls in »Manager«, aber eine Stufe darunter. Einige *Divisions* wurden zu *Sections* herabgestuft. Die Tischlerei fusionierte mit der Lackiererei, um »Synergien« zu schaffen.

Auf der anderen Achse des Organigramms verwandelten sich die divisionsübergreifenden Funktionen in »Ministerien«. Der Präsident umgab sich mit einem Dutzend Minister: für Versorgung (früher Direktor der Einkaufsabteilung), für Finanzen (Direktor für Buchhaltung und Löhne), für Kommunikation und Public Relations (der Chef von Dai Jiande), für Gesundheit (der leitende Betriebsarzt) usw. Nur Fu Taici blieb weiterhin Parteigeneralsekretär, Zelle W. Victoria Electronics, denn darüber hatte nicht Qu Luo zu entscheiden.

Das gesamte Personal wurde von gewaltiger Euphorie erfasst, selbst wir, die wir a priori Arbeiter blieben, die führende Klasse ohne Klasse, die die Maschinen führte. Ohne jemanden einzustellen, hatten wir an Größe gewonnen.

Bei der Installation unseres neuen Firmenschilds ließ der MinKom & PR gleich das uralte Schild »Auf den Boden spucken streng verboten« an der Fabrikmauer durch unsere neueste Losung ersetzen: »Zeit ist Geld! Effizienz ist Leben!« Der Glanz des Metallschilds stand dem von Zhen Ers Fenstern in nichts nach.

XII

Qu Luo schlug sich besser als Fu Taici. Alte Außenstände wurden beglichen, nachdem man einige Kunden handfest abgemahnt hatte. Am 15. August bekamen wir bereits unseren Junilohn. Bei Ye Leda fehlten allerdings hundert Yuan.

»*Vorgezogener Abzug für häufige Arbeitsfehler Anfang August. Überzogene Ausschussquote*«, las die kleine Buchhalterin des MinFin aus einem Register vor. »Ich habe keine Ahnung, das musst du mit deinem N+1 klären.«

»Was bedeutet N?«

»Na, das bist du.«

Was für eine Frage!

Ye Leda + 1 = She Kui. In der Werkhalle folgte ein heftiger Streit zwischen beiden Männern, der bald in ein Handgemenge ausartete, denn in Wirklichkeit trennte kein Gleichheitszeichen die beiden Seiten der Gleichung. Mit blutender Nase stürzte Ye Leda ins Büro von Fu Halie. Aber der Vizepräsident, der an seinem Fenster stand, war in Konferenzschaltung mit dem Prinzen.

»Siehst du nicht, dass ich kommuniziere«, sagte er. »Wenn du ein Problem hast, sprich mit deinem N+1.«

Kochend vor Wut knallte Ye Leda die Tür zu und raste ins Direktionsgebäude, um die höchste Instanz, seine N+n, Qu Luo und Fu Taici, anzurufen. Er war nicht der Einzige, der sich mit den beiden treffen wollte. In der obersten Etage warteten vor ihren verschlossenen, mit einem von außen zugeketteten Gitter versehenen Türen drei gar nicht sympathisch aussehende Burschen, die einer unserer Lieferanten aus der Mandschurei geschickt hatte. Allzu lange schon schleppte seine Bilanz uns als zweifelhaften Schuldner von einer Jahresabrechnung zur nächsten. Ihre Buchhalter wollten ein für alle Mal mit uns abschließen. »Wenn ich euch doch sage, dass sie nicht da sind …« versicherte ihnen unser MinVer wieder und wieder.

Ye Leda machte auf dem Absatz kehrt und eilte in großen Sätzen zurück auf Niveau N+2. Fu Halie hatte gerade aufgelegt. Er schlürfte am Fenster eine Tasse Tee. »*Zeit ist Geld!*« schrie er Ye Leda an, als er ihn hereinstürzen sah. »*Effizienz ist Leben!* Es ist schon neun Uhr! Was hast du heute schon geschafft? Wie viele Teile hast du gestanzt? Aber vielleicht sollte ich mich lieber freuen, wenn du noch nicht gearbeitet hast? Denn während du wie eine Fliege auf der Suche nach ihrem Kopf in alle Richtungen schwirrst, ersparst du unserer Fabrik … unserem Konzern Rohstoffverschwendung und Ausschuss.«

»Von wegen! Ist der Ausschuss vielleicht meine Schuld, wenn mir She Kui ausrangierte Matrizen gibt?« Das Taschentuch, das er sich vor die Nase hielt, verlieh seiner wütenden Stimme eine hilflos näselnde Note.

»Wer ist schuld? Du wirst doch nicht so anfangen wie Zhen Er? Von eurer Freundschaft ist genauso wenig übrig geblieben wie von der Nase unserer künftigen Pförtnerin …«

»Ich verbiete dir, so über sie zu reden!«

»Und ich empfehle dir, nicht in diesem Ton mit mir zu reden. Und erst recht nicht in diesem Akzent. Warum machst du dich zum Narren und willst unbedingt Mandarin mit uns sprechen? Ein Bauerntrampel aus der Provinz. Findest du das nicht lächerlich?« Und während er verächtlich auf die Initialen starrte, die auf den blutroten Lappen gestickt waren – Zhen Zhen hatte ihn im Schlussverkauf erworben –, fügte er hinzu: »Genauso lächerlich wie dein Rotztuch mit dem närrischen …«

Er hatte seinen Satz noch nicht beendet, da war Ye Leda schon wie ein Wirbelwind aus dem Zimmer gestürmt. »Monogramm«, schloss Fu Halie, stellte seine Tasse ab und streckte den Arm aus, um den Ventilator hochzuschalten und das Telefon zu sich zu ziehen. Kaum hatte er die Nummer von Sihanouk gewählt, tauchte Ye Leda mit einem Hammer in der Hand wieder auf. Ein kurzes Zögern, ein Zucken im Arm, dann ein dumpfer Schlag auf den Schädel. Fu Halie brach neben seinem Schreibtisch zusammen. Der Hörer, den er fallen ließ, knallte auf den Apparat, und man konnte die Stimme des Prinzen hören: »Schon wieder Stress bei euch, Halie?« Der Ventilator schüttelte kaltblütig den Kopf, von rechts nach links, von links nach rechts, in gleichmäßigem Tempo. »… hast du auf laut geschaltet? Ich höre den Krach bei dir. Da ist ja ordentlich was los?«

Anstelle einer Antwort hörte er einen durch die Leitung verzerrten Schrei: »Er ist tot!«

»Bist du das, Halie? Hallo?«

Nein, es war der Stanzer Zhang San.

»… hat der Schock deine Stimme so verändert?« Sihanouk klang ziemlich fröhlich. »Das hätte ich ihm nicht zugetraut. Ich wusste doch, dass es böse enden würde. Diesmal ist She Kui wirklich zu weit gegangen: Diesen Versager zu bestrafen, das ist verständlich; aber er muss ihn doch nicht gleich umbringen. Als Pazifist kann ich das nicht gutheißen. Ich vermute, er wird für den Rest seines Lebens Süßkartoffeln pflanzen. Oder sie gleich von unten ansehen. Wenn ich mir überlege, dass ich meine Tochter beinah mit seinem Sohn verheiratet hätte … Das wird sicher wieder die Journalisten auf den Plan rufen. Glaubst du nicht? Hallo? Halie? Bist du noch dran? Ich komm rüber. Rühr dich nicht von der Stelle.«

Halie rührte sich nicht von der Stelle. Genau das war das Problem. Wang Mazi verpasste ihm als Erste-Hilfe-Maßnahme ein paar Ohrfeigen, mit einer Leidenschaft, die Notärzte sonst nicht an den Tag legen. Es war nichts zu machen. Reglos lag er auf dem Boden. Li Si beugte sich ebenfalls über das pockennarbige Gesicht und drückte den einzigen Finger seiner linken Hand auf eine Stelle, die die Pocken verschont hatten. Dann zog er an einem der Augenlider, woraufhin ein weißer Spalt sichtbar wurde. »Gelb«, diagnostizierte er in der sibyllinischen Tradition der Ärzteschaft, bevor er sich seelenruhig und mit der Gründlichkeit eines Gerichtsmediziners die Hände am Handtuch von Fu Halie abwischte. Zhang San tröstete sich, indem er den Tee des Verstorbenen austrank, während sich Feng Du, der ebenfalls herbeigeeilt war, über die Schachtel Marlboro hermachte, die auf dem Schreibtisch lag.

Draußen traf Sihanouk auf der Schwelle zur Werkhalle She Kui, der an die Tür gelehnt an einer *Großen W.* zog. »Großer Kui«, sagte er voller Anteilnahme, »um der Freundschaft willen, die meine Tochter mit deinem Sohn verbindet, rate ich dir, dich zu stellen.«

»Wo?«

Was für eine Frage! Er wollte ihm gerade antworten, als hinter ihm Hua Siwu zu kreischen begann: »Da! Da! Da ist er! Da ist er!«

Wir rannten zu ihr. Auf dem Dach der Werkhalle, direkt am Abgrund, stand Ye Leda.

»Was treibt er da?« fragte Sihanouk. »Ist er nicht tot?«

»Noch nicht, aber gleich«, antwortete She Kui und trat seine Kippe aus.

Im selben Moment kam Fu Halie auf einer Trage liegend heraus, die von zwei Männern vom Werkschutz getragen wurde. Sie rannten zum Krankenzimmer, wo unser Gesundheitsminister seinen Sitz hatte.

»Ye Leda!« rief die Schweißerin Jiang Damen aus der Menge. »Spring nicht! Denk an deine Eltern! Denk an all die Opfer, die sie für dich gebracht haben! Spring nicht!«

»Seht euch nur das Blut des Vizepräsidenten auf dem Hemd des Mörders an«, seufzte Hua Siwu und schüttelte den Kopf mit größerer Anteilnahme als der Ventilator.

Ye Leda hielt sich immer noch sein durchnässtes Taschentuch vor die Nase. Eine dicke Fliege summte aufgeregt zwischen ihm und der Leere herum. Rechts, in der obersten Direktionsetage, lehnten die drei Männer aus der Mandschurei am Fenster, rauchten schweigend und streuten die Asche ihrer Zigaretten auf die Köpfe der Leute, die unter ihnen nach draußen strömten. Bald waren wir so viele wie am Morgen der berühmten Hochzeit. Aber der Bus 174 hatte Verspätung. Einige begannen zu zweifeln, ob er überhaupt irgendwann kommen würde. Im Fabrikhof ging es zu wie auf dem Jahrmarkt. Sihanouk begann in vertraulichem Ton mit Hua Siwu über seine Tochter zu sprechen. Die Gesangslehrerin, die er für die großen Ferien engagiert hatte, verhieß dem Mädchen eine ebenso steile Karriere wie Teresa Teng. Die kleine Buchhalterin aus der Lohnabteilung plauderte mit einer jungen Kollegin über den frühen Tod eben jener Teresa Teng, während ihre älteren, weniger geistesgegenwärtigen Kolleginnen überlegten, ob es sich noch lohnte, ihr Strickzeug zu holen. Dabei war es so warm, kein Windhauch war zu spüren. Der erste Luftzug erreichte uns, als unser Sicherheitsminister, gefolgt von zwei seiner Männer, angeschossen kam.

»CEO Qu, CEO Qu«, brüllte er in sein Walkie-Talkie. »Der Mann ist immer noch da, der Mann ist immer noch da. Ihre Instruktionen?«

»Ist er bewaffnet? Ist er bewaffnet?« spuckte sein schwarzer Apparat aus. »Antworten Sie, wenn Sie mich hören, antworten Sie, wenn Sie mich hören.«

»Habe verstanden. Nein! Wie lauten Ihre Befehle?«

»Verteilen Sie sich, verteilen Sie sich …«

Im selben Moment vernahmen wir einen ohrenbetäubenden Krach. Einer der Männer des Lieferanten hatte angefangen, heftig gegen das Eisengitter vor dem Präsidentenbüro zu treten.

»Qu Luo!« fluchte er. »Komm da raus! Wir haben dich gehört …«

»Los, hierher!« empfing der Sicherheitsminister als neuen Befehl.

»Aber Ye Leda …«

»Scheiß auf Ye Leda!« keifte Qu Luo in das Gerät. »Wenn er wirklich hätte springen wollen, hätte er es schon gemacht. Aber die drei Clowns vor meiner Tür sind kein Bluff! Ich will, dass ihr sie unverzüglich vertreibt!«

Der Minister und sein Gefolge rannten wieder davon und tauchten einen Moment später in der obersten Etage auf. Aber ein Handgemenge blieb aus. Was für ein langweiliger Vormittag! Nicht mal *ein Kampf mit Worten.* Die sechs Männer, in zwei Gruppen geteilt, starrten sich an wie Porzellanhunde. Ein paar Zikaden, die bequem auf dem gewundenen Hals des Baums vor den Latrinen saßen, forderten ihr Schauspiel, indem sie die menschlichen Akteure auspfiffen. Der Kampf musste sowieso abgesagt werden, denn die beiden Teams gehörten nicht zur selben Klasse. Gegen die drei Landsleute von Ding Ke wirkten unsere Männer wie Federgewichte. Schließlich gingen beide Seiten auseinander. Jeder beugte sich aus einem Fenster. Die Männer aus dem Norden holten einen Miniventilator heraus, während unser Minister an seinem Walkie-Talkie herumfummelte, das ihm nicht die geringste Abkühlung verschaffte.

Ye Leda zeichnete sich im Gegenlicht vor einem glühenden Himmel ab. Es war inzwischen schwierig, ihn anzusehen, ohne dass einem Tränen in die Augen traten. Die Sonne blendete furchtbar. Sein Nasenbluten schien aufgehört zu haben, nach dem Taschentuch zu urteilen, das wie eine Rose aus seiner Hemdtasche hing. Die dicke Fliege umkreiste ihn immer noch, während sich zwei Spatzen lärmend auf den schmalen Rand vor Ye Ledas Füßen niederließen, nur um sogleich wieder aufzufliegen. Nichts rührte sich. Wir hatten das Gefühl, auf eine Sonnenfinsternis zu warten, die nicht stattfinden würde. Zhen Er war nicht der Einzige, der sich manchmal verrechnete.

Die Menge schmolz dahin wie der Schatten der Gebäude. Es wäre auch zu dumm gewesen, sich einen steifen Hals oder einen Sonnenstich zu holen. Wir besetzten das angenehm kühle Büro von Fu Halie und ließen Ye Leda wie einen einsamen Komödianten auf seiner Dachbühne zurück. Nur die sechs Männer beobachteten ihn noch von ihren Logenplätzen aus. Aber Applaus war bei ihnen nicht üblich.

Als die Mittagssirene ertönte, gingen wir mit unseren Essschalen wieder nach draußen. Aber niemand rannte zur Kantine wie sonst. Alle hoben die Köpfe zu Ye Leda. Die bleierne Sonne hatte die Schatten gestutzt. Das blutige Einstecktüchlein mit den Initialen unseres Genossen war inzwischen getrocknet. Seine Gestalt glich einem Unkraut, das an der Hauswand wuchs und die verblasste Farbe der Backsteine angenommen hatte. Ein Lufthauch hätte es hinweggefegt.

Schritte ertönten. Leicht tänzelnde Schritte, den synkopischen Takt zu einem gebrochenen Rhythmus schlagend. Es war Han Saite, die mit ihrem Essenskorb anrückte. »Leda!« schrie sie. »Komm da runter! Mach keine Dummheiten!«

Er tat beides. Ye Leda verbeugte sich tief, als wollte er seinen Zuschauern ein letztes Mal für ihre Aufmerksamkeit danken. Es gab kein Geländer auf dieser Bühne. In den Filmen wird der Sturz eines Selbstmörders immer durch eine Zeitlupe in die Länge gezogen, was dem Vorgang etwas Poetisches verleiht. Ein blutgetränktes Taschentuch, von einem barmherzigen Wind getragen, kreiselt endlos wie ein zerknautschtes Blütenblatt zu Boden, begleitet von tragischer Musik, die zur Buße aufruft. In unserer Realität aber, durch das Gesetz der Schwerkraft gelenkt, in unserer Welt ohne Tricks und Happy End hatten wir kaum Zeit, zurückzuweichen. Die erbarmungslose Wucht zerquetschte alle Anteilnahme, und das Grauen des entstellten Körpers raubte jede Hoffnung auf Größe. Der schrille Gesang der Zikaden hatte auch nichts Herzzerreißendes. Der Tod von Ye Leda war ebenso lächerlich und nutzlos wie unser eigenes Leben.

Hinter uns ertönte plötzlich eine vertraute Stimme: »Ist der Schwachkopf nicht mehr da oben?«

Wir wirbelten herum. Es war Fu Halie, einen Verband um den Schädel, der aus dem Krankenzimmer kam, um seine Schale zu holen.

»Doch«, antworteten wir, »sogar für immer.«

Wie dumm, dass sich Ye Leda nicht seines Todes versichert hatte, ehe er sich selbst richtete! Weil wir bei allem nur so taten als ob, hatten auch wir es versäumt, uns Klarheit zu verschaffen. Das war unser einziger Gewissensbiss und bleibt es bis zum Ende unserer Tage.

Die Originalausgabe erschien 2010 unter dem Titel
La troisième moitié im Verlag Maurice Nadeau, Paris.

Die vorliegende Ausgabe wurde gefördert durch das Institut français.

Umschlaggestaltung: Marc Müller-Bremer, München
Herstellung: Sieveking, München
Typografie und Satz: Frese Werkstatt, München
Druck und Bindung: CPI – Ebner & Spiegel, Ulm

ISBN 978-3-935890-96-0